淑女不好逑

1

風 文創 670

果九 著

目錄

自序 005
第一章 七夕節重生 007
第二章 親人 015
第三章 楚王世子的心上人 025
第四章 三姑娘的醫術 035
第五章 恩怨 045
第六章 物是人非 053
第七章 程公子其實不懂醫 063
第八章 花深處 075
第九章 懷疑 085
第十章 表哥 095
第十一章 大姑娘的親事 105
第十二章 各懷心思 113
第十三章 沒良心的東西 123
第十四章 素齋節 135
第十五章 斷陽草 141

第十六章 救場 151
第十七章 如此父親 161
第十八章 生子秘方 175
第十九章 婆媳 183
第二十章 死士 201
第二十一章 中秋節 211
第二十二章 程二小姐的身世 221
第二十三章 神醫清虛子 233
第二十四章 跟蹤 243
第二十五章 夜探香閨 255
第二十六章 神醫駕到 267
第二十七章 師伯 277
第二十八章 大長公主的心思 287
第二十九章 故人 297
第三十章 警告 307

自序

果九

一直很喜歡《詩經・關雎》這首小詩——

關關雎鳩，在河之洲。窈窕淑女，君子好逑。參差荇菜，左右流之。窈窕淑女，寤寐求之。求之不得，寤寐思服。悠哉悠哉，輾轉反側。參差荇菜，左右采之。窈窕淑女，琴瑟友之。參差荇菜，左右芼之。窈窕淑女，鐘鼓樂之。

我所理解的淑女一定是有才情的，所以女主角顧瑾瑜不僅醫術超群，還精通女紅音律，可謂多才多藝；而男主角楚雲霆是名門望族家的貴公子、大長公主之孫，他身分高貴且才華洋溢，亦是所有閨閣女子的夢中人。

當楚雲霆遇見顧瑾瑜的時候，被她的才情深深吸引，他傾慕她，渴望跟她琴瑟和鳴，白首不相離。

我們知道，古代姻緣遵從的是父母之命，媒妁之言，未婚男女在成親前交往還是極少數的，在這樣的境遇下，要想男女主角擦出火花，無非是一見鍾情和日久生情。一見鍾情是機緣巧合下的邂逅心動，而日久生情靠的則是對彼此的瞭解和心靈的碰撞，故而無論是前世的一見鍾情，還是今生的日久生情，都足以讓男主對女主念念不忘，寤寐求之。

然而顧瑾瑜卻有她的仇恨和苦衷，尤其是對自己坎坷波折的身世，讓她無法釋懷，大仇未報，她自然無心花前月下、卿卿我我這等風月之事。為了贏得芳心，楚雲霆的確是費了心思的，他摒棄門第等級觀念、身分地位，甚至冒著生命危險幫她查找真相，鍥而不捨地追求著她。正如詩中所云：**求之不得，寤寐思服。悠哉悠哉，輾轉反側**。

每每寫到男主對這份感情的執著時，身為作者的我，也常常會被感動，有時候我都不知道該用什麼樣的文字來表達他對女主的思慕和喜愛。我猶豫過，也懷疑過，甚至一度停筆數日，最終我還是決定讓他用一次次的實際行動來跟女主表白心意，我想這也是讀者們所喜聞樂見的吧！

而作為女主，她愛過，卻被心上人所害，即便是重生歸來，我想她對男人的想法應該是懷疑的、失望的，所以當她得知男主的心思，她的第一反應並不是羞澀或者欣喜，而是拒絕，因為她不再相信愛情。

讓這樣心思迥異的兩個人最終走到一起，心心相印、情投意合，並不是一件簡單的事情，好在我們的男主勇往直前，不負眾望地做到了。窈窕淑女，鐘鼓樂之。撒花、撒花！>_<

希望臺灣的讀者們能喜歡這個故事，跟作者果九一起去書中細細體會在等級森嚴的古代背景下，男女主之間相愛相殺、相知相守的唯美愛情和芸芸眾生的愛恨情仇，遙祝大家幸福美滿，甜甜蜜蜜。

感謝編輯的悉心指導，才讓這本書得以有出版的機會，謝謝你們！>_<

第一章 七夕節重生

啪！

豆花青釉茶盅應聲碎成兩半，殘茶四濺，茗香暗浮。纏枝菊紋地毯迅速暈染出一團茶漬，毯上的花枝圖案變得凌亂黯淡。

「把那個孽障給我帶過來！」太夫人扔出去一個茶盅還不解恨，氣得連連拍著桌子。「我倒要問問她，到底是誰給了她這麼大的膽子，竟然敢跌倒在楚王世子馬下，不要命了嗎？」

池嬤嬤遲疑了一下，大氣不敢出地退了下去。

今兒是七夕，太夫人讓她陪著府上的姑娘們外出遊玩，剛巧遇到京城公子們在護城河邊賽馬，沒承想，眾目睽睽之下，三姑娘竟然衝出去跌倒在楚王世子楚雲霆的馬下，若不是楚雲霆眼疾手快地拽住了韁繩，三姑娘就不是撞破額頭這麼簡單，說不定連命都丟了！

想到適才那驚險的一幕，池嬤嬤心有餘悸地默唸了一聲阿彌陀佛，三姑娘要是有個三長兩短，那她的罪孽就重了。

「母親，您消消氣，氣壞了身子終究是不值的。」坐在太夫人右手邊的沈氏輕輕摩挲著手裡茶碗上的紋路，面無表情道：「楚王府怎麼說也是懂禮的人家，兒媳覺得此事他們一定會給咱們個說法的。」三姑娘雖說是二房的女兒，不是他們大房的，但終究是建平伯府的姑娘，一榮俱榮，一損俱損，無論哪個出了事情，她都不能視若無睹。

更重要的，一出生便記在她名下的大姑娘顧瑾華剛剛跟光祿寺安少卿嫡次子訂親，這門親事原本就是高攀了人家，若是因為三姑娘的事情被安家所忌憚，親事不成，那大姑娘以後的婚事可就艱難了。想到這些，沈氏就暗恨三姑娘是個不知天高地厚的，自己作死也就罷了，還要連累府裡的姊妹！

「喬氏，妳怎麼說？」太夫人瞄了瞄左手邊沈默不語的麗色婦人，冷笑道：「不管怎麼說妳都是她的母親，如今出了這樣的事情，妳有什麼打算？」

「母親，兒媳雖然擔著母親的名分，但三姑娘終究不是從兒媳肚皮裡爬出來的。」二夫人喬氏面露難色，扶額嘆道：「如今出了這樣的事情，兒媳說什麼都會有人非議，故而此事全憑母親和大嫂做主吧！」若真要她說，像這種不知廉恥的女兒，就應該直接送到家廟裡，絞了頭髮做姑子才是正理！竟然還妄想楚王府能給個說法？真是天大的笑話！

楚王府是當朝唯一的異姓王府，地位尊貴，權勢滔天，尋常勛貴人家根本入不了楚家人的眼，更何況是一個小小的伯府？三姑娘給楚王世子提鞋都不配，想什麼呢！

「哎喲，二嫂的意思是妳這個當母親的不管了？」坐在最下首的三夫人何氏心不在焉地端詳著新染的鳳仙花指甲，冷笑道：「也難怪三丫頭跟妳離心，自己房裡的女兒出了事，竟甩甩手帕子丟給別人，若是我原先那個二嫂知道妳這樣對待她的女兒，不知道怎麼傷心呢！」

喬氏是太夫人堂妹小景氏的女兒。當年小景氏去世，臨死前拉著太夫人的手，央求她替自己的女兒尋門好親事，太夫人姊妹情深，只得含淚答應，後來便時常把喬氏接到府中來小住，哪知這一來二去，喬氏竟然跟顧二爺有了首尾，珠胎暗結。那時二夫人柳氏正值臨產，得知兩人的醜事，悲憤難耐，生下三姑娘不久便撒手歸去，太夫人氣得大病了一場。

喬氏在太夫人門前跪了一天一夜，苦苦哀求太夫人原諒，說不管太夫人答不答應她嫁進顧家，她都會把三姑娘視如己出，悉心照顧，以彌補對柳氏的虧欠。

太夫人思量一番，最終還是答應讓喬氏進了顧家的門。

何氏對這個新二嫂很是不屑，靠爬床上位的女人，能是什麼好東西？

「弟妹，三丫頭的事情有母親和大嫂做主，還輪不到妳這個當嬸娘的說三道四！」喬氏見她提到柳氏，氣得差點跳腳，但礙於太夫人在，她又不敢太造次，遂嘴角抽了抽，冷諷道：「我聽說妳屋裡的許姨娘這幾天就要臨盆了，不知道弟妹準備好了沒有？這也是妳的孩子啊！」

許姨娘原來是在顧記醫館打雜的粗使丫鬟，容貌一般，連端莊都算不上，不知怎麼入了顧三爺的眼，直到大了肚子，才捅到了太夫人面前。太夫人看在她腹中孩子的分上，只得做主把她提為姨娘；更可笑的是，何氏竟然是全府最後一個知道的，果然是蠢到家了。自己屋裡一團亂，還好意思覥著臉說別人？不要臉！

「這些不用二嫂提醒，我自有分寸。」何氏暗暗咬碎一口銀牙，氣死人不償命地笑道：「二爺屋裡的那個二房三姨娘，肚子裡怕是也有了，二嫂也得上心啊！萬一磕了、碰了的，二爺得多心疼？前天我還看見——」

啪！啪！

接連兩個茶碗砸了過來。

「夠了！妳們都給我閉嘴！」太夫人快氣死了，這兩個蠢女人，現在正在商量三丫頭的事情，她們扯這些有的沒的做什麼？要是她們真的賢慧，自家爺們哪有這麼多亂七八糟的事情？不好好反省也就罷了，還好意思在這裡互相嘲笑，腦袋都被驢踢了嗎？

喬氏和何氏知趣地閉上嘴。

沈氏低頭掩住嘴角的冷笑，悶不吭聲地喝茶。

小戶人家的女兒眼界就是低，成天盯著爺們身邊那幾個狐媚子有什麼出息？殊不知那些通房、侍妾什麼的，不過是男人的玩物罷了，若是跟她們爭風吃醋，豈不是自降身分？替自家爺們打理好後宅，教養好子女，讓爺們安心在外面打拚，才是正室應有的風範。算了，就讓她們繼續跟那些狐媚子鬥智鬥勇，狗咬狗去吧！

說話間，三姑娘顧瑾瑜便被池嬤嬤帶到了眾人面前。

「瑜丫頭，說，妳為什麼要撞到楚王世子的馬下？」太夫人被兩個媳婦氣糊塗了，見了真正的肇事者，火氣竟然沒有適才那麼大了。

她冷冷看著跪在地上的顧瑾瑜，淡粉色蘭花挑線褙子，月白色百褶裙，頭上還纏著一圈紗布，披散著一頭烏髮，原本瘦弱的臉上顯得越加蒼白。

三姑娘自幼失母，一直在外祖柳家住到十歲才被她接回來撫養，如今四年過去了，這孩子跟府上的人並不親近，對她也是如此，除了日常請安，從來不會主動到她屋裡來，更談不上說什麼體己話。一直以來，她都看不透這個孫女。

顧瑾瑜腦袋昏昏沈沈的，望著坐在上首的陌生老夫人，整個人都是懵的，她不是已經溺水而亡了嗎？怎麼會突兀地出現在這裡？她不是什麼瑜丫頭，她叫程嘉寧，是當今太醫院院使程庭的女兒，是宮中寵妃程貴妃的娘家姪女，也是齊王慕容朔的表妹。

想到慕容朔，她的腦袋又是一陣劇烈地疼，心頭恨意翻騰。

波瀾壯闊的護城河上，那清風明月般的男子一言不發地站在船頭，靜靜地看著她在湍急洶湧的河水裡掙扎呼救，看著她慢慢地沈入水底……

「三丫頭，妳祖母問妳話呢！」見她發愣，沈氏捏著手帕子輕咳一聲提醒道：「妳為什麼要撞到楚王世子的馬下？」

記憶如潮水般湧上心頭，程嘉寧的、顧瑾瑜的，一幕幕，點點滴滴。

「祖母，孫女是被人推到楚王世子馬下的。」顧瑾瑜穩了穩思緒，挺直腰板，毫不畏懼地迎上太夫人看過來的目光，一字一頓道：「請祖母查明真相，還孫女一個清白。」

賽馬場上，楚王世子一出現，在場所有的小娘子都異常激動，爭先恐後地把手裡的鮮花、香帕往他身上扔，而她卻被背後的一雙手推了出去。

雖然楚王世子眼疾手快地勒住韁繩，但她還是被揚起的馬蹄踢中了額頭。

原先的顧瑾瑜香消玉殞，剛剛溺水而亡的程嘉寧卻活了過來，成了新的顧瑾瑜。

「什麼？妳說有人推妳？」太夫人心頭跳了跳，目光在池嬤嬤身上看了看，問道：「池嬤嬤，妳可曾看清當時是誰站在三姑娘身後？」姊妹之間，互相鬥鬥嘴、損幾句，她都能容忍，若是起了害人性命的心思，她絕對不會坐視不管，得清理門戶。

「……回稟太夫人，當時人太多，姑娘們都被衝散了。」池嬤嬤努力回憶了一番，內疚道：「奴婢也不知道當時誰站在三姑娘身後，只是一眨眼的工夫，就看見三姑娘衝了出去，著實沒注意。」不管怎麼說，姑娘們都是她帶出去的，無論傷了哪個，她都逃脫不了干係。

「查，一定要查！」太夫人恨恨道：「如此狼心狗肺之人，我顧家斷斷不能包容！」

還好瑜丫頭只是受了點輕傷，若是真的有個三長兩短，豈不是揹了這天大的黑鍋？到底是哪個黑了心肝的，竟敢起了如此歹毒的心思！

現在滿京城的人都在嘲笑顧家三姑娘有意跌倒在楚王世子馬下，心心念念地想嫁入楚王府做妾呢！人言可畏啊！她絕對不能讓孫女的名聲白白毀了。

「祖母，孫女想親自徹查此事，還請祖母應允。」顧瑾瑜盈盈施禮，神態不卑不亢，一雙清亮烏黑的眸子從容無辜。

既來之，則安之。上天憐憫，又給了她一次生命，她絕對不能重蹈前世的覆轍，糊裡糊塗地丟了性命，到死也不明白為何而死，絕不！

「好，祖母答應妳。」太夫人微怔，繼而若有所思道：「妳儘管查，不管查到誰，祖母都會給妳做主。」這孩子原本就跟府裡的人不甚親近，如今既然提出主動徹查此事，倒也是一件好事，藉著查案的機會，瞭解一下府裡的事情，日後才不至於再次吃了這個啞巴虧。

「多謝祖母。」顧瑾瑜再度施禮，舉止端莊溫婉，落落大方。

太夫人看著她，突然有一瞬間的恍惚，總覺得今天的瑜丫頭跟以往有些不一樣，至於哪裡不一樣，她又說不清楚。

喬氏也有這樣的感覺。她冷眼瞧著顧瑾瑜從進門到現在的一舉一動，覺得繼女有些不對勁，若是以前，早就哭得一塌糊塗了，哪能說出要替自己討回公道的話來？真是見鬼了！

「母親，可是楚王府那邊不知道是有人推了三丫頭，說不定他們會以為咱們要訛他們呢！」何氏急切地看著太夫人，提議道：「咱們是不是得派人去跟他們說一聲，三丫頭是被人陷害了，並非是對楚王世子起了那種心思。」

「說什麼說？既然三丫頭是被人推的，那我心裡就有數了。」太夫人白了何氏一眼，覺得這個媳婦簡直是愚不可及，沒好氣地說道：「妳們都退下吧！回頭我再跟大郎商量商量，看這事怎麼了結。」

眾人道是，紛紛起身告辭。

顧瑾瑜心裡暗暗鬆了口氣，看樣子，太夫人還是個明事理的，起碼不會做出賣女求榮的事情來。

走在顧府彎彎曲曲的鵝卵石小徑上，顧瑾瑜思緒如潮，再也不能平靜。前一刻，她還是程家二小姐，還是齊王慕容朔的心上人，他說：嘉寧，等太子孝期一過，我就去求父皇給我們賜婚，我要娶妳為妻，一生一世永不分離。

可是下一刻，他竟然變了嘴臉，親手把她推落河裡，獰笑著看她掙扎溺亡！

顧瑾瑜跌跌撞撞地跑回清風苑，屏退所有的丫鬟、婆子，把自己關在屋裡，任憑淚水肆意橫流。

第二章　親人

不多時，一個三十多歲的中年男人罵罵咧咧地掀簾進屋。

「孽障！小小年紀竟然有這等心思，乾脆絞了頭髮送出去當姑子，眼不見、心不煩！」來人正是顧二爺顧廷西。他身長如玉，丰神俊美，論容貌，顧家三兄弟，顧家二爺拔得頭籌，其翩翩風姿，經常惹得大姑娘、小媳婦的頻頻回首，為此二爺很是得意，甚至覺得他應該娶公主。

「二郎，你錯怪瑜丫頭了，她是被人推出去的。」太夫人涼涼地看了顧廷西一眼，心情複雜道：「是不是府裡的，我也不知道，若是，我定不會輕饒。」

「母親，她的話您也信啊？什麼被人推出去的，分明是她為了推脫罪責隨口亂說。」顧廷西並沒有聽出太夫人的話外之音，氣憤道：「這個孽障，我都恨不得打死她！」

顧瑾瑜不在他身邊長大，從柳家回來後，對他也不親近，他一點兒也不喜歡這個女兒，甚至還很討厭。

「二郎，瑜丫頭雖然跟你不親近，但她總是你的親骨肉。」太夫人對顧廷西的態度很反感，不悅道：「你平日若是能善待她一些，她的處境就不會如此艱難，艱難到有人想置她於死地！如今你竟然說她隨口亂說，別說是瑜丫頭了，就連我聽了也心寒啊！」

三丫頭除了性子有些軟弱以外，其他的都不差，更重要的是，這孩子是個能忍的，平日就算在喬氏那裡受了點委屈，也從來不吱聲，更不會到她面前來哭鬧告狀。如今想來，別說當爹的了，就是她這個當祖母的，也對不住三丫頭。

「母親，那您說怎麼辦？」顧廷西撩袍坐下，打著哈欠道：「如今京城上下都傳開了，咱們若是不嚴懲三丫頭，會被人笑話家教不嚴；若是府上名聲壞了，那其他丫頭的親事也就艱難了。」

大丫鬟桃紅盈盈上前奉茶。

女子面如桃花，體態豐盈，鬢間斜插著一支銀色蝴蝶簪子，一動，蝶翅輕顫，蹁躚飄逸。

顧二爺頓覺呼吸不暢，纏綿繾綣的目光一直追逐著她婀娜多姿的身影消失在門簾後，才依依不捨地收回來。這丫鬟他眼饞好久了，只是太夫人一直不點頭，他就只能眼睜睜地看著，一顆心像是被貓抓了一樣的難受。

「哼，什麼時候顧家的門風都繫在瑜丫頭一個人身上了？」太夫人自然知道顧廷西對桃紅的心思，見他失魂落魄的樣子，心頭怒氣更甚。「你既然提起門風，那我倒要跟你好好說道說道，你大哥好歹是正五品戶部郎中，又有爵位在身，屋裡一妻一妾，後宅也算安穩，可是你呢？不過是個小小的吏部六品主事，屋裡卻有三個姨娘，就你那點俸祿，還不夠你在外逛青樓、吃花酒，你那一大屋子的人，還不是靠公中給你養著，你還好意思跟我說門風？」

顧廷西聞言，頓覺尷尬。這些年他屋裡的人的確有些多，可這也是沒有辦法的事情。就拿二房三姨娘來說，那是他跟人打賭贏來的，她又真心實意地愛慕他，他哪能拒絕？

門簾晃了晃，池嬤嬤走了進來，福身道：「太夫人，柳家二老爺來了。」

柳家二老爺柳禹丞是三姑娘嫡親的娘舅，家裡大大小小的鋪子不計其數，家產頗豐。自從柳氏去世後，柳家跟顧家便鮮少來往，這個時候登門，肯定是為了三姑娘的事情。

「快請進來。」太夫人理理衣衫，正襟危坐。

「母親，二舅兄一直看我不順眼，我還是迴避一下吧？」不等太夫人回答，顧廷西已一溜煙地躲進東暖閣。他誰也不怕，就怕這個二舅兄！

柳禹丞對柳氏的死一直耿耿於懷，覺得是顧廷西跟喬氏這對狗男女害死了他妹妹，要不是看在顧廷西是顧瑾瑜親爹的分上，他恨不得見一次、打一次，以洩心頭之恨。

見禮之後，柳禹丞開門見山道：「太夫人，我聽池嬤嬤說，瑜丫頭是被人推到楚王世子馬下的，並非起了不該起的心思，若是你們顧家不能保證瑜丫頭的安全，不如讓我再接回柳家去吧！」顧瑾瑜是他的親外甥女，也是他妹妹唯一的親生骨肉。柳氏去世後，他唯恐外甥女在顧家受委屈，便帶回家去親自撫養到十歲才送回來，待她及笄後，他會讓兒子柳元則再娶她回去，護她一世安寧。

「賢姪言重了，瑜丫頭總是我們顧家的姑娘，哪能一直住在你們家？」太夫人被柳禹丞一番搶白，老臉微紅道：「賢姪放心，我們一定會把此事查個水落石出，還瑜丫頭一個公道。」

柳氏一族雖非官身，卻是京城數一數二的富戶，這也是當年顧老太爺為什麼執意要顧廷西娶柳氏為妻的緣故。柳氏的六十八抬嫁妝進了顧府時，差點晃瞎所有人的眼。

不想柳氏卻是個眼裡容不下沙子的主，得知顧二爺跟喬氏有了私情，竟然飲恨而終。唉，真是個癡心的傻孩子，自古男兒多薄倖，這世上哪有那麼多一生一世一雙人的佳話。

「好，有太夫人這句話，我就放心了。」柳禹丞劍眉輕挑，沈吟道：「楚王府那邊，我會出面周全，全力維護瑜丫頭的名聲，盡快讓此事淡出眾人的耳目。」楚王府雖然高不可攀，但他人脈眾多，總有能說上話的人。

「那一切就有勞賢姪了。」太夫人又是一陣臉熱。堂堂正五品建平伯府竟然不如一個商戶處事索利周全，著實讓她尷尬。

待柳禹丞走後，顧廷西才探頭探腦地從東暖閣走出來，憤憤道：「母親，這個柳禹丞也太猖狂了，我顧家的家事，哪裡需要他來指手畫腳的！」

「那你想怎樣？」太夫人白了他一眼，冷諷道：「你有更好的辦法？」他要不是自己十月懷胎辛辛苦苦生下的兒子，她早就一個茶盅扔過去了。人家來的時候，他烏龜般縮頭躲了，現在人一走，他倒來勁了！

「我……我是沒有，但並不代表大哥沒有啊！」顧廷西訕訕道：「大哥可是建平伯，家裡出了這麼大的事情，哪能不跟大哥商量商量，任憑一個外姓人處理？」柳禹丞除了有銀子，還有什麼？我呸！

剛剛邁出顧家大門的柳禹丞連連打著噴嚏。娘的，他跟這個顧府真的不對盤，來一次、氣一次，要不是外甥女住在這裡，他都恨不得一把火燒了他們顧家。

門簾又被挑起，建平伯顧廷東匆匆走進來，急急問道：「母親，三丫頭怎麼樣了？有沒有請大夫過來看看她額頭上的傷？」他還沒有到家，就聽說了此事。外面傳得沸沸揚揚的，說什麼的都有。

「三丫頭並無大礙，只是額頭上難免會留下些疤痕。」太夫人見了顧廷東，眉頭總算舒展開了些，把事情的經過原原本本地說一遍給他聽。「三丫頭說要自己查出幕後之人，以示清白，加上有柳家老爺周旋其中，你放心，三丫頭的名聲不會受什麼影響的。」二郎是個不成器的；三郎是幼子且整日忙碌醫館的事情，這樣的大事原本就指望不上他；唯有大郎才是她的主心骨兒。

「母親，難道您不覺得，若是三丫頭真的找出什麼幕後之人，會掀起更大的風浪嗎？」顧廷東眼角的皺紋深了深，正色道：「今日跟三丫頭一起出門的，除了咱們顧家的女兒，還有忠義侯府的小姐們，查到誰身上，都不是一件小事啊！」忠義侯府是大夫人沈氏的娘家，論爵位，比建平伯府還高了一階，萬一查到忠義侯府……

「大郎，難道咱們就由著三丫頭受這樣的冤枉？」太夫人面色一沈，不容置疑道：「這事不管會查到誰身上，都得查，絕不能姑息！」

「母親，現在此事正處在風口浪尖上，全京城的人都在盯著顧家和楚王府兩家的態度，若查到是咱們顧府的姑娘做的，那全府上下的姑娘同樣會被名聲所累，跟眼下的處境是一樣的，又何必再費周折？」顧廷東捏捏眉頭道：「若查到了忠義侯府哪位姑娘的頭上，那忠義侯府跟咱們豈不是有了嫌隙？母親，二弟的官位是怎麼來的，您比誰都清楚，忠義侯府對咱們有提攜之恩啊！」還不如就讓三丫頭一個人頂了此事，換兩府安寧。

「大哥的意思是？」顧廷西心頭跳了跳。他的吏部主事雖然官階不高，卻也是忠義侯上下打點得來的，若是因為此事惹惱了忠義侯府，終究是不值的，反正他又不喜歡三丫頭。

「不如將計就計。」顧廷東上前傾了傾身，不動聲色地說道：「咱們府裡的姑娘，就數三丫頭容貌最佳，不試試怎麼知道楚王世子看不上眼？若此事成了，倒也是美事一樁。」

放眼整個京城，誰家不想跟楚王府攀上關係？如今，三丫頭傾慕楚王世子，冒著生命危險闖到他馬下的事情，已經在京城傳得沸沸揚揚，沒準兒楚王府為了給勛貴們留個好名聲，願意把三丫頭納進府呢？以顧家的門楣，三丫頭給楚王世子做妾都是高攀了。

「對呀，我怎麼沒想到這點！」顧廷西猛地拍了一下大腿，興奮道：「只要三丫頭能入楚王府，那咱們顧家就是楚王府的外戚，楚王府怎麼也得給咱們升升官，將來我封侯拜相也是可能的！」越想越興奮，他似乎已經看到了自己的錦繡前程和鶯鶯燕燕的如花美眷。

顧廷東嘴角抽了抽。封侯拜相……咳咳，二弟還真敢想啊！

「要是楚王世子不願意呢？」太夫人青筋突突跳，她懷疑自己聽錯了，這將計就計都用在自家人身上了？更重要的是，三丫頭是被人陷害的，並非真的屬意楚王世子啊！

「那就逼他們同意！」顧廷西腰板一挺，振振有辭道：「咱們這就把三丫頭給他送去，不管怎麼說，人都是他撞傷的，額頭都留了疤，看他要不要！」反正就是賴上他了！

「住口！我們顧家什麼時候到了要賣女求榮的地步了？瑜丫頭總是你親生女兒，你既然已經知道她是被冤枉的，就應該竭力替她討回公道，還她清白才是正經！」太夫人重重地拍了一下桌子，指著顧廷西的鼻子罵道：「可是你呢？竟然想利用此事訛人家楚王府！楚王府豈是能輕易任人脅迫的？我怎麼生了你這麼個狼心狗肺的東西？滾，你給我滾！」她生性要強一輩子，最恨這些烏七八糟的骯髒事，如今見兩個兒子竟然在商量如何算計楚王府，更讓她怒不可遏。

顧廷西被罵得狗血淋頭，卻無言以對，只得抱頭鼠竄。不管了、不管了，愛怎樣就怎樣吧！反正他說什麼都是錯的！

「母親，您不要生氣了，是兒子們思慮不周……」顧廷東見太夫人動怒，一番話也說得於情於理，遂面帶愧色道：「那就聽母親的，把三丫頭遭人陷害的事情傳揚出去，保住她的名聲，然後再……再徹查陷害三丫頭的幕後凶手；只是，若此事真的查到了忠義侯府，切不可大張旗鼓，以免引起不必要的誤會。」不是他胳膊兒往外撇，而是忠義侯夫人程氏是當今寵妃程貴妃的胞姊、六皇子齊王慕容朔的姨母，這樣的人家，真的不是他們顧家能得罪的。

大梁開國三十年，歷經兩代君王。

外有前朝餘孽宇文族枕戈待旦，屢屢率軍來犯；內有厲王慕容烈狼子野心，意欲謀反篡位。

先帝戎馬一生，戰死沙場。當今皇上孝慶帝臨危受命，力挽狂瀾，勵精圖治，威震八方，滅宇文，除厲王，才換來今日四海昇平，五洲盛世。

三個月前，南直隸蝗災肆虐，民不聊生。危急時刻，皇太子慕容曄挺身而出，南下救災，卻在途中遇刺身亡，英年早逝。孝慶帝痛失愛子，悲痛欲絕，病了大半個月，龍體每況愈下，一日不如一日。

立儲大計迫在眉睫，一時間，朝中局勢風雲詭譎，暗潮湧動，變得異常撲朔迷離。

「你放心，咱們自個兒家裡是明察，若是牽扯到忠義侯府，自然不會大張旗鼓地宣揚，但這事絕對不能糊裡糊塗地了事，明察也好，暗訪也罷，必須得查個明白。」太夫人見顧廷東還算知趣，語氣也跟著緩和下來，鄭重道：「當年你祖父用一帖膏藥救了先帝，才得到護國公的爵位，雖然是降級襲爵，而非世襲罔替，但雷霆雨露皆是君恩，顧家能有今天，也是祖宗保佑。你父親一輩子癡迷醫術，無心仕途，爵位自然升遷無望，故而到了你這裡，只襲了伯爺的封號，府裡的日子也是一年不如一年，你是長子，看在眼裡、急在心裡，母親都知道。」頓了頓，太夫人又嘆道：「忠義侯府雖說是你岳丈家，門楣又比咱們高，對你的仕途也是一大助力，但是兒呀，母親一個內宅婦人，尚且知曉修身齊家平天下的道理，你怎麼就看不明白呢？無論做什麼事情，人心首先得擺正，君子坦蕩蕩才能立足於世，不被人所詬病，若是家宅不寧，百弊叢生，顧家哪會有什麼錦繡前程？」

「母親教訓得是，是兒子魯莽了。」顧廷東握拳輕咳，汗顏道：「三丫頭的事情，全由母親做主，府裡有母親管著，兒子高枕無憂。」

「我老了，管得了一時，管不了一世，你才是建平伯府的當家人，伯府以後的路怎麼走，全都取決於你。」太夫人淡淡道：「自從太子被刺，二皇子秦王、三皇子燕王，還有六皇子齊王之間的爭鬥是越演越烈，而你是站在了齊王那邊，對不對？」四皇子幼年早夭，五皇子體弱，七皇子年幼，八皇子尚在襁褓中，除了被刺身亡的皇太子慕容曄，也就剩下這三個皇子有能力參與奪嫡了。

「母親，並非兒子有意參與奪嫡之爭，而是忠義侯府原本就是齊王的姨母家，咱們又跟忠義侯府是姻親。」顧廷東為難道：「就算咱們不站隊，在別人眼裡，咱們也是齊王的人啊！」

「只要咱們立場堅定，別人以為是別人的事。」太夫人正色道：「自古以來，多少豪門貴冑因為參與奪嫡，最後落了個家破人亡的下場。以後忠義侯府那邊你少去走動，適當的時候也表表咱們的態度，咱們顧家只忠君，不想捲入奪嫡之爭去。」

「……母親所言極是。」顧廷東訕訕道。

第三章　楚王世子的心上人

不到天黑，顧家三姑娘是被人推到楚王世子馬下的消息，很快就傳遍了整個京城。

「既然如此，那就送一千兩銀子到顧家，此事就算了了。」偌大的書房裡，楚雲霆站在窗前，負手而立，上位者的氣勢凜然，沈吟道：「務必盡快平息此事，我不想再聽到半點閒言碎語。」敢在眾目睽睽之下把人推倒在他的馬下，看來小姑娘是得罪人了；當然，無論是她故意的也好，被人推出去的也罷，他對她都無半點興趣。

「是。」楚九畢恭畢敬地應道：「世子放心，屬下保證三日內，京城再無人敢議論此事。」說著，他抬眼看了青竹般挺拔的主子一眼，欲言又止。

「什麼事？」楚雲霆啪地一聲關上窗子，轉身坐下來，慵懶地倚在雕花木椅上，修長的手指一下一下地敲打著椅臂。太子慕容曄的噩耗他都承受了，眼下還有什麼消息值得楚九如此鄭重、如此小心翼翼的？

「世子，程院使家的二小姐，今兒在護城河那邊溺水身亡了。」楚九小心翼翼地看了楚雲霆一眼，大氣不敢出地說道：「就是在您賽馬的時候，她跟六皇子去了護城河放花燈，不小心落水，待被救起來時，人已經沒有氣息了。」世子對程二小姐的心思，他多少知曉一些，否則，世子也不會時常派他打聽程二小姐的事情。

楚雲霆臉色一沈，生生按斷了椅臂。

那時，落英繽紛的合歡樹下，身著煙雲蝴蝶裙的女子素手撥著琴弦，彈奏出的曲子猶如清風明月般動人心魄，烏黑清亮的眸子帶著淡淡的笑意，玉肌花貌，嬝娜纖巧，風起，花落，那一樹的花雨襯得她宛如悄落凡塵的天外仙子。

當時他立刻派人打聽，才知道她叫程嘉寧，是程院使家的二小姐，彈奏得讓他如癡如醉的那首曲子，正是她兄長程禹所譜寫的《鳳求凰》。

他雖然知道她是齊王慕容朔的心上人，卻依然不自主地派人護她左右，甚至今天他肯答應前去護城河邊賽馬，都是因為她也會去罷了。萬萬想不到，轉眼間，她竟然就這樣走了……

「世子……」楚九小心翼翼地喊道。

「出去！」楚雲霆怒不可遏。不過短短數月，他的好兄弟走了，現在竟然連心上人也走了。

楚九嚇得撒腿就跑，跑了幾步，又似乎想起什麼，硬著頭皮停下腳步，扶著門框，訕訕道：「世子，王妃讓您去正廳喝茶，說是……說是表姑娘來了。」不用說，肯定是表姑娘南宮素素聽說了世子撞傷顧家三姑娘的事情，心裡著急，才親自趕來楚王府打探消息。

「傳我命令，速速把五城兵馬司的指揮使召集到這裡來！」楚雲霆厲聲吩咐道：「我要知道今天發生在京城的每一件事情，快去！」

「可是、可是表姑娘那邊……」楚九壯著膽子問了一句，一抬頭，看到主子那幾乎噴火的眸子，再次抱頭鼠竄。得罪表姑娘他死不了，可若是違逆了主子，那他可是真的會死。

「喲，不到一天的工夫，又變成是被人推出去的了？」楚王妃南宮氏倚在美人榻上，逗弄著懷裡雪團般的貓，冷笑道：「如今這京城可真是人心不古，世風日下啊！連犄角旮旯的阿貓、阿狗，都想著靠這種齷齪手段上位嗎？真是作夢！我楚王府豈是這麼好算計的？」顧家那個三姑娘是有意撞的也好、被人推的也好，她都不想過問，不過是區區五品顧家，還敢訛上他們楚王府不成？信不信她只要動動手指，就能讓顧家死無葬身之地。

「姑母說得是。」南宮素素見楚王妃這麼說，暗暗鬆了口氣，嘆道：「今天的事情，姪女聽說後，也不禁替表哥捏了一把汗啊！若顧家計較起來，總是有損表哥聲譽。」想不到小小的伯府，也敢打楚王府的主意，真是活得不耐煩了！

「區區小事，實在不值一提。」南宮氏無所謂地笑笑。「好了，咱們不說這些不開心的事了，妳既然來了，就留下來陪姑母用晚膳，我再派人催催元昭，讓他過來陪妳說說話。」

「好。」南宮素素羞澀地點點頭。

南宮氏朝站在旁邊的徐嬤嬤遞了個眼色。

徐嬤嬤會意，轉身出了門。片刻，又折了回來，心情複雜地看了南宮素素一眼，垂手稟報道：「回稟王妃，楚九說世子召了五城兵馬司的指揮使問話，不讓任何人過去打擾。」南宮素素傾慕世子的心思，全府人盡皆知，可是世子對她卻一直不冷不熱，實在是讓人難以捉摸。

「把楚九給我叫過來！我倒要問問，他這個貼身侍衛是怎麼伺候主子的？」南宮氏不悅道：「到了飯點也不提醒著，都是不中用的奴才！」

徐嬤嬤很快把楚九喊了過來。

「回稟王妃，世子是真的有急事。」作為世子身邊最得力的侍衛，楚九對答如流，有板有眼道：「顧家三姑娘撞到世子馬下的事情，讓世子很不高興，現在正跟五城兵馬司查問此事呢！」

「那顧家的事情，世子打算怎麼處理？」南宮素素急切地問道。表哥行事從來不按常理，萬一為了保全王府的名聲，真的把那個女人納進門怎麼辦？

「世子吩咐屬下給顧家包一千兩銀子送去，當作賠償。」楚九如實道：「屬下還聽說顧家三姑娘要親自徹查此事，看來她的確是被人陷害的。」

南宮氏不耐煩地擺擺手，一臉嫌棄。她一點都不想知道顧家三姑娘到底是不是被人陷害的，反正她絕對不可能讓她兒子娶那個三姑娘進門，做妾也不行！

南宮素素這才徹底放了心。

楚九畢恭畢敬地退下去，一出垂花門，便一路小跑著出了大門，朝停在路邊的馬車奔去，神色恭維。「柳老爺放心，世子讓小人送一千兩銀子給顧家，這事就算了了。」

「多謝九爺周全！」柳禹丞笑笑，露出滿口白牙，語氣輕鬆道：「之前府上預訂的西域雨前龍井，我已經讓掌櫃的備下了，回頭就讓他送到您這裡來；只是南詔雪山黃芽茶得等下次了，原本就只得到半斤，被忠義侯世子在半路上軟磨硬泡地截走了，他說忠義侯府要舉辦賞花會，得用雪山黃芽茶給他鎮場子呢！」無論是西域雨前龍井，還是南詔雪山黃芽，都是茶中珍品，可遇而不可求，這些京城公子哥兒的品味高著呢！

「無妨、無妨！」楚九咧嘴一笑。「後天就是忠義侯府的賞花會，我家世子也在受邀之列，一樣嚐得到！」楚王世子和忠義侯世子是從小玩伴，兩人交情匪淺。一直以來，楚王世子的東西未必是忠義侯世子的，但忠義侯世子的，卻一定是楚王世子的。

清風苑。

風起，疏影婆娑，枝葉搖曳。

顧瑾瑜出神地望著銅鏡裡年輕女子陌生的容顏，冰肌玉骨，蛾眉丹唇，若不是額頭上那塊令人觸目驚心的瘀青，倒也算是個淡雅脫俗的美人。

原來的她也是極美的，只不過自小身子孱弱，看上去有些弱不禁風罷了。

她生來怕冷，特別到了冬天，便更不能出門，只能整日抱著手爐，一遍一遍地翻看著那幾本發黃的醫書，懨懨度日。

父親、母親雖然經常去探望她，但都是留下一大堆補品，說幾句安慰的話就走了，他們似乎都習慣了有個體弱多病的女兒，並沒有因為她的病感到傷神。

如今，她溺水而亡，又成了另一個人。

父親、母親白髮人送黑髮人，想來也是悲痛至極的。

她恨不得現在就回到程府，揭穿那個人的嘴臉，告訴所有人她落水的真相，可是她心裡明白，這是不可能的。

她現在是顧瑾瑜，一個小小六品吏部主事的女兒，以她目前的身分，若是貿然回到程府，跟父母相認，那個人是不會放過她的。眼下，她除了隱忍蟄伏，再沒有更好的辦法了。

「姑娘，藥來了。」青桐端著一小碟搗得黑乎乎的藥末掀簾走進來，遲疑地看了顧瑾瑜一眼，小心翼翼地問道：「要不要奴婢給您敷上？」自家姑娘突然自己會配藥，讓她很是驚悚。她跟姑娘一起長大，終日相伴，對姑娘的性情最是熟悉不過，姑娘哪裡會配藥啊！反正自從姑娘被楚王世子撞傷以後，整個人都變了。

「不用，我自己來。」顧瑾瑜收回思緒，接過藥碟，仔細聞了聞後，蛾眉微蹙，不動聲色地問道：「方子上的蒲黃怎麼變成了益母草？」顧瑾瑜也許不懂藥理，但程嘉寧的醫術卻是不在話下的，這點小傷對太醫院院使的女兒來說，更是簡單。

「回稟姑娘，府裡蒲黃沒有了，三老爺說益母草也是一樣的。」青桐如實答道。

三老爺顧廷南在南大街開醫館，平日家裡也會備上一些常用的藥材，只是恰恰缺了蒲黃。

「不行，只能用蒲黃。」顧瑾瑜不容置疑道：「妳這就去南大街藥鋪跑一趟，務必把蒲黃取回來，記住，是草蒲黃，不是淨蒲黃。還有，把三叔那邊的醫書隨便拿幾本過來我看看。」

「是。」青桐見顧瑾瑜滿臉嚴肅，大氣不敢出地退了下去。

綠蘿對著青桐的背影吐了吐舌頭，笑盈盈地掀簾進屋。「姑娘，咱們是等青桐取了藥回來，還是現在就去各房查問昨天的事情？」她跟青桐一樣，都是從柳家跟過來貼身伺候的丫鬟，對顧瑾瑜很是忠心。也不知道是哪個黑心肝的推了她家姑娘，害得姑娘額頭受傷，如果查出來是誰，她恨不得拿刀劃了那個小賤人的臉！

「現在就走。」顧瑾瑜淡淡道。

雖然當時背後那雙手推的不是她，而是原來的顧瑾瑜，但她腦海裡總是影影綽綽地感受到一縷梔子花的香氣，故而她斷定，推她的那個人用的香定是梔子花香。

暮色四合。

橙色的霞光密集地堆在天邊，宛如一片燃燒的火海，在半空肆意蔓延。

顧瑾瑜先去了二房大姨娘的楊柳院。

大姨娘對顧瑾瑜的到來很驚訝，繼而委屈道：「三姑娘，您就是給我們一百個膽子，我們也不敢加害姑娘的。」

大姨娘原本是太夫人身邊的大丫鬟，太夫人見她容貌端莊，性子又溫柔體貼，便把她指給了顧二爺；哪知，顧二爺是個風流倜儻的，根本不喜歡她唯唯諾諾的性子。五姑娘顧瑾霜出生後，顧二爺就鮮少踏進楊柳院，他不喜歡大姨娘，也不喜歡顧瑾霜。

顧瑾瑜環視一眼大姨娘屋裡的擺設，舊桌舊椅，繡著喜鵲登梅的窗簾也失了顏色，花瓣黯淡，鵲翅凌亂，在斑斑點點的天光裡顯得越加蒼白無力。

沒有男人的寵愛，女人在府裡什麼都不是。

五姑娘顧瑾霜也在，知道顧瑾瑜是來查昨日之事，低眉屈膝地上前奉茶，小聲解釋道：

「三姊姊，昨天我沒去護城河邊看賽馬，因為二姊姊想吃核桃，便留下我給她剝核桃，我們一直在八角涼亭那邊坐著，直到聽說三姊姊出了事，才趕過去看的。」大姨娘說，她是庶女，又不受嫡母和父親的待見，婚事上只能靠太夫人和大房那邊幫襯一下，為了以後，她只能忍辱負重地任憑二姑娘差遣，三、五個核桃剝下來，她的手都磨破了。

大姨娘的目光在顧瑾霜紅腫的手上看了看，眼圈倏地紅了起來，都是她沒用，連累了女兒也跟著受這種折辱。

「姨娘、五妹妹，妳們不必驚慌，事情未查清之前，人人都有嫌疑。」顧瑾瑜輕輕抿了一口茶，忍住口中的苦澀，勉強嚥了下去，起身道：「每個院子我都會轉一轉，絕對不會冤枉了哪一個人。」

二房二姨娘的翠竹院離楊柳院不遠，只隔了一座小花園。

院子裡奼紫嫣紅，小橋流水，別有洞天。

「難道三姑娘是懷疑奴家和六姑娘嗎？」二姨娘對顧瑾瑜登門並不驚慌，反而幸災樂禍地說道：「昨天六姑娘的確是去看賽馬了，但天地良心，六姑娘哪裡敢對三姑娘妳下手？三姑娘還是不要在我們這裡浪費工夫了。」她姿色明豔，跟顧二爺自小一起長大，有青梅竹馬的情分在，顧瑾雪又深得二爺喜歡，因此她覺得她們母女沒必要對三姑娘低聲下氣的。嫡女又怎麼樣？不得父親喜愛，還不是任人作踐！

「既然姨娘問心無愧，還怕我來調查此事嗎？」顧瑾瑜打量著裝飾得金碧輝煌的屋子，冷冷道：「若要人不知，除非己莫為。姨娘放心，我是不會冤枉無辜的。」

出了翠竹院，綠蘿問道：「姑娘，您說大姨娘、二姨娘誰最可疑？」

「都不是。」顧瑾瑜搖搖頭。她們身上都沒有她想找的那種香味，她相信自己的判斷。

主僕兩人邊說邊沿著府中彎彎曲曲的鵝卵石小道，進了蓮香院。

蓮香院住著三姨娘，是顧廷西新納的侍妾。

「三姑娘大駕光臨，奴家真是受寵若驚啊！」三姨娘扭著纖纖腰肢上茶，眉眼間滿是媚色，嬌聲細語道：「不瞞三姑娘，昨天奴家得到老爺允許，也去看了賽馬，當時奴家就站在姑娘們身後呢！」

女人豔若桃李，膚如凝脂，是個不可多得的尤物。顧二爺的女人，個個都是好顏色。

顧瑾瑜摩挲著茶杯，垂眸不語。碧湯清澈，茗香暗浮，是上好的碧螺春，看來，三姨娘才是顧二爺心尖上的人。

「姨娘可曾看見是誰站在我家姑娘身後？」綠蘿忙問道。

「是四姑娘站在三姑娘身後。」三姨娘直言不諱道：「奴家覺得，此事說不定是四姑娘所為，還請三姑娘明察。」她雖然入府不到兩個月，卻深得二爺歡喜。昨晚她跟二爺巫山雲雨，情到濃處時，二爺曾信誓旦旦道，只要她能生下兒子，就把她扶正，休了喬氏那個母老虎。如今，她手裡有了喬氏母女的把柄，豈能不用？她迫切希望顧瑾瑜能查到四姑娘那裡，然後順藤摸瓜查出喬氏。如此狼心狗肺的繼母，還是趁早休了得好。

「姨娘可是親眼所見是四姑娘推了我？」顧瑾瑜不動聲色地問道。

「見倒是沒有親眼看見，但她站在三姑娘身後，嫌疑最大不是嗎？」二房三姨娘沈吟一番，又信誓旦旦道：「若太夫人那邊需要人證，奴家願意跟四姑娘當面對質。」反正她不怕喬氏。正室又怎樣？還不是用了爬床上位的齷齪手段？她這個姨娘的來路也比喬氏來得光明正大！

第四章　三姑娘的醫術

晨起。

太夫人坐在臨窗大炕上，滿臉正色地掃視了眾人一眼，又和顏悅色地看著顧瑾瑜。「瑜丫頭，昨天的事情查得怎麼樣了？」

「回稟祖母，孫女已經查到了一些線索，但還需要確切的證據，暫時不能下結論。」顧瑾瑜的目光在四姑娘顧瑾萱身上看了看，面無表情地問道：「四妹妹，我聽說昨天是妳站在我身後的，四妹妹可曾看到過什麼？」

「就算我站在妳身後，那又怎麼樣？」顧瑾萱飛快地看了喬氏一眼，氣急敗壞道：「妳少血口噴人，又不是只有我一個人站在妳身後，忠義侯府的表姊們就站在我身邊，她們可以替我作證，反正不是我推妳的！」哼，想把黑鍋扣到她頭上？門都沒有！

「就是啊三丫頭，凡事得講究證據，當時站在妳身後的人多了去，妳憑什麼懷疑四丫頭一個人？」喬氏冷臉道：「都是自家姊妹，四丫頭怎麼可能害妳？我看此事根本就不用查了，反正楚王府已經送了一千兩銀子過來，三丫頭本本分分地在家裡養傷便是，若是為了撇清自己，再惹出什麼事情來，那府裡注定又不消停了！」明明是自己鬼迷心竅撞上去的，現在卻開始亂咬別人，這個繼女的鬼把戲，她最清楚不過。

「夫人，我此時就是在查找證據，當時四妹妹站在我身後，難道我不應該問一問她嗎？」顧瑾瑜冷聲問道：「還是夫人覺得楚王府送來一千兩銀子，我就應該歡喜接受，為了府裡的所謂消停，活該我名聲受累嗎？」親生父親狼心狗肺，繼母蠻橫刻薄，看來小姑娘顧瑾瑜的日子還真是過得艱難。

「妳、妳明明知道母親不是這個意思！」顧瑾萱黑著臉道：「母親也是為了妳好！」

「為了我好就是讓我拿了銀子本本分分地養傷，任憑別人作踐嗎？」顧瑾瑜反問道：「難道四妹妹覺得這就是為了我好？」重活一世，她絕對不會再讓人欺凌。

顧瑾萱一時語塞。

「妳們哪隻耳朵聽見三丫頭說是四丫頭推她的了？」太夫人見母女倆像炸了毛一樣咄咄逼人，心裡很是不悅。「此事事關三丫頭的清白，怎麼能不查？喬氏，如果此事發生在四丫頭身上，妳就不會說得如此輕鬆了吧？」

「母親，兒媳是就事論事，並無親疏之分。」喬氏被太夫人當眾揭短，惱羞道：「兒媳也是為了顧家的名聲著想！」

「三丫頭的這件事情，我說查就一定會查下去！」太夫人沈著臉道：「妳們只要好生配合三丫頭就好。」顧瑾萱剛想說什麼，卻被太夫人一記白眼瞪了回去。「四丫頭，剛才妳三姊姊問得是，妳可曾看到過什麼？妳只管如實回答便是，不要扯那些有的沒的！」當著她的面，母女倆竟然敢對三丫頭如此疾言厲色、出言無狀，真是氣死她了！

「我、我什麼也沒看到。」顧瑾萱倏地紅了臉，支支吾吾道：「當時所有人都在看賽馬，誰還顧得上注意別人？」她真的不明白，明明顧瑾瑜膽小怕事，是個動不動就愛哭鼻子的軟蛋，如今怎麼卻像變了人一樣，竟然敢當著眾人的面質問她？真是見鬼了！

「四丫頭，妳剛才說忠義侯府的姑娘們跟妳站在一起？」沈氏見顧瑾萱提到她娘家的姪女們，不禁心生不悅。難不成查來查去，還查到了忠義侯府去不成？哼，二房的女兒，一個比一個能耐了啊這是！

「母親，就算我表姊她們跟四妹妹站在一起那又怎麼樣？」二姑娘顧瑾玥冷笑道：「有誰能證明把三妹妹推出人群的就是站在她身後的人？」她父親才是建平伯好不好？二房還想反天不成？

大姑娘顧瑾華安安靜靜地坐在太夫人身邊，垂眸不語。她雖然也是大房的女兒，但她畢竟是庶女，眼下又正在跟安家議親，並不想蹚這渾水。她見過那個風度翩翩的安二公子，對他一見傾心，對這門親事也很滿意。

「奴家能證明。」二房三姨娘盈盈走進來，一雙秋水般的眸子在眾人身上看了看，畢恭畢敬施禮道：「太夫人，當時奴家站在四姑娘身後，四姑娘等人就站在三姑娘身後，還望太夫人明察。」三姑娘是嫡女，眼下又有太夫人護著，她覺得她沒站錯隊。

池嬤嬤一臉無奈地跟著二房三姨娘走了進來，她剛才攔了，但三姨娘說自己能證明三姑娘的清白，她便讓三姨娘進來，她覺得太夫人是真心想維護三姑娘的清白的。

「放肆！這裡也是一個姨娘能來的地方？」喬氏差點氣暈，厲聲道：「還不趕緊退下，面壁思過，一點規矩也沒有！」自從這個小賤人進門以後，二爺就恨不得死在蓮香院。這幾天她正想找個藉口殺殺這個賤人的威風，不想這賤人卻不知死活地自己撞上來了，真是找死！

「回稟太夫人，這裡的確不是奴家該來的地方。」三姨娘毫不畏懼，一本正經道：「但此事事關三姑娘的清白，奴家覺得應該站出來說幾句公道話。」

「說，把妳看到的，一五一十地說出來。」太夫人冷眼打量著二房三姨娘。她對妾室什麼的，向來都是異常反感的，總覺得她們都是些只會搔首弄姿地取悅男人的下賤胚子，活該受正室的欺凌。當然，二房大姨娘除外，二房大姨娘雖然身分卑微，卻也是正經人家出身，跟她們這些小賤人不一樣。

「太夫人，當時四姑娘跟另外兩個姑娘站在三姑娘身後。」二房三姨娘有板有眼道：「她們離得很近，幾乎把三姑娘圍了起來，若三姑娘真的是被人推出去的，那推她的人，肯定是她們三人當中的一個。」她不認識忠義侯府的姑娘，所以其實是在暗指四姑娘推了三姑娘出去。

「妳給我住口！四姑娘跟忠義侯府的姑娘，豈是妳一個小小的姨娘所能隨意猜忌的？」太夫人冷眼瞧著花一樣鮮嫩的二房三姨娘，越發覺得刺眼，如今見她當著眾人的面，口無遮攔地直指四姑娘跟忠義侯府的姑娘，怒氣更甚，順手一個茶盅就扔了過去。「給我滾回去面壁思過，沒有我的命令，不准出房門半步！」真是個蠢貨，說話委婉一點會死嗎？

哪知二房三姨娘不哭不鬧，反而衝太夫人盈盈施了一禮，嫋嫋娉娉地退了下去，氣得太夫人又扔了一個茶盅。狐媚子，真是狐媚子！

「母親息怒，都是兒媳的錯，沒有調教好姨娘，惹母親生氣。」喬氏心花怒放，面上卻異常惶恐，低眉屈膝道：「您也知道二爺最喜三姨娘，容不得兒媳說半個不字，眼下我們二房的一妻兩妾全都成了擺設，兒媳……兒媳也沒有辦法。」若是借太夫人的手，除掉這個小賤人，倒是省了她的力氣。

「呵呵，想不到二嫂也有今天啊！」一直坐在旁邊看好戲的何氏忍不住笑出聲，捏著手帕子道：「若是哪個不省心的姨娘給二爺吹枕邊風，想要上位什麼的，那二嫂可得當心了——」

「何氏，妳給我滾出去！」太夫人厲聲道：「明、後兩天都不用過來請安了，罰妳抄一百遍家規，兩天之內若是抄不完，就再加一百遍！」小門小戶的女兒果然不能娶，正事幫不上忙就算了，插科打諢倒是一套一套的！

何氏恨恨地看了喬氏一眼，知趣地退了出去。

喬氏心裡越加得意。

沈氏對兩個妯娌間的狗咬狗早就習慣了，故而沒怎麼在意，反而對四丫頭和二房三姨娘屢屢提到忠義侯府的姑娘很是介懷，索性順水推舟道：「母親，既然此事牽扯到忠義侯府的姑娘們，那兒媳把姪女們喚來一問便是。」太夫人何等精明，若是她裝聾作啞，反而更會引起太夫人的不悅。

「無緣無故把人喚到府上總是不妥，若是讓姑娘們起了心思，反而不美。」太夫人從善如流道：「昨天忠義侯府剛剛遞了帖子來，說要宴請咱們顧府的姑娘們明天去忠義侯府賞花，到時候妳跟三丫頭再問她們不遲。」

「也好。」沈氏不動聲色地應道。臨走，她心情複雜地瞥了一眼顧瑾瑜，心裡暗忖，難道太夫人就讓三丫頭這樣額上頂著一圈白紗布去忠義侯府賞花？想想就覺得丟人！

但此事牽扯到忠義侯府的姑娘們，她又不好說不讓三丫頭去，只得帶著大姑娘和二姑娘，鬱鬱地回了春暉院。

片刻，元嬤嬤掀簾進屋，欲言又止，面露難色。

「什麼事？」沈氏心裡一陣煩亂。

「夫人，安家來人了。」元嬤嬤咬唇道：「剛剛在慈寧堂退了大姑娘的親事，說是……說是大姑娘跟安二公子八字不合，所以……」

明明已經訂親了，卻又說是八字不合……看來安家真的是很忌憚姑娘家的名聲。

「知道了。」沈氏扶額嘆道：「妳先下去，待會兒等老爺回來再議。」

真是怕什麼、來什麼！作孽啊作孽！

「姑娘、姑娘，您的傷疤怎麼不見了？」青桐小心翼翼地揭開紗布，目瞪口呆，驚訝道：「不過一晚上的工夫，天啊！姑娘，奴婢不敢相信……」昨天上藥的時候，分明還是青紫一片，眼下怎麼突然變得白皙如初？若不細看，根本看不出原先被撞的那處月牙般的傷痕。

「姑娘配的藥簡直神啊！」綠蘿圍著顧瑾瑜，大驚小怪地轉了好幾圈，手舞足蹈道：「哈哈，傷疤真的不見了啊！」

顧瑾瑜只是笑。程庭雖然是太醫院院使，但他最拿手的卻是醫治各種跌打損傷，前世她耳濡目染，這樣的小傷對她來說，處理起來還算毫不費力。

突然，砰地一聲，門被人從外面一腳踹開。

顧廷西罵罵咧咧地走進來，抄起桌上的花瓶就朝顧瑾瑜扔了過去。「孽障！我今天非打死妳不可！」

「父親，我到底做錯了什麼？」顧瑾瑜側身一躲，藍底瓷瓶落在地上，摔了個粉碎。綠蘿和青桐驚叫一聲，雙雙護在顧瑾瑜身前。

「妳個孽障！妳大姊姊都被妳連累得退親上吊自盡，我顧家的臉面都被妳丟盡了！」顧廷西跳腳道：「妳怎麼不去死？」

大姊姊自盡了？顧瑾瑜心裡一沈，想也不想地轉身就往外走，若是一時窒息，醫治及時，應該還有救。

「妳給我回來！惹了這麼大的禍事還想跑？」顧廷西兩三下把綠蘿和青桐踹倒在地，又伸手要去打顧瑾瑜。大姑娘死不足惜，但她畢竟是大房的姑娘，又是受了這個孽障的連累，作為二房的主子，他得拿出點威嚴來，以振家風。

顧瑾瑜無心跟顧廷西周旋，眼疾手快地點了他的穴道。她太討厭這樣的父親了！程庭雖然沒有把她當作掌上明珠對待，但也不至於動手打罵；想不到堂堂顧府，行的卻是鄉紳之風，真正的大戶人家哪有動手打女兒的啊！

顧廷西瞬間不能動彈，很是驚恐，對著顧瑾瑜大罵道：「妳個孽障！妳對我做了什麼？

趕緊放開我！」

顧瑾瑜快步出了屋子。

「姑娘、姑娘，您要去哪裡？」綠蘿率先從地上爬起來，狼狽地追上來問道。

「我要去軒玉閣救大姊姊，妳不要跟著我，趕緊去找三老爺要些丹參回來待用，快去！」顧瑾瑜邊走邊吩咐，她從慈寧堂回到清風苑也就兩、三盞茶的工夫，大姑娘從得知被退親，然後上吊，該是被發現得很及時，算算時辰，應是沒有性命之憂。

綠蘿撒腿就跑，她現在對自家姑娘的醫術深信不疑。

屋裡，青桐怯怯地問道：「二老爺，您要不要喝點水？」

「滾！給我滾出去！」顧廷西咆哮道。

青桐大氣不敢出地退了出去。

「站住！」顧廷西突然喝住她，恨恨道：「妳趕緊去把三老爺給我叫過來，就說那個孽障要害死我，讓他趕緊過來救我！」

「是。」青桐低眉屈膝地應道。

軒玉閣早就亂成了一團，丫鬟、婆子站了一院子。

屋子裡傳出謝姨娘驚天動地的哭聲。「我可憐的姑娘，妳怎麼就這麼狠心地去了！」

「姨娘節哀。」池嬤嬤皺眉勸道。千算萬算，誰都算不到大姑娘是個想不開的，真是福無雙至，禍不單行啊！

顧瑾瑜心裡一沈，急急地進了屋。

沈氏領著眾人站了一屋子，顧瑾華的生母謝姨娘正跪在顧瑾華的床頭哭得肝腸寸斷，顧瑾華安靜地躺在床上，表情很是安詳。

顧瑾瑜伸手去探她的鼻息，卻被謝姨娘猛地推了一把。

謝姨娘哭喊道：「妳不要碰她！誰都不准碰我的女兒！是妳害死了她，嚶嚶……」

「姨娘糊塗了，大姑娘是自己想不開，並非是三姑娘害死的。」池嬤嬤眼疾手快地攔下謝姨娘。

謝姨娘坐在地上，捶胸頓足道：「我也不活了！嚶嚶……」

「三丫頭，大丫頭此時最不想見的人，怕就是妳了。」沈氏站在旁邊，涼涼道：「妳還是迴避吧！讓大丫頭走得安靜些。」折了一個庶女，對顧家來說其實是沒什麼的，但，是因為二房的姑娘才折了他們大房的女兒，作為主母，她心裡還是很不高興。

顧瑾玥嚇得躲在人群後，不敢靠前。她跟顧瑾華向來不合，她害怕看到顧瑾華死去的樣子。

顧瑾瑜全然不理會沈氏的話，再次探了探顧瑾華的鼻息後，沈聲道：「大伯娘，妳們先出去，大姊姊還有救。」

「有救？」沈氏愣了一下。

顧瑾瑜迅速地拔下頭上的銀簪，朝顧瑾華的人中刺去，很快有血滲出來。

謝姨娘瘋了一樣地撲上來。「大姑娘都去了，妳還不放過她？我們到底是怎麼得罪了三姑娘啊！」

「把她拖出去！」顧瑾瑜厲聲吩咐道：「準備熱水、布巾，要快！我保證大姊姊會很快醒過來的。」

池嬤嬤率先反應過來，這才驚覺三姑娘額頭的那處傷疤竟然離奇消失了，心裡千迴百轉了一番後，忙拽著謝姨娘出門。娘呀，從來沒見過誰的傷疤癒合得如此迅速，簡直看不出一點痕跡，難道……難道三姑娘真的有靈丹妙藥？

屋裡人卻沒有動，剛剛三姑娘說大姑娘能醒來？說笑吧？

「姑娘，熱水、布巾來了。」青桐端著木盆，急急地走進來。她相信三姑娘一定能救活大姑娘的！

「都出去吧！」沈氏見顧瑾瑜的動作如行雲流水，舉手投足不慌不忙，很是熟稔，分明是醫家的架勢，又見她額頭光潔如初，心裡不禁咯噔一下，遂朝眾人擺擺手。「既然已經這樣了，就讓三丫頭試試吧！」反正人都死了，再壞能壞到哪裡去？

眾人這才魚貫而出。

第五章　恩怨

「妳們不要攔我，讓我去哭一哭，送她一程！」太夫人拄著枴杖，淚流滿面道：「她好歹托生在我顧家一場，也是我的骨血啊！」世間最大的痛莫過於白髮人送黑髮人，大姑娘雖然是庶女，卻也是她的親孫女，又是二八芳華的年紀，她如何不痛心？

「太夫人，您是長輩，她受不得您去送行的。」桃紅勸慰道：「您這樣是折了她的福分。」

「太夫人節哀。」屋裡的丫鬟、婆子齊齊跪了一地。

「太夫人、太夫人，大姑娘無礙了！」池嬤嬤急急掀簾走進來，一臉喜色。「是三姑娘救了她！現在三老爺也趕了過去，大姑娘喝了參湯，謝姨娘正在陪著她呢！」

「什麼？是三丫頭救了她？」太夫人難以置信。

「的確是三姑娘！」池嬤嬤便把事情的來龍去脈原原本本地說了一遍，不可思議道：「太夫人，說也奇怪，明明人都去了，可是三姑娘卻硬是把大姑娘從鬼門關前拖了回來，若不是親眼所見，就是打死奴婢，奴婢也是不信的！」

「好、好，沒事就好！」太夫人掏出手帕子，擦了擦眼淚，破涕為笑。「走，咱們看看去。」

一行人浩浩蕩蕩地去了軒玉閣。

「孫女不孝，讓祖母擔心了。」顧瑾華在謝姨娘的攙扶下，畢恭畢敬地跪地磕頭。適才在鬼門關前轉了一圈，現在想來有些後怕，兩條腿直打哆嗦。她並不想死，只是乍聞被婆家退了親，很是羞憤難耐，她覺得她的名聲是徹底毀了。

「太夫人，奴婢沒有看好大姑娘，險些釀成大禍，太夫人若要責罰就責罰奴婢吧！」謝姨娘連連磕頭，緊緊抓住顧瑾華的衣角，絲毫不肯鬆手，她擔心一鬆手，這個女兒就會消失不見。

沈氏冷眼瞧著謝姨娘，嘴角揚起一絲冷笑。這個女人一貫會扮弱，實際上不知道有多少齷齪心思，她甚至懷疑，大姑娘尋死就是她授意的，不過是弄巧成拙罷了。

「好孩子，起來吧！祖母不怪妳。」太夫人親自上前扶起顧瑾華，語重心長道：「親事沒了可以再尋，若是命沒了，那可就什麼都沒了。妳還年輕，以後的日子長著呢，切不可再動那樣的心思；妳若是走了，讓我們這些做長輩的怎麼活下去？」

「孫女知錯了。」顧瑾華垂眸應道。

「大丫頭，妳的親事是因為三丫頭的事情被退掉不假，可這事三丫頭也是被人陷害的，妳不能怨她。」太夫人抓起顧瑾華的手，放在手心裡拍了拍，鄭重道：「如今又是三丫頭把妳從鬼門關前救了回來，妳就更不能怪她了。祖母並非要妳報答和感恩三丫頭，而是不想讓妳們姊妹倆因此生了嫌隙。妳放心，妳的親事祖母會放在心上，咱們再尋個更好的。」

「祖母，孫女想一輩子陪在祖母身邊，不想嫁人了。」顧瑾華頭一歪，伏在太夫人肩頭上，泣不成聲。一想到此生不能跟那個清風明月般的安公子結成連理，她就心如刀絞；但當著眾人的面，她又不好說她是心儀安公子的，若傳揚出去，那她的婚事就真的艱難了。

「傻孩子，女兒家哪有不嫁人的？」太夫人柔聲安慰道：「妳放心，妳的親事祖母會一直找到妳滿意為止，但妳得答應祖母，以後切不可再有別的心思。」

顧瑾華擦擦眼淚，點頭道是。

「這幾天妳且好生陪著大姑娘吧！」太夫人淡淡地瞄了謝姨娘一眼，正色道：「務必照顧好大姑娘，切不可再有閃失，否則，我拿妳是問。」

「謝太夫人！」謝姨娘喜上眉梢。大姑娘從生下來就被抱到嫡母面前撫養，她鮮少有機會跟大姑娘親近，更多時候，只是眼睜睜地看著，如今也算是因禍得福了。

「三姑娘哪兒去了？」太夫人環視一圈，卻沒有發現顧瑾瑜的影子，立下這麼大的功勞，怎麼反而不見人影了？

「母親，三丫頭正跟三老爺在書房說話呢！」沈氏勉強笑道：「適才三丫頭給大丫頭診脈的時候，說大丫頭受了驚嚇，得好好調養些日子，兩人正在商量給大丫頭下方子呢！」

「既然這樣，那我就不過去打擾他們叔姪了。」太夫人欣慰道：「回頭妳讓他們倆去慈寧堂一趟，就說我老婆子要留他們用晚膳。」

「是。」沈氏道是，心裡卻驚恐不已。三丫頭的傷疤怎麼好得如此之快？還有，大丫頭明明已經去了，怎麼三丫頭一來，就起死回生？她不敢想下去了。

顧廷東一下朝，得知大姑娘被退親又自盡未遂，驚得腿都軟了，急急來慈寧堂找太夫人商量對策，母子倆在書房嘀嘀咕咕說了一通，才進東暖閣用膳。

顧瑾瑜和顧廷南早就到了，叔姪倆興致盎然地品著池爐爐泡的好茶，心情很是愉悅。

羊皮花絲、清蒸鱸魚、素炒三鮮、蛋皮蒸餃、單籠金乳酥、八寶蓮子羹，慈寧堂的晚膳很是豐盛。

「今天的事情，多虧了三丫頭。」太夫人笑盈盈地挾了一個蛋皮蒸餃給顧瑾瑜。「若不是三丫頭，這會兒我老婆子哪有心思吃飯？哭都哭死了！」

「三丫頭什麼時候懂醫術了？」顧廷東心情複雜地看了一眼顧瑾瑜，驀地大驚，忙問道：「妳、妳額頭的傷好了？」簡直比聽到大丫頭自盡還要驚悚。

「之前讀了幾本醫書，略懂皮毛而已。」顧瑾瑜謙虛道：「我在外祖家住的時候，閒來無事翻看了一個專治跌打損傷的方子，不想卻在今日用上了，好在藥效還算不錯。」

柳家也有藥鋪，家裡有幾本醫書亦是正常的。

「三丫頭懂的哪裡是皮毛，分明本事不在我之下！」顧廷南摸著下巴，嘿嘿笑道：「本來我正打算請個醫術高明一些的大夫幫我打理醫館呢，現在看來，我也不用費這個心思了，我看三丫頭就行！咱們叔姪倆聯手把咱們顧家的醫館發揚光大，好不好？」

顧廷東皺眉。老三那點本事，其實壓根兒就稱不上醫術，他好多藥材都認不全好嗎？他的那間醫館不過是頂著祖傳的名聲，賣些跌打損傷的膏藥，反正橫豎醫不死人罷了。

「三丫頭的傷真的不見了啊！」太夫人後知後覺地欣喜道：「還是自己配的方子，怪不得妳三叔說妳的本事不在他之下呢！」說著，又瞪了顧廷南一眼，嗔怪道：「女孩子家家的，哪能拋頭露面地給別人看病？我告訴你，不准你打三丫頭的主意！」

顧廷南哈哈大笑。

「三丫頭，妳大姊姊的身子怎麼樣了？」顧廷東問道。

「大姊姊發現及時，並無大礙。」顧瑾瑜如實道：「稍稍調養幾日就沒事了。」

顧廷東這才徹底放了心。

顧廷南津津有味地喝著碗裡的蓮子羹，隨口道：「聽說程院使家的二小姐昨日在護城河溺亡了，哎呀，小小年紀就這麼去了，還真是天妒紅顏啊！」

顧瑾瑜聞言，手裡的筷子啪地掉在了地上。一股難言的酸澀在心頭翻騰起伏，冷不丁聽顧廷南談及程家、談及程家二小姐，她有些始料未及，心痛得無法呼吸。

「三丫頭，妳若是累了，就先回房休息。」太夫人見顧瑾瑜臉色變得煞白，提醒道：「明天妳大伯娘還要帶妳們姊妹去忠義侯府賞花呢！」

「我沒事的，祖母。」顧瑾瑜忙擦擦眼淚，彎腰撿起筷子，垂眸道：「我之前在舅舅家住的時候，曾經見過程家二小姐數面，也算是故人，如今冷不丁聽見她已經香消玉殞，頓感傷懷罷了。」她在替她自己傷悲，臨死也不知道慕容朔為什麼要害死她。

「唉，的確是個意外。」顧廷南搖搖頭，嘆道：「聽說七夕那天，程家二小姐跟齊王一起在護城河放花燈，不慎跌入水中溺亡，齊王對她情深義重，到現在還躺在床上，一病不起呢！程院使夫婦更不用說，白髮人送黑髮人，可憐啊可憐！」

太夫人也跟著嘆氣，這樣的痛苦，她剛剛經歷了一遭，感同身受。

從慈寧堂出來，顧瑾瑜這才想起她父親還被她「定」在清風苑，忙快走幾步，討好道：「三叔，您剛才不是跟我討那個跌打損傷的方子嗎？不如您現在隨我去清風苑走一趟，我拿給您看！」

「好！」顧廷南爽快地答道。

遠遠地，屋裡傳來女人的哭泣聲。「老爺，您這是怎麼了啊？」

「哭什麼哭？還不趕緊把那個孽障給我找來！」顧廷西怒吼道：「我是被那個孽障給捉弄了！」

二房三姨娘跌跌撞撞地跑出來，見了顧瑾瑜，驚喜道：「三姑娘，您可算回來了！您趕緊把老爺解開吧！老爺飯都沒有吃呢！」

顧瑾瑜信步進屋，抬手解了顧廷西的穴位。

顧廷西一個趔趄，差點摔倒，他狼狽地站好後，氣急敗壞道：「妳個孽障，敢陷害妳老子，看我不打死妳！」

顧瑾瑜涼涼地看了他一眼，轉身就走；若他真的敢動她一根手指頭，信不信她會再次定住他？

顧廷西更加生氣，挽起袖子衝了過去，竟敢藐視他的威嚴，真是氣死他了！

「二哥你這是幹麼？三丫頭這麼大了，打不得啊！」顧廷南忙攔住他。「有話好好說，消消氣！」

「就是啊老爺，三姑娘是被人陷害的，反正大姑娘也沒死成，您這是何必呢！」三姨娘也上前跟著勸道：「三姑娘明天還要去忠義侯府賞花，若是您把她打壞了，太夫人肯定會怪罪老爺的。」

兩人連拖帶拽地把顧廷西帶走了。

第二天一大早，綠蘿興奮地從衣櫃裡取出一件大紅色逶迤拖地煙紗裙，得意道：「哼，姑娘穿上這件煙紗裙去忠義侯府，肯定會豔冠群芳，鶴立雞群的！」

別的不說，光是這裙襬上綴的寶石，她跟青桐可是足足縫了一天呢！到時候，肯定亮瞎所有人的眼。柳家是京城數一數二的富商，前任二夫人柳氏的嫁妝頗為豐厚，姑娘在顧府雖然處境艱難，但在錢財上卻從未短缺過，甚至比太夫人手頭還闊綽呢！

「不過是賞花，穿這麼繁瑣幹麼？換件簡單一點的就好。」顧瑾瑜瞥了一眼綠蘿手裡的長裙，倒吸一口涼氣，她穿這身衣裳，是去給忠義侯府拖地的嗎？

前世她身子孱弱，出門的機會並不多，在家待久的人，並不喜歡華麗張揚的衣裳。

「可是姑娘，這裙子是您前些日子讓奴婢們連夜趕製好，說是等出門的時候穿的啊！」綠蘿睜大眼睛道：「如今好不容易等到這一天，怎麼又不穿了？」

「姑娘，這件怎麼樣？」不等顧瑾瑜回答，青桐又從衣櫃裡取出一件鵝黃色水仙散花綠葉裙，笑道：「這件是上個月舅老爺派人送來的，姑娘還沒有穿過呢！」

「不好，太鮮豔了。」顧瑾瑜搖搖頭，起身走到衣櫃前，翻了翻，找出一襲淡粉色煙籠梅花百水裙。「就穿它了。」好歹不用給人家拖地不是？

綠蘿和青桐面面相覷。姑娘最不喜歡的衣裳就是這件，之前還說要送給四姑娘呢！因這衣裳是太夫人送給姑娘的生辰禮，綠蘿和青桐好說歹說才勸住姑娘，再怎麼不喜歡也是太夫人的一番心意，切不可隨意賞人，傷了太夫人的心。

姑娘越來越奇怪了，先是莫名其妙地通曉了醫術，眼下，怎麼連穿衣的喜好也變了？

沈氏特意安排顧瑾瑜跟她單獨坐在一輛馬車上，囑咐道：「三丫頭，忠義侯府不比咱們顧家，妳要查推妳之人，大伯娘沒有意見，但凡事得掌握尺度，有什麼證據，儘管告訴大伯娘，大伯娘替妳做主，切不可自作主張，魯莽行事。」若是在忠義侯府鬧起來，可就丟人丟大了，今天來賞花的，可不只顧府一家呢！

「大伯娘放心，我知道該怎麼做。」顧瑾瑜淡淡道：「我既然答應過祖母要暗訪，就斷斷不會鬧得人盡皆知。」畢竟兩府和睦，比起她一個小姑娘的名聲要重要得多，這些道理，她懂。

沈氏心情複雜地瞥了一眼她光潔如玉的額頭，再沒吱聲。三丫頭的確跟以前不一樣了呢……

第六章　物是人非

雕梁畫棟，小橋流水。

滿園子的奇花異草開得生意盎然，爭妍鬥豔，彩蝶蹁躚。

沈氏領著眾女走在繁花錦簇的忠義侯府，不時有丫鬟、婆子上前施禮問安。

二姑娘顧瑾珝與有榮焉，趾高氣揚地挽著沈氏的胳膊，很是得意，這可是她嫡親的外祖家呢！

四姑娘和六姑娘滿臉豔羨，邊走邊指指點點，一路讚嘆。

五姑娘膽小，不太敢抬頭，亦步亦趨地跟在三人身後。

顧瑾瑜目不斜視地走在最後面。

忠義侯夫人程氏是慕容朔的姨母，也是她程嘉寧的姑母，她每年都會來一、兩次，故而對這裡並不陌生。

若她還是程嘉寧，說不定今天慕容朔也會帶她來這裡賞花，她雖然身子孱弱，但在盛夏卻是能夠出門的，如果她不出意外，再過幾年，她相信她一定可以醫好自己的病。

走在熟悉的青石板路上，顧瑾瑜思緒萬千。

剛進花廳，便聽見女子歡快的聲音傳來——

「吳嬤嬤剛剛帶著寧武侯府的姑娘們去了園子，妹妹一家就來了，咱們府上今兒可真是熱鬧！東園的蓮湖，西園的梔子花都開得好著呢，保准姑娘們歡喜！」

忠義侯府跟寧武侯府是世交，這樣的日子肯定少不了寧武侯府的姑娘們。

寧家女兒多，府上共有九位小姐，且都到了適婚的年紀，在京城夫人們的努力下，已經嫁出去四個，剩下的五個姑娘，依然是各府相看的目標，故而但凡豪門貴冑們的賞花會，通常是少不了寧武侯府的姑娘們。

坐在上首的白髮老夫人是沈氏的母親許老夫人，說話的是二夫人錢氏，沈氏的二嫂。沈老侯爺沒有妾室，忠義侯府兩子一女都是許老夫人所生。

錢氏身邊還坐著一個盛裝打扮的麗色女子，正笑盈盈地看著她們，錢氏笑著介紹道：「這是寧武侯夫人，今兒我們家可是蓬蓽生輝啊！」

沈氏忙領著眾女上前見禮。

寧武侯夫人楊氏矜持地點頭笑著，連誇姑娘們乖巧懂事。她身邊的嬤嬤會意，立刻取出幾個精緻的荷包遞到姑娘們手裡，姑娘們一看有禮物，便興奮地上前一一謝過。

顧瑾瑜悄悄捏了捏荷包，斷定裡面肯定是金葉子之類的小玩意兒，精緻且價值不菲。

寧武侯夫人楊氏她是認識的，翰林院編修家的庶女，早些年因為體弱，終日纏綿病榻而耽誤了婚事，雖然是絕色之姿，卻一直蹉跎到二十五歲才偶遇一江湖郎中，討了個偏方，身子才逐漸痊癒。

有次去廟裡上香還願，途中偶遇寧武侯，寧武侯對她一見傾心，念念不忘，隨即便派了官媒登門，以正妻求娶。

楊編修自然是喜出望外，就像是壓了多年的箱底貨，突然有貴客願意花大錢買走一樣的興奮，歡歡喜喜地把楊氏嫁了過去。

寧武侯中年喪妻，又娶得如此美嬌娘，很是興奮了一陣子，據說楊氏剛進門頭一年，寧武侯連其他姨娘的門都沒踏進，獨寵楊氏。

寧武侯有九個女兒，唯獨沒有兒子。

可是楊氏進門這麼久，又是專房之寵，肚子竟然一點動靜也沒有，為此，楊家老夫人很是著急，專程帶著她去程家拜訪過程老夫人裴氏。

裴氏的本事並不在程庭之下，只不過身為女子，不好拋頭露面地給人瞧病罷了。

如今瞧著楊氏眉間鬱結的隱隱愁色，顧瑾瑜猜到裴氏並未醫好楊氏的病。

「外祖母。」顧瑾玥嬌滴滴地撲進許老夫人懷裡，嗔道：「玥兒好想您啊！」

許老夫人哈哈一笑，把她摟進懷裡，「心肝、心肝」地叫著。

眾女滿臉豔羨。

「二嫂，大嫂呢？」沈氏環視一圈，不見忠義侯夫人，遂輕聲問錢氏。

「大嫂娘家姪女七夕那天不幸溺亡，恰恰今日出殯，大嫂回娘家去了。」錢氏小聲道：「大嫂最疼這個姪女，已經哭了兩天了，等回來少不得又要大病一場。」

沈氏恍然大悟。這事她也聽說了，好好的一個七夕，程嘉寧溺水而亡，顧瑾瑜跌倒在楚王世子馬下，一死一傷，京城裡傳得沸沸揚揚的；只不過因為牽扯到楚王府，最讓人津津樂道的卻是顧瑾瑜撞馬的事情，而非程嘉寧的死訊。

顧瑾瑜垂下眸子，掩下所有的情緒。她有兩個姑母，對她都是極好的，尤其是二姑母程貴妃待她格外疼愛，甚至一年四季的衣裳都是二姑母所賜，吃的、用的也動不動就讓人送到府裡，可謂無微不至。

「婉娘，妳家三姑娘的傷怎麼樣了？」許老夫人撫摸著顧瑾珝的纖纖細指，不動聲色地問道：「今兒也來了嗎？」顧家三姑娘被人推出去的傳言，她也聽說了，只不過她一點也不相信，她覺得顧府是欲蓋彌彰，想挽救自家女兒的名聲罷了。

「回稟母親，三姑娘的傷已經無礙了。」沈氏轉頭看了看顧瑾瑜，語氣溫和道：「三丫頭，還不趕緊見過太夫人。」

「太夫人安好。」顧瑾瑜盈盈上前見禮。

站在旁邊的兩個十六、七歲的少女低聲私語。「臉皮真夠厚的，還好意思出來丟人現眼！」

「就是！要是我，早就臊得不好意思出門了！」

兩人的聲音不大，卻清晰地傳到眾人的耳朵裡。

眾人再看顧瑾瑜時，目光裡全是鄙視。

聽說楚王府賠了一千兩銀子了事，這下她的名聲可徹底完了……等等，她不是額頭被撞傷了嗎？怎麼一點傷痕也沒有呢？哼，她哪裡是被人陷害，分明是故意的！

顧瑾瑜面不改色，凝神感受著四周的各種脂粉香氣，茉莉香、玫瑰香、牡丹香一一從她鼻尖掠過。

香。

隱隱地，一種似曾相識的幽香若有若無地在她身邊縈繞，她心裡咯噔一下，是梔子花

眼角瞟了瞟說話的那兩名姑娘，她們都是大房的姑娘，一個是嫡長女沈亦晴，一個是庶女沈亦瀾。一般人家的嫡女跟庶女是水火不相容的，但忠義侯府的這兩個姑娘相處得卻很融洽，出入成雙，不分彼此，在京城被傳成一段佳話。人人都說忠義侯夫人溫良賢淑，教女有方，把庶女也當成親生女兒一樣疼。

聞嗅著兩人身上的梔子花香，顧瑾瑜的心情很複雜。記憶中，小姑娘顧瑾瑜並沒有得罪她們啊！

「起來吧！」許老夫人模模糊糊地看著眼前的少女，她從去年開始眼力不濟，視物越來越模糊，程庭每隔十日便會來府裡為她把脈用藥，兩家來往得很密切。她轉頭吩咐竊竊私語的那兩個少女，道：「世子在蓮湖涼亭裡待客，妳們在水榭附近玩玩便是，切不可再往那邊去，若是再出什麼意外，咱們可擔當不起。」

眾人會意，低頭偷笑。除了顧家的那個，誰還會沒皮沒臉地往男人身邊湊？

忠義侯府水榭臨湖而建，綿延了大半個湖邊，邊邊角角上掛滿了鏤空暗紋銀色風鈴，風一吹，長短不一的風鈴輕輕搖曳，發出叮叮噹噹的聲音，猶如天籟。水榭旁邊栽了些許翠竹，鬱鬱蔥蔥，滿目青翠。

湖中大片大片的荷花迎風綻放，清香四溢。一道彎彎曲曲的木橋穿梭在層層疊疊的荷葉

間，直通蓮湖中間的八角涼亭。不時有小廝、丫鬟捧著木炭、冰盆來來回回自橋上走過。

涼亭那邊依稀傳來宛轉悠揚的笛聲，音色清脆，悅耳動聽，引得眾女們頻頻轉頭眺望，但想起許老夫人的囑咐，又不好表現得太明顯，只是放慢腳步，緩緩進入水榭。

水榭裡靠欄杆的那一側擺著一長排石桌，鋪著粉底細紋的鯉魚戲水素錦，每個石桌中間都擺了冰盆，冰盆周圍堆滿了各色瓜果和點心酥餅，石凳上則套了用香草織成的涼蓆，數十個青衣小婢靜站在四下裡聽候差遣。

外面烈日炎炎，蟬聲四起，水榭裡卻是清涼無比，別有洞天。

沈亦瀾和顧瑾萱拿起放在欄杆上的魚食，興致勃勃地撒在蓮湖裡。

世子最喜錦鯉，蓮湖裡養了好多紅色的錦鯉，色澤鮮亮，靈動活潑。

顧瑾霜和顧瑾雪也倚在欄杆上，饒有興趣地看著荷葉下越聚越多的錦鯉，忠義侯府果然處處奢華。

顧瑾瑜獨自坐在石桌前，盯著滿湖的荷花出神。

上個月，慕容朔還曾經陪著她在這蓮湖裡泛舟遊玩，那時她採了不少蓮蓬放在船上，回到家，親自剝出蓮子，熬了蓮子粥，慕容朔直誇她的蓮子粥比宮裡熬的還要好。

不想，短短一個月不到，蓮湖依舊，物是人非。

「二表妹，大表妹怎麼沒跟妳們一起過來？」沈亦晴親熱地挽著顧瑾珝的手，在欄杆處站著，笑著問道：「我的絲帕快用完了，得讓大表妹再給我繡幾條。我呀，就喜歡她繡的雙面牡丹，簡直跟真的一樣呢！」

「這還不簡單，回頭我讓大姊姊給妳繡幾條便是！」顧瑾琊笑著探手撫摸著碧綠疊翠的荷葉，轉頭看了看顧瑾瑜，而後壓低聲音道：「不過，我大姊姊剛剛被人退親，心情不佳，表姊得等些日子。」顧瑾華上吊自盡的事情，太夫人有嚴令，不得對外張揚，否則按家規處置。原本就不是什麼光彩的事情，顧瑾琊自然不會跟沈亦晴透露半分。

「安家退親了？」沈亦晴驚訝道：「什麼時候的事情？」

姑娘家一旦被男方退親，不管是出於什麼原因，以後親事上就艱難了啊！

「還不是因為我那個三妹妹。」顧瑾琊翻了個白眼，冷笑道：「明明是自己作死，卻不敢承認，硬說是別人推她，這幾天一直在府裡鬧騰著查這事呢！對了表姊，四妹妹說那天是妳跟二表姊站在三妹妹身後，妳們可得小心點，別讓她咬到妳們身上去。」

「哼，我們什麼都沒有做，不怕她亂咬！」沈亦晴臉色一沈，迅速道：「我們跟她無冤無仇，為什麼要害她？分明是她故意誣陷！」她的聲音有些大，每個人都聽得清清楚楚。

「這句話應該是我來問妳才是。」顧瑾瑜簡直忍無可忍，倏地起身，信步上前，直截了當地問道：「我跟妳無冤無仇，妳為什麼要害我？」

對沈亦晴，顧瑾瑜並不陌生，前世，沈亦晴是程嘉寧的表姊。她喜歡慕容朔，心心念念地想嫁給他，故而對程嘉寧沒什麼好感，兩人雖然不常見面，但見面就爭執，絲毫不能相處，想不到，今生亦是如此。

「不是我！」沈亦晴愣了一下，她作夢也沒有想到顧瑾瑜會懷疑到她頭上來，倏地紅了臉，咬唇道：「妳、妳不要血口噴人！當時站在妳身後的，又不是我一個人！」若是被坐實了罪名，她的名聲就毀了！她將來可是要入皇子府為妃的，名聲上絕不能有任何瑕疵。

「不是妳？」顧瑾瑜的目光在顧瑾萱和沈亦瀾身上看了看，冷笑道：「如果不是大表姊，那就是二表姊和四妹妹當中的一個嘍？」

「三姊姊，事情已經過去，妳又何苦抓住此事不放？」顧瑾萱脹紅了臉，咬牙道：「妳這樣鬧得人盡皆知，對大家的名聲都沒有好處，有什麼話，還是回家再說吧！」她竟然敢當面質問忠義侯府的大小姐……別忘了，她們的父親顧廷西只是個六品主事，連個爵位都沒有！

「難道妳們的名聲是名聲，我的名聲就不是名聲了嗎？」顧瑾瑜冷冷地看了她一眼，大步走到沈亦瀾面前，一字一頓地說道：「我只問妳一句，是不是妳推我的？」以她對沈亦晴的瞭解，這樣的事情，沈亦晴是不會自己動手的；但憑直覺，此事又不像是顧瑾萱幹的，那麼，就只剩下沈亦瀾了。

「不，不是我！」沈亦瀾心裡一陣驚恐，飛快地看了沈亦晴一眼，看到長姊眸底的肅意，知道此事終究還是敗露了。

沒錯，是她把顧瑾瑜推出去的，可是，這一切都是長姊給她出的主意。

半年前，她帶著丫鬟外出挑選首飾，卻誤入青樓，差點被歹人輕薄，幸好柳家公子柳元則出手相救，保住了她的清白，她對他一見傾心，芳心暗許。

她姨娘知曉她的心思，暗地裡打聽過柳家的態度，卻不想，被柳家婉拒了。

後來才知道，柳元則心儀的是顧家三姑娘顧瑾瑜，只待佳人及笄，便會登門求娶。

沈亦晴得知她的心病，明裡、暗裡地指點她，要她除掉顧瑾瑜。

七夕那天，顧瑾瑜恰恰站在她前面，她索性心一橫，趁人不備將顧瑾瑜推了出去。那一刻，她覺得柳公子就是她的了；她萬萬沒想到的是，顧瑾瑜竟然沒死，只是撞破了額頭……不對，眼下連額頭的傷痕都不見了。

若是此事傳揚出去，她不但嫁柳家公子無望，日後必定會受京城人所不齒，她想要再嫁個好人家，也就難了。

「顧瑾瑜，妳到底是什麼意思？」沈亦晴氣急敗壞地上前，扠腰怒道：「妳有什麼證據證明是我二妹推妳？明明是妳自己恬不知恥，還想咬到我們忠義侯府裡來嗎？」

沈亦瀾聽了，更加絕望。長姊的這一番話，擺明了把矛頭推向她。

「妳想要證據是嗎？好啊，咱們這就去涼亭那邊找天子衛指揮使趙將軍。」顧瑾瑜一把攥住她的手腕，毫不畏懼道：「咱們向他討三粒吐言丸，吐言丸服下以後，妳們說的是真是假，自會見分曉！」

趙晉是天子衛指揮使，也是當今皇上身邊的紅人，近年來主審了不少大案、要案，聽說手段了得，能讓死人開口。

按說這樣一個殺伐決斷的人跟京城風雅的貴公子們應該是格格不入才是，可趙晉偏偏活出了天子衛的新境界，憑藉一支長笛硬是擠進了京城四大才俊的圈子。

適才顧瑾瑜聽到涼亭那邊傳來的笛聲，就知道趙晉也來了。

「顧瑾瑜，妳不要太過分！」沈亦晴見顧瑾瑜是認真的，奮力掙脫她的手，低聲迅速道：「此事鬧大了對誰都不好，只要妳不驚動趙將軍，妳想要什麼，儘管說，若我能辦到的，我一定滿足妳。」她聽說過吐言丸的厲害，服之，有問必答，且必吐真言；若是沈亦瀾當眾咬出自己，那她的名聲也完了！

「好，我答應妳，不驚動趙將軍。」顧瑾瑜原本也沒打算去找趙晉，遂不動聲色道：「那咱們就一起去見許老夫人，我倒要看看，你們忠義侯府怎麼處理這件事情。」

「去就去！」沈亦晴咬牙切齒地應道。

家醜不可外揚，在自家祖母面前撕破臉，總比在外人面前丟醜強。

「不，我不要去見祖母！我不去！」沈亦瀾萬念俱灰，提著裙襬就朝前跑。

她是庶女，出了這樣的醜事，府裡定會嚴懲，說不定會把她送到家廟裡絞了頭髮做姑子！不，她不要做姑子！越想心越亂，腳下一個趔趄，竟然一頭栽進了湖裡！

「救命——」沈亦瀾在水裡狼狽地撲騰著。

湖底全是淤泥，她站不穩，接二連三地喝了好幾口水，湖水很快就淹沒了她的身子。

「二小姐落水了！」眾女齊齊驚呼。

水榭裡瞬間亂成一團。

第七章　程公子其實不懂醫

「世子！不好了、不好了！」青衣小廝慌裡慌張地奔進八角涼亭，急急道：「二小姐掉湖裡去了！」

沈元皓臉色一沈，匆匆起身往外走。

眾人紛紛跑出去看。

楚九也跟著閃身而出，一眼看見在湖裡撲騰的身影，想也不想地騰空而起，身子敏捷地朝沈亦瀾奔去。

「元昭，我猜沈家二小姐落水並非意外，而是另有隱情。你說呢？」趙晉慵懶地盤腿坐在香草蓆上，抬眼看著眼前英姿颯爽的男子，嘴角扯了扯，揶揄道：「說不定此事跟你有關呢！」

說來也怪，但凡楚雲霆出現的場合，似乎總有意外發生。七夕那天的賽馬，不就有小姑娘跌倒在他的馬下嗎？

楚雲霆自顧自地喝酒，並不理會趙晉的打趣。這廝不但查案查上癮，而且還極其話癆，半點都沒有天子衛指揮使的神秘和威嚴，要不是兩人相交多年，對彼此的性情都很瞭解，他都要懷疑趙晉根本不能勝任指揮使這樣的要職。

「我的趙大將軍，你就不要打趣元昭了，就是天仙落水，他也不會多看一眼的！我猜這次真的是意外。」程禹搖著摺扇，意味深長道：「想不到楚九是個熱心的，這會兒怕是已經把人救上來了，若是沈家二小姐願意以身相許，倒也是一樁美事，楚九可是堂堂四品帶刀護衛，沈家並不虧。」

程禹是太醫院院使程庭的長子，只不過他沒有子承父業地承襲程家的醫術，而是喜歡吟詩作對，尤其擅長寫戲曲，最近風靡京城的《鳳求凰》就是出自他的手筆。

「哈哈哈，子玄說得對，這事必須成全！只要他們兩人願意，這個媒人我來當！」趙晉越說越興奮，拍手道：「咱們堂堂京城四大才俊，竟然沒有一個成親的，說來說去，咱們都不如楚九會找機會呢！」

程禹也跟著笑。

「子玄，今兒不是令妹出殯的日子嗎？」楚雲霆摩挲著酒杯，眸底黯了黯，仰頭將酒一飲而盡。「你是不是應該幫忙操辦喪事，好好送她一程？」程嘉寧是程禹一母同胞的嫡妹，妹妹出殯，兄長還有心思在外談笑風生？

「出殯在後晌，不急。」程禹收起笑容，淡淡道：「嘉寧尚未出閣，又沒有子嗣，爹娘不想大張旗鼓地辦喪事，一切從簡，沒什麼好操辦的。」

並非他無情無義，而是他實在不願相信他朝夕相處的妹妹就那麼去了，他寧願相信她依然安安靜靜地待在閨閣裡等著看他的新曲，然後煞有介事地點評一番。雖然平日裡她最愛翻看那些枯燥無味的醫書，卻也喜歡音律，他的每一首曲子，她都會彈，而且彈得極好，她是最懂他的。

「元昭，別喝了。」趙晉見楚雲霆一個勁地自斟自飲，忙攔住他，壓低聲音道：「我已經查過了，那天真的是個意外，是程二小姐提出要走遠一些放花燈，而且還屏退了下人。齊王水性一般，僅僅能自保，若是讓他救人，他還真的救不了；而且這兩天，齊王也很傷心，一直沒有上朝，你也知道，為了這事，皇上還罵他兒女情長呢！」楚雲霆對程二小姐的心思，趙晉是知道的。前些日子他還想著要不要想辦法幫楚雲霆把程嘉寧搶到手，哪知就出了這樣的意外。

楚雲霆聞言，重重地放下酒盅，沈默不語。

楚九橫抱著沈亦瀾奔了過來，大剌剌地把人放在程禹面前，摸了一把臉上的水。「程公子，二小姐已經昏迷了，您救救她吧！」

女子渾身都濕透了，薄如蟬翼的衣裳緊緊地貼在身上，勾勒出曼妙的曲線。

楚九想也不想地把身上的衣袍脫下來蓋在沈亦瀾身上，然後毫無聲息地退到了楚雲霆身後。

趙晉瞧著他全身濕漉漉的樣子，咧嘴一笑。「還不下去換衣裳？你家世子可不喜歡身邊站著這麼一個狼狽的護衛。」

楚九小心翼翼地看了看楚雲霆，見主子微微頷首，才旋風般退了下去。

程禹很為難，他父親是太醫院院使不假，但他不是啊！為什麼所有人都以為他也會醫術呢？

「子玄，你我情同兄弟，我的妹妹也是你的妹妹，不必顧及男女大防的。」沈元皓見程禹遲遲不動手，以為程禹心存顧忌，忙道：「人命關天，你趕緊救人啊！」他知道程禹不是大夫，但程禹畢竟是太醫院院使的兒子，這點小傷小災，應該難不倒他。

「修宜，並非我不肯出手相救，我是真的不會救。」程禹坦然道：「你是知道我的，如果我可以，我不會推辭的。」

趙晉摸著下巴呵呵笑，堂堂太醫院院使的兒子竟不懂醫術，的確很好笑。

「餘生，你快去請李大夫過來！」沈元皓沒心情糾結程禹為什麼不會醫術這個問題，急急吩咐道：「若是他不在府裡，就去附近醫館請個大夫來，要快！」

被喚作餘生的青衣小廝撒腿就跑。

「餘生，你跑什麼？」沈亦晴見餘生慌裡慌張地從八角涼亭那邊跑過來，忙快步迎上前問道：「二小姐怎麼樣了？」

眾目睽睽之下，楚王世子的貼身侍衛楚九把沈亦瀾從湖裡救出來，抱進了八角涼亭，她本來想過去看看的，哪知她大哥不讓她過去，說有程公子在，二妹妹沒事，她只得讓人準備乾淨的衣裳，在水榭這邊等著。

「二小姐還沒有醒來，世子讓小人去請大夫。」餘生說著，一溜煙跑了。

「咦？不是有程公子在嗎？怎麼還請大夫？」

「誰知道，男女授受不親，說不定是程公子忌諱呢！」

「這可如何是好？」

眾女竊竊私語。

顧瑾瑜聞言，想也不想地朝八角涼亭走去。溺水之人，若是耽誤了時辰，肯定會沒命的。沈亦瀾雖然跟她有過節，但這不是她見死不救的理由，況且，她跟沈亦瀾的事情還沒有了結，這個時候沈亦瀾不能有事。

「顧瑾瑜，那邊有貴客，我大哥吩咐不讓咱們過去的！」沈亦晴跺腳道。見過厚臉皮的，卻沒見過臉皮如此厚的！明明知道郎君們在涼亭那邊聚會，她竟然還恬不知恥地往那邊湊！

顧瑾瑜像沒聽見一樣，自顧自地往前走。

沈亦晴氣得再次跺了跺腳，提著裙襬追了上去。

吳嬤嬤滿面春風地帶著寧武侯府的姑娘們，剛剛逛完園子進水榭，就見顧瑾瑜跟沈亦晴一前一後地朝八角涼亭跑去，她心裡咯噔一下，忙道：「姑娘們在水榭裡歇歇腳，奴婢去去就來。」

「吳嬤嬤，那不是顧家三小姐跟府上的大小姐嗎？難不成是涼亭那邊出了什麼事情？」寧玉皎好奇道：「我聽說今天世子在涼亭裡招待客人，咱們一起看看去吧！」

寧玉皎是寧武侯府的五小姐，也是府裡唯一一個尚未出閣的嫡女。她覺得忠義侯府舉辦賞花會相看的就是她，畢竟忠義侯府世子不可能娶個庶女為妻；若是今日能見到世子，自然是最好不過。

「這……」吳嬤嬤有些為難，太夫人可是一再囑咐，不讓姑娘們靠近涼亭的。

「吳嬤嬤放心，若是太夫人怪罪下來，我就說是我想去的。」寧玉皎笑笑，朝身後的姑娘們一揮手。「顧三小姐能去，咱們也能去！」

眾女也紛紛提起裙襬，朝八角涼亭走去。

沈元皓正站在亭外翹首等著李大夫的到來，冷不丁見顧瑾瑜進了涼亭，疑惑道：「三表妹，妳來幹什麼？」這裡可都是他的客人，若是再出什麼意外，他可是擔當不起。

「救人。」顧瑾瑜大步進了涼亭，走到沈亦瀾身邊，眼疾手快地開始把脈，頭也不抬地說道：「男女授受不親，煩請你們都出去。」程禹是她的兄長，她知道他是真的不會醫術。

趙晉聳聳肩，知趣地躍到了欄杆外，當誰願意看啊！

楚雲霆置若罔聞地轉了個身，繼續喝酒，他更沒有興趣看。

「三表妹，妳確定能救我妹妹？」沈元皓表示懷疑。顧家是開了間藥鋪不假，但顧家除了三老爺顧廷南，沒聽說其他人會醫術；況且，這位三姑娘的名聲也不怎麼好，七夕節的事情，他自然是聽說了的……咳咳，眼下楚王世子也在。

「我確定。」顧瑾瑜想也不想地抬手給沈亦瀾按胸，很快，沈亦瀾連連吐了好幾口水。

程禹不認識顧瑾瑜，但見她把脈按胸的手法很熟稔，才暗暗鬆了口氣。

「顧瑾瑜，妳在幹什麼？」沈亦晴大步地走進來，厲聲道：「妳不要碰我二妹妹，我們家的事情，不用妳管！」

「若是妳不想害死她，就讓開。」顧瑾瑜頭也不抬，冷聲道：「咱們之間的恩怨以後再說，眼下救人要緊。」

「大妹，不得無禮！」沈元皓小聲訓斥道：「三表妹是在救二妹妹呢！」

「大表姊，我三姊姊的確會醫術。」顧瑾霜見沈亦晴咄咄逼人的樣子，心裡很害怕，內心掙扎了一番，索性鼓起勇氣上前道：「我三姊姊額頭的傷就是她自己醫好的，不信你們看看，沒留下一點痕跡呢！」

顧瑾萱暗中擰了她一把，什麼時候這小蹄子變得這麼膽大了？哼，多管閒事！

顧瑾霜嚇得不敢再吱聲。

「哼，就算她懂點醫術，那又怎麼樣？」沈亦晴冷笑道：「眼下巴不得二妹妹出事的人就是她了！」

她雖然這樣說，目光卻忍不住在顧瑾瑜額頭上看了看，心裡咯噔一下，還真是……真是好了呢！難不成顧瑾瑜真的能救醒沈亦瀾？突然，她猛地意識到楚王世子和趙晉、程禹也在，忙掩了掩嘴，嫋嫋娉娉地走到幾人身邊，盈盈行禮道：「見過楚王世子、趙將軍、程公子。」

「呵呵，沈小姐，別來無恙。」趙晉摸著下巴，意味深長地看著她。「我猜剛才妳們姊妹跟顧三姑娘起了爭執，妳家二小姐才落水的，對不對？」

「……」沈亦晴早就聽聞趙晉嘴巴毒辣，今日一見，果然如此。

程禹皺皺眉，往後退了幾步，雙手抱胸倚在廊柱上，饒有興趣地盯著顧瑾瑜看。他雖然不懂醫術，但見小姑娘忙而不亂，一看就知道是個行家。

楚雲霆依然自酌自飲，眼皮都沒有抬一下。

這時，吳嬷嬷也領著眾女趕到涼亭裡。

一時間，涼亭裡顯得異常擁擠。

「沈世子，麻煩你讓她們都出去。」顧瑾瑜蛾眉微蹙，沈聲道：「給我一盞茶的工夫，我定能讓人醒過來。」

「吳嬷嬷，這裡沒什麼事。」沈元皓臉一沈，輕咳道：「帶姑娘們下去吧！」

「是。」吳嬷嬷老臉微紅，訕訕地領著眾人出了涼亭。她在忠義侯府多年，府裡的公子、小姐們大都是她看著長大的，她知道世子這是生氣了，原本她們就不應該過來的。

「世子，就讓我留下來陪二小姐吧？」寧玉皎嬌羞地看了沈元皓一眼，柔聲道：「我跟二小姐最要好，不親眼看著她醒來，我不放心。」

眾女齊齊翻了白眼。不帶這樣的啊！她什麼時候跟沈亦瀾要好來著？上次不是還譏諷沈亦瀾是姨娘養的，小家子氣嗎？

「妳們都去外面等著。」沈元皓不置可否道：「眼下救人要緊，等二妹妹醒來，妳們再過來照顧她也不遲。」

寧玉皎粉臉微紅，只得盈盈退了出去。

果然，不到一盞茶的工夫，沈亦瀾便悠悠地醒了過來。

徐徐睜開眼睛，映入眼簾的，是顧瑾瑜冷靜的臉，她忍不住驚叫一聲，捂臉喃喃道：「妳放過我吧！我不想死……」

「真的醒過來了？」沈元皓又驚又喜，忙上前抱拳道：「多謝三表妹！」

「我雖然救了妳，但並不代表咱們之間的事情就了了。」顧瑾瑜面無表情地看著沈亦瀾道：「要麼妳自己去跟太夫人說，我等你們家答覆，要麼咱們現在就到太夫人面前理論理論。」

「不、不，我自己說！」沈亦瀾淚眼朦朧，泣道：「我再也不敢了，嚶嚶……」

沈元皓一頭霧水，她們在說什麼啊？

顧瑾瑜頓了頓。「好，我答應妳，只是我希望此事今天就要有個了斷，妳好自為之。」冷冷地看了她一眼後，轉身往外走，走了幾步，一抬頭見程禹正眼睛眨也不眨地盯著她看，濕意猛然湧上眼簾，她強忍著眼裡的淚水，咬唇走到他面前，微微屈膝一禮，而後提著裙襬就跑了出去。

她現在不是程嘉寧了，程禹也不再是她兄長，一切的一切，都已物是人非。

「……」沈元皓傻了，誰能告訴他，這又是怎麼回事？

「哎喲，敢情顧三姑娘眼裡只有你程公子一人呢！」趙晉咧嘴笑道：「當我們這些人都是擺設嗎？招呼也不打就走了？」呵呵，有意思！

程禹則有些恍惚。他明明跟顧三姑娘沒什麼交集，為什麼顧三姑娘會突然過來向他行禮？還有，他總覺得顧家三姑娘把脈的手法很熟悉，甚至很像他剛剛逝去的二妹……不可思議啊！

「沒事了、沒事了。」沈亦晴上前抱著沈亦瀾，連連安慰道：「不要怕，誰也不敢欺負妳，姊姊在呢！」渾然一副疼愛妹妹的長姊模樣。
沈亦瀾只是哭。
餘生等人這時才抬著李大夫，一路小跑著奔過來。
李大夫下了轎，提著藥箱奔到沈亦瀾身邊，凝神把了把脈後，顛顛地朝沈元皓施禮道：
「回稟世子爺，二小姐已經無礙了，只是著了涼，需要好生調養幾天才行。」
「先送二小姐回去吧！」沈元皓擺擺手。
沈亦晴和寧玉皎七手八腳地攙著沈亦瀾上了轎子，各懷心思地簇擁著她回屋。
「對不住了各位兄臺，改天咱們醉風樓見，我好好給大家陪個不是。」沈元皓朝三人長揖一禮，歉意道：「一點小意外，大家不要放在心上。」
「無妨，我們也沒白來啊！」趙晉聳聳肩。「不但見識了各位小姐的風姿，還見識了顧家三姑娘的醫術，哈哈哈，挺好、挺好！」
楚雲霆面無表情地起身，揚長而去，轉眼不見了蹤跡。
三人面面相覷。
「咦？楚九不是去換衣裳了嗎？」趙晉這才發現少了楚九，驚訝道：「怎麼一直不見他回來？」
「對啊，去哪裡了？」程禹環視左右道：「楚九最是盡職，不輕易離元昭左右，今兒是怎麼了？」
「不會是迷路了吧？」沈元皓猜測道。

他們家最近剛剛把隔壁的宅子買下來，打通兩家中間的院牆，把兩個園子連起來，別說外人了，剛開始的時候，就連他散步時，也會不知不覺地繞到隔壁園子，兜兜轉轉好大一個圈子，才能回到自己的院子；下人們更不用說，在園子裡繞圈圈是常有的事情。

「……」趙晉和程禹無言，他們寧願相信沈元皓在自己府裡迷路，也絕對不願相信楚九會在忠義侯府迷路，楚九的本事大著呢！

第八章 花深處

楚九的確沒迷路，迷路的是顧瑾瑜。

她從涼亭那邊出來後，水榭裡空無一人，吳嬤嬤帶著人早已經不知去向，於是她便獨自沿著來時的路往回走，走著走著，她驚訝地發現竟然不知不覺地進了一片鬱鬱蔥蔥的梔子花林。

記憶中，忠義侯府是沒有梔子花林的。

潔白如雪的花苞，翠綠欲滴的枝葉，濃郁的芳香。

顧瑾瑜心裡一沈，立刻意識到這裡似乎不是忠義侯府的園子，忙轉頭往回走，卻不想剛轉身便撞進了一堵溫暖結實的懷裡。淡淡的酒氣和著男人身上清洌的氣息將她層層包裹，一抬頭便對上了一雙深邃黑亮的眸子，心裡頓時咯噔一下，沒想到來人竟然是楚王世子。

前世她跟楚雲霆雖然沒有什麼交集，卻也見過兩面。

男子身材高大挺拔，劍眉星眼，風度翩翩，俊美無儔，據說文韜武略樣樣不在話下，無論多厚的書，他只要看一遍，就能一字不差地背下來，故而此人不但被譽為京城四大才俊之首，更是京城無數閨閣少女的夢中人。

印象中，楚王世子自恃身分高貴，才華洋溢，頗有些狂妄自大，甚至目空一切，並不是個好相與的人。

「妳跟我來。」楚雲霆面無表情地打量了她一番後，轉頭就走。想起來了，她就是那天跌倒在他馬下，也是剛剛在八角涼亭裡救人的那位小姑娘。

當然這並不重要，重要的是她會醫術，而眼下，他恰恰需要一名大夫。

「去哪裡？」顧瑾瑜對這個人的印象並不好，也不想跟他有什麼牽扯。

「我的護衛在前面暈倒了，妳過去看看是怎麼回事。」楚雲霆頭也不回地說著，大步地往前走，很快就七拐八拐地不見了身影。

顧瑾瑜有些哭笑不得，明明是他有求於她好不好？剛走沒幾步，手腕便被人冷不丁抓住，冰冷的聲音從頭上傳來——

「妳是迷了路，還是壓根兒不想幫這個忙？」不過數丈遠的距離，他眼睜睜地看著她走過來，又轉頭走掉。

「世、世子……」楚九突然出現在兩人面前，跌跌撞撞地走了幾步，又一頭栽了下去。

「楚九，你怎麼樣？」楚雲霆忙鬆開她，一個箭步扶起他。

顧瑾瑜也提著裙襬跑了過去。見楚九雙目緊閉，臉色潮紅，她忙抓起他的手凝神把脈片刻，不疾不徐道：「楚護衛體內殘毒未除，加上剛剛跳水救人，牽動了傷口，此處梔子花香又太過濃郁，機緣巧合之下才會昏厥過去，並無大礙。」

楚雲霆微微頷首。她說得沒錯，楚九兩個月前在南直隸的確中了一刀，而且刀上有劇毒，幸好醫治及時，才撿回一條命。他以為楚九的傷無礙了，卻不想，依然有殘毒未解，是他大意了。

顧瑾瑜說著，拔下鬢間的銀簪，迅速抓起他的手指一一刺破，只見數滴黑血湧出。

「有勞姑娘搭救。」楚九這才緩緩睜開眼睛，有氣無力道：「今日之恩，來日必當重謝。」

「舉手之勞，楚護衛不必在意。」顧瑾瑜收起銀簪，淡淡道：「楚護衛可是中了烏頭毒？」

他中的烏頭毒很是蹊蹺，下毒者似乎刻意控制了分量，不至於讓人斃命，卻會讓人承受生不如死的痛楚。能如此精準地掌控烏頭毒的分量，尋常醫者根本無法做到，下毒者定然是個高手。

她原本以為當今杏林高手都在京城太醫院，現在看來，是大錯特錯了，正所謂天外有天，人外有人。

「在下、在下……」楚九抬眼看了看楚雲霆，見對方一臉漠然，便撓撓頭，如實道：「在下的確中了烏頭毒。」

「此毒有些複雜，等我回去後會寫個方子放在南大街顧記藥鋪裡，楚護衛照著方子抓藥，連服一個月，體內殘毒便可盡數除去。」顧瑾瑜沈吟道：「烏頭毒在南直隸很是盛行，京城這邊倒是鮮少看見，還望楚護衛好自為之。」

「多謝姑娘。」楚九心裡暗暗驚訝，顧姑娘真是神人啊！竟然能從他中的毒推斷出他去過南直隸，佩服、佩服、佩服！

「藥方就不必煩勞姑娘了，楚九自有我楚王府的大夫對症下藥，回頭我會讓人送一千兩銀子去府上，算是今日的診金。」楚雲霆站在梔子花樹下，負手而立，語氣冷淡道：「只是楚護衛中過烏頭毒之事，還望姑娘切莫向旁人提起，否則，我拿妳是問。」

「世子儘管放心，不是所有人都對這些事情感興趣的。」顧瑾瑜拍拍衣襟，轉頭就走，走了幾步，又突然停下腳步，不卑不亢道：「還有，當日我跌倒在世子馬下，只是被人陷害推了出去，並非對世子有什麼非分之想，希望世子切不可想左了。」楚王世子果然還是那個楚王世子，孤傲冷漠，目空一切。

楚雲霆一時語塞，眼睜睜地看著她憤然離去的背影，卻無言以對。那個……他什麼時候想左了？

楚九眼角瞟了瞟楚雲霆，心裡腹誹道：人家小姑娘只是判斷出他中了烏頭毒，又不知道他是去南直隸打探宇文族的底細才被人下毒好嗎？哼，就知道嚇唬人家小姑娘！瞧瞧，現在被人家小姑娘頂得一句話也說不出來了吧？

想了想，他忙快走幾步，追上顧瑾瑜，小聲道：「顧三姑娘留步，在下的藥方還是煩勞姑娘開吧！」

「嗯？」顧瑾瑜不解，適才楚王世子不是說，楚王府自有大夫嗎？

「姑娘有所不知，府裡的吳大夫醫術雖然高明，開的藥卻很苦……」楚九撓撓頭，訕訕道：「在下想嚐嚐姑娘開的藥……」每每吃吳伯鶴那個老不死開的藥，他都有生不如死的感覺，太苦了！

「難道楚護衛沒聽說過良藥苦口嗎？」顧瑾瑜好笑道：「我開的藥也很苦，何況府上大夫醫術高明，我若是給你開方子，豈不有班門弄斧之嫌？」想不到楚王世子的貼身侍衛還真是孩子氣。

「那就煩請姑娘給在下開些不太苦的藥。」楚九長揖一禮。

「好吧！」顧瑾瑜想了想，點頭應道：「回頭我讓人把藥方送到顧記醫館，楚護衛放心，我儘量不讓藥太苦。」

「多謝姑娘！」楚九心頭一喜。

待顧瑾瑜回到內院的時候，正廳的宴席早已經開始了。

「三丫頭，妳去哪裡了？讓我們好找。」沈氏心情複雜地打量她一番，勉強笑道：「聽說妳剛剛救了二小姐，太夫人很感激，說要好好謝妳呢！」

園子裡的事情她聽說了。是沈家姊妹跟顧瑾瑜起了爭執，沈亦瀾才失足落水，雖然顧瑾瑜不計前嫌救了沈亦瀾，但她總覺得此事多半是沈家姊妹理虧，否則，怎麼到現在沈亦晴和沈亦瀾都支支吾吾地不肯說出緣由呢？難不成真的是沈家姊妹推了三丫頭？

「適才我在府裡迷了路，讓大家久等了。」顧瑾瑜淨好手，挨著顧瑾霜坐下來，坦然道：「至於救二小姐，不過是舉手之勞，大伯娘和老夫人不必介懷。」

眾女臉上一陣鄙夷。呵呵，迷路啊！就算忠義侯府剛剛修整過園子，也不可能真的就迷路吧？

沈氏皺皺眉，再沒吱聲。

用完午膳，沈氏便帶著顧瑾瑜去給許老夫人請安。

「三姑娘什麼時候會醫術了？」許老夫人端坐在臨窗大炕上，渾濁黯淡的目光落在嬌嫩可人的小姑娘身上，面無表情道：「我記得妳以前並不擅長這些。」顧家雖然有個祖傳的醫館不假，但除了顧家三老爺，還沒聽說府裡小輩中有誰能接下這衣缽的。

「回老夫人，閒來無事讀了些醫書，慢慢知道點皮毛而已。」顧瑾瑜端坐在籐椅上，有板有眼地答道：「瀾表姊並無大礙，只是受了些驚嚇，好好休養兩天就無礙了。」

「三姑娘向來聰慧，的確是一點就透。」沈氏捏著手帕子，不冷不熱道：「連額頭的傷都是自己醫好的呢！」頓了頓，又關切地問道：「母親，瀾丫頭怎麼樣了？」

「瀾丫頭剛剛喝了藥睡下，晴丫頭在陪著她呢！」提起兩個孫女，許老夫人臉上浮起一絲笑容，轉頭看了看顧瑾瑜，繼而又不悅道：「三姑娘，我聽丫鬟們說，瀾丫頭是跟妳起了口角？」

「是的。」顧瑾瑜不疾不徐道：「瀾表姊承認是她推了我，很害怕，所以才失足落水的。」

「什麼？妳說是瀾丫頭？」沈氏大驚。「三丫頭，這樣的話可不能亂說啊！」天啊！她怎麼敢當著老夫人的面說是瀾丫頭推她？不是說好了，無論查到什麼都要先跟她商量嗎？

許老夫人也是滿臉驚訝，忙屏退下人，不可思議道：「怎麼會是瀾丫頭？」瀾丫頭雖然是庶女，卻是知書達禮、溫柔嫻淑，她覺得這個孫女絕對不會做出這樣的事情。

「老夫人和大伯娘若是不信，大可前去問晴表姊和瀾表姊。」顧瑾瑜淡淡道：「老夫人，京城都在傳言是我愛慕楚王世子才故意撞到他馬下，如今真相大白，希望老夫人能還我清白。」她不信沈亦晴和沈亦瀾能如實說出真相，她只信她自己。

「不可能，絕對不可能！」許老夫人難以置信地搖搖頭。「她們跟妳無冤無仇，怎麼會害妳？」兩個孫女都到了議親的年紀，名聲上絕對不能有瑕疵。

「是啊，所以這還得去把晴表姊和瀾表姊叫過來，我們當面對質。」顧瑾瑜從善如流道：「我也想知道為什麼呢！還有，若是貴府不能給我個答覆，那咱們只能公堂上見。」

「妳、妳……」許老夫人見顧瑾瑜竟然咄咄逼人地說要上公堂對質，氣得說不出一句話來，索性往後一仰，暈了過去。

「母親……」沈氏忙上前扶住許老夫人，驚慌失措道：「來人，快請大夫，老夫人暈過去了！」

外面的丫鬟、婆子一陣忙亂，紛紛四散去請大夫。

「若是老夫人有什麼三長兩短，別說我了，就是忠義侯府也絕對不會放過妳！」沈氏怒視著顧瑾瑜，咬牙切齒道：「來之前妳不是說不會鬧得人盡皆知嗎？枉我那麼信任妳，妳真是太讓我失望了！」

「大伯娘，我並沒有鬧得人盡皆知，若是我想那麼做，剛剛在園子裡當著眾人的面就說了。」顧瑾瑜冷冷一笑。「再說，此事是老夫人先問起的，我當然得如實回稟，難道她們的名聲是名聲，我的名聲就不是名聲了嗎？」裝暈這點小把戲，也想來嚇唬她？

沈氏一時語塞。一轉頭，見許老夫人朝她眨了眨眼，心下會意，才緩了語氣道：「三丫頭，此時不是論理的時候，妳先跟姑娘們回去，我待老夫人醒來再走；還有太夫人那邊我過去說，此事的是非曲直，我們一定會還妳公道。」

「好，那我回府等大伯娘給我個公道話。」顧瑾瑜嘴角扯了扯，轉身走了出去，走過窗下的時候，她故意放慢腳步，果然聽見沈氏的聲音低低傳來——

「母親，三丫頭已經走了，您快起來！」

回府的路上，顧瑾瑜倚在軟榻上，一言不發地出神。楚九中的毒，其實滿複雜的，能在短短數月恢復到現在的樣子，肯定費了許多周折，看來楚王府的大夫絕非尋常之輩。

今日她機緣巧合下救了楚九，楚九又主動有求於她給他開方子，她自然不能錯過這個機會，畢竟多結交一些這樣的人也是好的。想了想，她心裡有了主意，楚九的方子一定要好好斟酌才是。

「三姊、三姊，快過來看！」身邊的顧瑾雪大呼小叫地招呼道：「程二小姐今天出殯，用的是水晶棺呢！」

顧瑾瑜心裡一顫，索性掀簾下了馬車。

走在隊伍最前面的是程家大公子程禹和齊王慕容朔，兩人都是一臉凝重，無精打采的樣子，尤其是慕容朔，病懨懨的，像是快要從馬背上摔下來一樣。

兩人身後是一副晶瑩剔透的水晶棺，再後面，則稀稀疏疏地跟著同族的幾個小輩和下人。

淚水再一次湧上眼簾，這就是給她送殯的場面啊……

淚眼矇矓中，冷不丁對上一雙冷漠犀利的眼睛，心裡不禁打了個寒顫。

楚雲霆騎在馬上，遠遠地站在人群外，像是路過，又像是特意等在那裡。

隔著重重人群，兩人四目相覷。

顧瑾瑜慌忙別開目光，迅速地擦了擦眼淚，轉身跳上馬車。

待送殯的隊伍緩緩經過，馬車才徐徐前行。

明明半個時辰的路程，硬是走了一個多時辰才到家。

回到清風苑，顧瑾瑜換好衣裳，簡單地梳洗一番，立刻讓綠蘿備好紙筆，開始給楚九寫藥方。

「姑娘今兒又給人看病了？」青桐站在案几前細心地磨著墨，打趣道：「再這樣下去，姑娘都能開醫館了呢！」

「那是！三老爺都說了，咱們姑娘的醫術在他之上呢！」綠蘿得意道。

寫好藥方，顧瑾瑜便吩咐綠蘿送到南大街顧記藥鋪。

「奴婢遵命。」綠蘿收起藥方，興沖沖地出了門。楚王世子風流倜儻，他的貼身護衛想必也不會太差吧？呸呸呸，她想多了。

「等等！」顧瑾瑜突然喊住她。

「姑娘還有什麼吩咐？」綠蘿停住腳步問道。

顧瑾瑜俯身上前，在她耳邊低語道：「妳順便去一趟柳記首飾鋪幫我散個消息，就說我最擅長看婦人病，務必要確保能傳到寧武侯夫人面前去。」

「姑娘，您、您要替寧武侯夫人看病？」綠蘿很吃驚。自從姑娘被馬撞傷以後，真的變了一個人呢！變得讓她琢磨不透，讓她感到陌生。

「是的，要想以後不受人欺負算計，只有自己保護自己。」顧瑾瑜胸有成竹道：「照我的話去做，我自有打算。」她對自己的醫術很有信心。

前世她在程家的時候，其實還有個不為人知的小秘密，這個小秘密連她爹娘都不知道，那就是——一直被她爹娘關在後院裡那個時而清醒、時而癡傻的莫婆婆，才是真正教她醫術的師父！

五年前的深夜，莫婆婆主動找到她，表情嚴肅地說要傳她衣缽，唯一的條件就是不要告訴任何人，包括她爹娘。她當時以為莫婆婆瘋病復發，隨口亂說的，便想也不想地應下。

哪知莫婆婆卻是動了真格的，每逢初一、十五便來教她醫術，從未間斷過。說來也怪，兩人的來往，竟然從來沒有被人發覺。

唯一讓她不解的是，莫婆婆教她治病救人，卻從來不替她把脈看病。

她忍不住問了許多次，也央求過許多次，莫婆婆卻總是閉口不言。

現在想來，顧瑾瑜還是百思不得其解。

第九章 懷疑

楚王府。

吳伯鶴拿著楚九帶回來的藥方，大驚，忙問道：「楚九，這是誰開的方子？」此人用藥老練溫和，藥量極其精準，絕對是高手中的高手；更重要的是，用藥手法很像宇文一族！

「噓，你小聲點！」楚九飛快地看了楚雲霆一眼，見他正倚在書榻上看書，似乎沒有注意到他們，忙低聲道：「是顧家三姑娘開的，我從小吃你開的藥，早就吃夠了，這次想換換口味。」

「你個臭小子，你當吃藥是吃飯啊？還換口味！」吳伯鶴狠狠地敲了楚九的頭一記，然後不由分說地拿著藥方，快步走到楚雲霆面前，凝重道：「世子，顧家三姑娘這張藥方瞧著不像是京城這邊的醫術，反而像南邊宇文家的……」

「宇文族？」楚雲霆頗感驚訝。她不過是六品主事的女兒，久居深閨的閨閣女子，懂些醫術無可厚非，只是行醫手法跟宇文族相似，就太讓人費解了。

「不錯。」吳伯鶴正色道：「屬下的師父常說，宇文族的藥方以用量精準聞名於世，故而屬下認定顧三姑娘的方子跟宇文族有八、九分像。」

宇文族雖然是前朝皇族，卻也是毒藥世家；但凡中了宇文族的毒，重則立即喪命，輕則常年纏綿病榻，形同廢人，從來沒有完全治癒一說。

就是楚九這次中毒，也是吳伯鶴用盡畢生所學，耗盡積攢了大半輩子的奇花異草，才把他從鬼門關前救了回來；若不是楚九常年習武，養成了泡藥浴的習慣，經脈異於常人，怕這次就成廢人了。

「難道說三姑娘跟宇文族有牽扯？」楚九大驚，又問道：「那這……這藥方，能用嗎？」

「當然能用。」吳伯鶴對楚九很無語，順手把藥方塞給他。「去抓藥吧！我保證這次你吃的藥不會很苦。」

楚九這才鬆了口氣，如獲珍寶地把藥方收了起來。他就說，顧三姑娘不會害他！

「據我瞭解，顧家跟宇文族並無牽扯。」楚雲霆表情嚴肅，不動聲色地說道：「顧老太爺雖有從龍之功，但府裡卻是降爵承襲，這些年顧家已經是沒落了。」

太子被刺一案，雖然已經確認是宇文族所為，但他懷疑京城裡有宇文族的內應，要不然，宇文族怎麼可能對太子的行蹤路線瞭若指掌？

故而這些日子以來，他把京城各豪門貴冑祖宗十八代翻遍了，想借此瞭解到底誰最有可能是宇文族在京城裡的暗線；可以說，誰都有可能，唯獨顧家不可能。

只是顧家三姑娘的醫術若是真的跟宇文族有關聯，就有些可疑了。

「世子，顧家沒有這個可能，但並不代表柳家沒有。您別忘了，柳禹丞可是顧三姑娘的娘舅。」吳伯鶴是楚雲霆的心腹，他知道自家主子奉命徹查太子被刺一案。「聽說柳禹丞的公子柳元則最近在南直隸那邊大肆買地、置辦莊子，雖然是商戶之舉，但不能不防。」想那顧三姑娘原本就是在柳家長大，又習得一手好醫術，所學醫術恰恰又跟宇文族相像，這柳家實在不能不讓人懷疑。

楚雲霆微微頷首，想了想，又吩咐道：「楚九，把莫風叫過來，我有要事吩咐他。」

「是。」楚九應聲退下。

「世子，莫風是暗衛，輕易動不得啊！」吳伯鶴會意，提醒道：「咱們手下靠得住的暗衛原本就不多，能不用就不要用。」

「就因為靠得住的不多，所以我才要用他。」楚雲霆挑眉道：「楚九身上有傷不說，又跟顧三姑娘見過面，所以讓莫風去顧府探探底細是最適合不過的。」

是夜。

月明星稀，夜風裹著絲絲花香在花木中纏綿繾綣，偶爾有夜歸的鳥落在樹梢上低鳴幾聲，撲著翅膀飛進花木叢，轉眼不見了蹤跡。

慈寧堂的氣氛卻是異常凝重。

「……出了這樣丟人的事情，老夫人氣得暈了過去，至今還不能下地。」沈氏跪在太夫人面前，泣道：「瀾兒也是一時糊塗，才做下這等錯事，還望母親垂憐她一個庶女，原本身分就比不得三丫頭，若是因此連累了名聲，那她就真的沒有活路了。」

顧瑾瑜走後，許老夫人立刻派人去把沈亦晴和沈亦瀾喚了過來，開始兩人還支支吾吾地不說，後來在許老夫人威逼下，這才說出實情，的確是沈亦瀾把三姑娘推了出去。

許老夫人又驚又怒，差點真的暈了過去。她寧願兩個孫女抵死不承認，也不願意聽到這樣的真相。無奈顧瑾瑜態度強硬，還嚷嚷著要去官府衙門，看來此事是糊弄不過去了，權衡一番後，許老夫人便想出了讓沈亦瀾身邊的大丫鬟頂下此事一計，讓沈氏回來跟太夫人求情，求太夫人放過沈亦瀾。

坐在太夫人身邊的顧廷東只是埋頭喝茶，悶不吭聲。

「妳那姪女沒有活路，是她自找的，怨不得別人，憑什麼要毀掉三丫頭的名聲來成全她？」太夫人忍住摔茶碗的衝動，冷笑道：「沈氏，妳雖然是忠義侯府的女兒，卻也是建平伯府的當家主母，妳如此袒護娘家姪女，置我們伯府於何地？難道三丫頭就活該揹這個黑鍋嗎？」看來堂堂忠義侯府也不過如此，教養出來的女兒狠毒陰損不說，連一向自認德高望重的許老夫人竟然連擔當的勇氣都沒有，就這樣讓女兒過來跟她求情，想隨便推出去一個丫鬟頂罪了事嗎？

「母親息怒，此事媳婦知道是瀾丫頭的錯，事到如今，用瀾丫頭身邊的大丫鬟頂罪，是權宜之計，也算是還了三丫頭的清白……」沈氏跪行幾步，上前拽著太夫人的衣角，哀求道：「媳婦是伯府的當家主母，膝下也有兩個女兒待字閨中，就是借媳婦一百個膽子，媳婦也不敢拿三丫頭的名聲來維護自己姪女的。再說咱們兩家原本就是姻親，還望母親通融，饒了瀾丫頭這一次吧！」別的不說，二爺如今的差事還是忠義侯費盡心思討來的，她不信太夫人這點情面都不給。說著，一個勁地看自家男人，說好了一起來求情，他這是要臨陣脫逃嗎？

太夫人低頭喝茶，任由沈氏跪著。

屋裡一陣寂靜。

「母親，得饒人處且饒人，我看此事就這樣吧？」顧廷東終於忍不住了，索性撩袍跟著跪下來。「您放心，兒子不會讓三丫頭白白受這個委屈，定會好好補償她。」他覺得此事是母親小題大做了，既然忠義侯府已經認錯，不如就此順水推舟地了結此事，再鬧下去，對誰都不好。

「你補償？又不是你推她的，你補償什麼？」太夫人面無表情地看著跪在面前的兒子、媳婦，冷冷道：「我不是得理不饒人的人，也不是不肯顧及親家的顏面，只是明明是他們忠義侯府的姑娘做錯了事情，他們自家人都沒有句話，你們夫妻倆信誓旦旦地求情、保證什麼？」

忠義侯府門第高又如何？她今天就是要論一個理字！自家人不出面，讓她的兒子、媳婦在這裡百般求情？

「哼，我看伯府太夫人真是得理不饒人，多大點事，值得如此興師動眾的？」許老夫人聽了沈氏的傳話，不悅道：「難不成還得我這個老婆子親自給她下跪？」

許老夫人和太夫人自幼相識，只因性情不合，來往一直淡淡的。

如今既是兒女親家，按理說關係應該更近一層才是，想不到，太夫人還是這麼個鑽牛角尖的性子，眼裡依然揉不得半點沙子。

「大哥，你看這事？」沈氏又轉頭看著忠義侯沈乾，嘆道：「如今我那婆婆越來越看重三丫頭，怕是不會輕易放過此事。」

「不管怎麼說，此事總是咱們理虧。」沈乾沈吟道：「這樣，我親自去一趟建平伯府，給太夫人賠個禮就是，此事關係到瀾丫頭的名聲，不能不慎重。」萬一建平伯府真的不管不顧地告到公堂，豈不是得不償失？畢竟伯府太夫人的性子，他可是拿捏不準。

「那就這樣吧！」許老夫人點頭道是。「此事儘量息事寧人，切不可再鬧得滿城風雨，畢竟姑娘們都大了，親事上也該相看起來，不能在這個時候辱沒了名聲。」

「母親放心，兒子知道該怎麼做。」

沈乾吩咐管家去庫房找出兩支百年老參和幾疋布料，連夜去了建平伯府，誠意十足地賠禮道歉。他身材生來粗壯，臉上總是帶著淡淡的笑意，說話語氣也很誠懇，說他沒有教養好兒女，是他的失職，日後定當引以為戒、好好管教云云。

太夫人見他態度還算端正，這才鬆口，不鹹不淡地說了幾句客套話，答應此事就算了了。

待送走沈乾，夜已經深了。

「如今三姑娘有太夫人替她撐腰，日後怕是誰也不敢欺負了。」池嬤嬤上前替太夫人捏著肩膀，笑道：「就連奴婢也沒想到，忠義侯還真的到府裡來賠罪了呢！」

「哼，若不是伯爺兩口子糊塗，我何至於此？」太夫人微微閉目，幽幽道：「我伯府的姑娘可不是任人踐踏的，本來他們忠義侯府拿一個丫鬟頂罪就夠護短了，難不成裡子、面子都讓他們賺了嗎？」

第二天請安的時候，太夫人鄭重地把此事告訴了眾人——沈亦瀾身邊的大丫鬟被打了三十板子，當場斃命，沈亦瀾監管不力，被罰了禁足；三姑娘是被冤枉的，若是日後誰再顛倒黑白地胡說八道，定不輕饒。

沈氏和喬氏不約而同地沈默不語，一個理虧心虛，一個漠不關心。

「三丫頭真是厲害，還真的查出了幕後黑手啊！」何氏頗為驚訝，一臉敬佩地問顧瑾瑜。「三丫頭，說說看，妳是怎麼查到她的？」

太夫人白了何氏一眼，輕咳道：「好了，三丫頭留下，其他人可以走了。」

「……」何氏怔了怔，她又說錯什麼話嗎？

待眾人走後，太夫人才上前拉著顧瑾瑜的手，心疼道：「瑜丫頭，讓妳受委屈了。」

「有祖母替孫女做主，孫女不委屈。」顧瑾瑜順從地依偎在太夫人身邊，心裡也隨之明白幾分，太夫人既然這麼說，就說明這事已經了了。

「瑜丫頭啊……」果然，太夫人又語重心長地開了口。「咱們顧家跟沈家畢竟是姻親，所以有些事情，不看僧面看佛面，這點，妳得理解祖母。」忠義侯畢竟誠心誠意地賠禮道歉，若是一再相逼，反而不美。

「孫女知道祖母的難處，此事全憑祖母做主便是。」顧瑾瑜點頭道是，事已至此，再追究下去也沒什麼意思，不如順水推舟跟太夫人親近一些，畢竟太夫人才是顧家真正的主事人。只是，可惜了那個丫鬟，原本她不該死的。

「真是個懂事的好孩子！」太夫人一把攬過她，動容道：「瑜丫頭，妳可知道沈二小姐為什麼要推妳嗎？」

「孫女不知。」顧瑾瑜搖搖頭，她只知道是沈亦瀾推她的，並不知道其中的隱情。

「當初妳舅舅送妳回來的時候，私下曾經對我說過，說待妳及笄後，就上門提親，把妳許配給妳元則表哥。當時因為妳還小，我沒有放在心上，此事連妳大伯和妳父親也未曾提起過。」太夫人望著少女烏黑清亮的眸子，皺眉道：「剛剛我讓池嬤嬤出去打聽了，是沈家二小姐思慕妳元則表哥，為此沈家曾向妳舅舅提及此事，妳舅舅自然是不願意的，便婉拒了這門親事。那沈家二小姐不知道怎麼打聽到柳家想娶的是妳，這才起了害妳的心思。」

顧瑾瑜聞言，頗感意外，她的確不知道將來她是要嫁到柳家去。

「瑜丫頭，妳舅舅對妳是真的好，連以後的路都替妳打點好了。」太夫人見她不語，繼續說道：「將來妳做了柳家的媳婦，衣食無憂，祖母就放心了。」

「祖母，孫女不想嫁到柳家去。」顧瑾瑜忙道：「還請祖母替孫女做主回了這門親事吧！」

「傻孩子，柳家是妳親舅舅家，妳又是自小在他們家長大的。」太夫人拍著她的手，語重心長道：「日後嫁過去，一世無憂，祖母都替妳高興呢！」

柳家雖然不是官身，卻也是京城數一數二的富戶。雖說柳禹丞的嫡妻瘋瘋癲癲的有些癡傻，但就憑柳禹丞對瑜丫頭的好，瑜丫頭嫁過去是絕對不會受委屈的；相反地，還不用受婆母的管制，日子自然是要多舒坦就有多舒坦，如果是她，她也會期待這門親事。

「有祖母在，孫女不會受人欺負的。」顧瑾瑜起身下炕，畢恭畢敬地跪在地上，認真道：「孫女此生只想陪在祖母身邊，別無他念。」她是程嘉寧，不是顧瑾瑜，此生唯一的目的就是查明真相，替自己復仇，她是真的沒有嫁人的想法。

「妳若真的不想嫁到柳家去，日後等見了妳舅舅，若他提及此事，咱們再從長計議就是。」太夫人望著跪在面前的孫女，心頭微動，親自下炕扶起她，安慰道：「祖母知道妳是懂事的好孩子，心裡的苦從來不對別人說，妳放心，妳的親事咱們慢慢籌謀，妳若不同意，祖母絕對不逼妳。」

「多謝祖母體諒。」顧瑾瑜索性頭一歪，埋首在太夫人懷裡，如實道：「大姊姊、二姊姊的親事尚未塵埃落定，此時談論孫女的親事實在言之過早，況且之前發生的這件事情，孫女其實已無嫁人之念。」

「傻孩子，女兒家哪有不嫁人的道理？」太夫人見一向疏遠的孫女突然跟她如此親近，心情大好，拍拍她的肩膀道：「咱們先不說這些，等日後妳碰見中意的，就怕妳求著祖母放妳走呢！」

「祖母，您就知道打趣孫女！」顧瑾瑜嬌嗔道：「我才不會如此，在祖母身邊多好啊！」

祖孫倆正說著，卻聽謝姨娘跪在門外哭得梨花帶雨。

「……奴家自知身分卑微，問不得大姑娘的親事，但奴家總是大姑娘的生母，瞧著大姑娘茶飯不思，很是心疼，太夫人不能不管大姑娘啊！」

太夫人臉一沈。

池嬤嬤會意，掀簾出門，勸道：「姨娘，太夫人又何嘗不心疼大姑娘？只是飯得一口一口地吃，事情也得一件一件地辦啊！妳這樣又哭又鬧的，反而沒來由讓太夫人心塞，大姑娘是太夫人的親孫女，太夫人怎麼會不管她？」

「池嬤嬤，麻煩妳通融一下，讓奴家見一見太夫人，奴家有幾句心裡話想對太夫人說！」謝姨娘上前拽住池嬤嬤的衣角，哀求道：「知女莫若母，大姑娘的心思只有我這個生母才知曉，求求妳，讓我見一見太夫人吧！」

「阿桃，送姨娘回屋。」池嬤嬤瞥了一眼站在廊下五大三粗的胖丫鬟阿桃，面無表情道：「若是驚動了太夫人，小心罰妳月錢。」

阿桃應了一聲，上前拽著謝姨娘就走，粗聲粗氣地說道：「姨娘不要在這裡丟人現眼了，與其在這裡求太夫人，不如回去伺候好自家爺們來得實在！」

「不，奴家不走，奴家要見太夫人！」謝姨娘見她這樣說，羞憤欲死，奮力掙扎著，死活不肯離去。

哪知阿桃行事卻是個乾淨索利的，上前彎腰扛起謝姨娘，大步地走了出去。

顧瑾瑜眼前一亮，這個阿桃倒是個心直口快的性子，她喜歡！

第十章　表哥

日上樹梢。

金色的天光，斑斑點點地照在彎彎曲曲的鵝卵石小路上，顧瑾瑜望著四下裡陌生的府邸、陌生的花木，想到前世的自己，頓覺恍若隔世。

程嘉寧一生錦衣玉食，府中兄妹融洽，唯一的缺憾便是有具孱弱的身子，她苦讀醫書，偷偷跟著莫婆婆悉心鑽研醫術，為的就是想醫好自己的病。

記得莫婆婆有次無意說道：嘉寧，妳記住，靠誰不如靠自己，妳的病只有妳自己才能醫好，指望別人是不行的。

之前她不太懂，現在靜下心來細想，程家有一子兩女，她的確不是最受寵的那個。

父母每每見了她，總是千篇一律地塞給她各種補藥，並沒有別的話。

而見了已經嫁為人婦的長姊程嘉儀，母親蘇氏眼裡流露出的光彩是不一樣的，大到起居飲食，小到衣衫首飾，蘇氏都會親力親為地替長姊準備。祖母裴氏也是，每每程嘉儀回府，總是拉著她的手問長問短，唯恐她在婆家受委屈，而面對自己的時候，反而常常是相對無言。

反正在她心目中，家人待她還好，但終究跟長姊是不一樣的。

「瑜表妹，妳想什麼想得這麼入迷？」一個錦衣男子抱胸站在清風苑門口，意味深長地看著她，淺笑道：「我在這裡等妳好久了。」

「則表哥來了。」顧瑾瑜收起思緒，笑盈盈地上前問道：「聽說你前些日子去了南直隸，怎麼這麼快就回來了？」

柳元則從小就跟舅舅柳禹丞天南地北地經商，足跡遍布大江南北，把柳家的生意做得風生水起，有聲有色，是京城小有名氣的招財公子。

他比顧瑾瑜大六歲，兩人又是一起長大，是名副其實的青梅竹馬。

「事情辦得順利，所以就提前回來了。」柳元則滿臉春風地上前牽起她的手，關切道：「我聽說妳前兩天受了傷，怎麼樣，好些了嗎？有沒有請大夫看看？」少女膚色紅潤，神采奕奕，一點也看不出受過傷的樣子，他一路上懸著的心才算徹底放下。

「已經好了，謝謝則表哥關心。」他的手纖長溫暖，顧瑾瑜頓覺尷尬，不著痕跡地從他手裡抽回手。「則表哥快進屋，我得了些明前龍井，這就讓青桐泡給你嚐嚐。」

她不是顧瑾瑜，實在不習慣跟一個男人這樣親暱。

兩人一前一後地進了正廳。

青桐滿臉春風地上前奉茶。

柳元則輕抿了一口，笑道：「青桐泡的茶就是好喝。」

「那以後公子經常來，奴婢泡給您喝！」青桐愉悅道。

門簾外，一連串雜遝的腳步聲伴隨著嬉笑聲傳來，姑娘們笑盈盈地魚貫而入。

「則表哥來了，這麼巧！」顧瑾翊見了柳元則，粉臉微紅，笑盈盈上前行禮。「我們姊妹剛巧在園子裡散步，便想著到三妹妹這裡來串個門子，不想，遇見了則表哥。」目光不著痕跡地在溫潤如玉的少年身上看了看，臉上笑意更甚。

柳家雖然是商戶，並非官身，但柳元則為人溫文儒雅，恭謹謙和，絲毫不遜色於豪門貴胄的公子哥兒，當然，更重要的是，柳家有錢。

「見過則表哥。」顧瑾萱領著顧瑾霜和顧瑾雪，依次上前行禮。

「表妹們安好。」柳元則笑著起身回禮。

「哎呀，則表哥又給三姊姊帶禮物了啊！」顧瑾雪瞥見放在桌子上的紅木盒子，眼前一亮，嬌滴滴地說道：「不知道則表哥有沒有給我們也帶一份啊？」

她只有十二歲，看上去天真無邪，明明是大剌剌地跟別人開口索要禮物，卻偏偏讓人覺得她是嬌憨可人。

「妳瞎嚷嚷什麼呢？這是則表哥給三姊姊的，不是給咱們的！」顧瑾萱白了顧瑾雪一眼，繼而又笑著對柳元則道：「則表哥不要見怪，我這妹妹說話向來口無遮攔的，她瞎說呢！」哼，庶女就是庶女，總是一股小家子氣，雖然她也很想跟柳元則討禮物，但她不會這麼白癡地直接開口要好嗎？

顧瑾霜站在角落裡，沈默不語，她既沒有勇氣跟柳元則討禮物，也不敢開口說話。

「四妹妹說得對，這些禮物的確都是則表哥給我的。」顧瑾瑜不動聲色地吩咐道：「青桐，替我把盒子收起來，給姑娘們上茶。」記憶中，柳元則每次來，她們都會殷勤地過來串門子，實際上，無非是過來討些便宜罷了。

「則表哥……」顧瑾雪不依不饒地看著柳元則。則表哥出手向來大方，隨手都能拿出幾個金豆豆，她不信他今天來沒給她們準備禮物。

「有，都有的。」柳元則早有準備，滿臉笑容地從懷裡掏出幾只黃澄澄的鎏金鐲子，一一分給她們，笑道：「一點心意，還請表妹們笑納。」

「金鐲子！」眾女紛紛驚呼。

不愧是招財公子，好大的手筆啊！

「可是我還想看看則表哥送給三姊姊的禮物是什麼。」顧瑾雪喜孜孜地把金鐲子戴在手腕上，眼睛眨也不眨地盯著紅木盒子道：「三姊姊不會不答應吧？」

顧瑾瑜用茶蓋撥著漸漸舒展開來的茶葉，垂眸不語。

她不喜歡顧家的這些姊妹，也不準備跟她們鬥智鬥勇地多費口舌。

「看看也無妨。」柳元則笑盈盈地看著顧瑾瑜。再有小半年，瑜表妹就及笄，是個大姑娘了，他不介意他的心思讓她的姊妹們知道。

「不行，不讓看！」青桐不由分說地抱著紅木盒子就走。

「青桐真是個小氣的丫鬟！」顧瑾雪噘噘嘴，自顧自地坐下來，欣喜地端詳著腕上的鎏金鐲子。纏枝牡丹花紋刻得維妙維肖，高貴大氣，她心裡暗嘆則表哥果然大方。

「則表哥每次來都帶禮物，我很是過意不去。」顧瑾珝鼓起勇氣從懷裡掏出一個暗青色纏枝千山錦荷包推到柳元則面前，嬌羞道：「這是我的一點心意，還望則表哥笑納。」

荷包做得異常精緻，荷包上細細密密地綴著許多亮晶晶的珠子，一看就是用了心，起碼，沒有半個月的工夫是做不完的。

「哇，原來前些日子二姊姊去南香樓買珠子就是為了給則表哥做荷包啊！」顧瑾雪天真道：「則表哥你就收下吧！這可是我二姊姊親手繡的呢！」

「不不不，我不能收。」柳元則俊臉微紅，連連擺手道：「二表妹的心意我領了，只是這荷包我真的不能收。」一個大男人哪能隨隨便便收姑娘家的荷包？

顧瑾珝沒想到柳元則會這樣直截了當地拒絕她，粉臉一紅，羞愧難當地跑了出去。

眾女這才醒悟過來，原來二姊姊心儀的是則表哥！這也太直接了吧？只是……只是太夫人知道此事嗎？

「表妹，我、我還有事，先走了！」柳元則頓覺尷尬。

顧瑾瑜皺皺眉，也跟著他起身相送，兩人一路無言。

走到垂花門，柳元則慢慢停下腳步，轉過身來看著顧瑾瑜，若有所思道：「瑜表妹，過兩天我還要去南邊一趟，這一去，怕是得兩個多月，妳、妳多珍重。」

男子的眉眼在橙色的晚霞裡，顯得格外柔和多情，顧瑾瑜下意識地別過目光，微微笑道：「謝謝則表哥關心，則表哥遠在異鄉，也多保重。」

柳元則望著眼前熟悉的眉眼，一時間有些恍惚，他突然覺得她跟他疏離了好多，上次他來看她，她還拉著他的袖子，在他面前抹眼淚，想不到短短時日，她就像變了個人，對他竟然再也沒有往日那麼依戀了。是因為剛剛顧瑾珝送他荷包，她不高興了？還是兩人分開太久了？

想到這裡，柳元則心裡頓覺內疚，忍不住伸手拍拍她的肩膀，信誓旦旦道：「表妹，待我安頓好南直隸那邊的事情，就哪兒也不去了，安心留在京城陪著妳。妳放心，我再也不會讓妳受委屈。」

顧瑾瑜想說什麼，卻聽見身後一陣急促的腳步聲傳來。

「三姑娘！三姑娘留步！」謝姨娘提著裙襬，一溜煙地跑到顧瑾瑜面前，撲通一聲跪下，輕泣道：「求三姑娘帶奴家去見見太夫人，奴家真的有重要的事要跟太夫人說！」

「姨娘若有什麼事情，大可稟報伯爺和大夫人，而不是自作主張地去見太夫人。」顧瑾瑜不動聲色地看著她，沈聲道：「更不應該如此大張旗鼓地跑來找我，恕我不能幫妳。」

她覺得謝姨娘若是越過沈氏直接見太夫人，就是踰矩了。沈氏是個眼裡揉不下沙子的主，定不會饒了謝姨娘的。

「三姑娘有所不知，大姑娘的事情，奴家不好對夫人開口，所以才要見太夫人……」說著，她抬眼看了柳元則一眼，欲言又止。

「瑜表妹，妳們聊，我先告辭了。」柳元則知趣地轉身就走，走了幾步，又匆匆走回來，笑道：「差點忘了告訴妳，明天堂伯父壽辰，堂伯父和堂伯母一再囑咐我，務必叫上妳去呢！」

柳元則的堂伯父柳禹傳是顧瑾瑜的堂舅舅，是太醫院御醫房的醫士，為人謙和低調，很有人緣。堂兄柳全則比柳元則大了兩歲，早已經娶妻生子，三年前一舉及第，被外放到西北銅州做知州，已經兩年都沒有回來跟家人團聚了。

柳家到了柳元則這輩，算是兩代單傳，人丁單薄，故而柳禹傳跟柳禹丞雖然是堂兄弟，相處得卻很融洽，甚至比親兄弟還要親。

「好，我去。」顧瑾瑜很痛快地答應下來。

記憶中，顧瑾瑜在柳家住的那些年，幾乎有一半的時間都是住在堂舅舅家的。

堂舅舅一家待她視如己出，尤其是堂舅母藍氏更是拿她當親女兒一樣疼。

待柳元則走後，謝姨娘才繼續泣道：「奴家也是唯恐大姑娘再有個三長兩短，求三姑娘成全。」

「姨娘，並非我不願意成全妳，而是妳真的不能去見太夫人。」顧瑾瑜面無表情道：「若是妳有什麼話要我轉告太夫人，我倒是可以代勞。」

「不管怎麼說，大姑娘都是因為三姑娘才被退親，如今三姑娘卻推得乾淨，真真讓奴家心寒！」謝姨娘見顧瑾瑜拒絕，心生失望，哭哭啼啼地走了。

顧瑾瑜搖搖頭，無所謂地回去清風苑。

不遠處，顧瑾萱嫋嫋娉娉地從花木叢中走出來，衝著顧瑾瑜遠去的背影冷笑一聲，快走幾步，追上謝姨娘，和顏悅色道：「姨娘不要傷心了，我帶妳去見太夫人就是。」

「真的？」謝姨娘很驚訝，什麼時候二房的四姑娘變得如此好心？

「當然是真的。」顧瑾萱不以為然道：「多大點事啊，也值得姨娘哭哭啼啼的。」

「多謝四姑娘！」謝姨娘破涕為笑，屈膝道：「四姑娘這份情誼奴家無以為報，幸好奴家跟大姑娘剛剛繡了一些雙面繡冰絲手帕子，回頭就給四姑娘送去，還望四姑娘不要嫌棄。」

顧瑾萱莞爾，興沖沖地領著謝姨娘去慈寧堂。

「太夫人，大姑娘雖然跟安家退了親，卻不想她依然屬意安公子……」謝姨娘跪在地上，輕泣道：「奴家瞧著她這幾天茶飯不思，苦勸無果，唯恐她再出什麼意外，所以才懇求太夫人幫幫大姑娘度過這一關。」

「不管怎麼說，退親都是安家提出來的，大姑娘就是再怎麼思慕安公子，咱們也不可能覥著臉去求人家不是？」太夫人摩挲著手裡的佛珠，忍著怒氣道：「我自會跟伯爺好生商量，替大姑娘另謀佳婿。」

「太夫人，難道大姑娘跟安公子真的不可能了嗎？」謝姨娘淚眼矇矓道：「此事若太夫人不方便出門，不如交給妾身來辦，妾身願意親自去一趟安家——」為了大姑娘，她什麼事也願意做！

「胡鬧！妳一個姨娘，理應本本分分待在府裡伺候老爺，服侍姑娘，姑娘們的婚事，哪能容妳在這裡胡言亂語？」太夫人啪地一聲放下茶杯，厲聲道：「妳不但不顧及自己的身分，反而要出去拋頭露面地丟人現眼，妳是不是要把我顧家的顏面都丟光了才甘休？妳給我退下！從此以後大姑娘的事情，再不許妳過問！若是大姑娘因為妳再起什麼心思，顧府是斷斷不會再容妳了！」果然姨娘都是些上不了檯面的東西，竟然想低聲下氣地去求安家，真是氣死她了！難道她顧家的女兒嫁不出去嗎？

「太夫人息怒，奴家知錯了！」謝姨娘見太夫人動怒，嚇得臉色蒼白道：「求太夫人看在大姑娘的分上，饒了奴家這一次吧！」

「妳如此不懂規矩，縱然是太夫人饒妳，我也不能饒妳！」門簾猛地被挑起，顧廷東鐵青著臉走進來，怒道：「從今天起，妳禁足一個月，每天抄五十遍家規，給我好好反省反省！」

「老爺，您不能這麼對奴家，奴家也是為了大姑娘好啊！」謝姨娘跪倒在顧廷東面前，拽著他的衣角泣道：「大姑娘是您的親生骨肉，您不能不管她啊！」自從大姑娘出事後，他這個當父親的，竟沒有去看過她們母女一次，要不然，她也不會想過來見太夫人。

「妳給我住口！」顧廷東一把推開她，氣急敗壞道：「我什麼時候說不管大姑娘了？妳這樣哭哭啼啼的成何體統？還不趕緊給我滾回去！」

謝姨娘掩面跑了出去。

第十一章　大姑娘的親事

「母親，都是兒子的錯，沒能管好屋裡的人。」顧廷東一臉愧色。「是兒子疏忽了，兒子沒料到她竟然如此大膽，敢鬧到母親面前，兒子慚愧。」他知道母親最不喜姨娘們，甚至連見也不願意見。

池嬤嬤不聲不響地上了茶。

「好了，你我母子之間，就不必說這些客套話了。」太夫人無力生氣，捏著眉頭道：「大丫頭的親事，你可有中意的人家？」

「勤武侯曹家三房和西北孟將軍府二房都有意跟咱們結親，只不過勤武侯那邊是三房的庶子，將軍府那邊則是嫡次子。」顧廷東端起茶杯，輕抿了一口，面帶喜色道：「還請母親幫兒子定奪一二。」

勤武侯曹府比建平伯府還要高一個品階，更不用說一個小小的光祿寺少卿安家了。孟府則是大名鼎鼎的將軍府，軍功赫赫，雖說是二房的公子，但背靠大樹好乘涼，也不算差。

「自從曹侯爺前幾年在西北邊境立了些戰功，府裡就日漸驕縱了，我聽說曹家三老爺整天逛青樓、喝花酒地不務正業，我擔心他教出的庶子也好不到哪裡去。」太夫人沈吟道：「而孟將軍府雖說門風清廉，但二房畢竟剛剛從西北搬回來，一家子並無一官半職在身，只是靠些祖業度日，咱們兩家誰也不能說誰高攀了誰，但其公子、姑娘們的性情，咱們都不知曉，貿然結親也不妥。」若是有什麼隱疾啥的，豈不是害了大丫頭？

「母親，那曹三老爺行事雖然荒誕了些，但好在府裡余老太太手腕強硬，聽說將孫輩教養得很不錯。」顧廷東雖說是跟太夫人商量，實則心裡早就有了主意，極力推薦道：「而且這個曹公子的姨娘是商戶的女兒，名下田產、商鋪大大小小十幾處，錢財上很是充足，若是大丫頭嫁過去，日子也會好過得多。」大丫頭雖說是記在沈氏名下，但畢竟是謝姨娘生養的，謝姨娘又沒有嫁妝傍身，大姑娘將來的嫁妝不會太多。

「哼，既然余老太太手腕強硬，怎麼還管不住府裡的驕縱之風呢？我看再這樣下去，遲早被人彈劾。」太夫人搖搖頭，滿臉凝重道：「雖說兒女親事，也是你們男人仕途的一大助力，可大丫頭畢竟是被退了親的，咱們自當慎之再慎，切不可為了一己之私，把女兒賠了進去。」

「母親誤會了。」顧廷東被戳中了心思，俊臉微紅。「大丫頭是兒子的親生骨肉，兒子怎麼會不顧及她？只不過兒子也覺得孟家二房剛剛回京，咱們不知他們底細，才覺得勤武侯曹家要適合些罷了。」

「既然如此，那你就多探探孟家二房的底細再定奪此事吧！」太夫人擺擺手，神色慵慵道：「總之，府裡哪個姑娘的親事都不能草率，你多費心吧！」

顧廷東連聲道是，見太夫人面帶倦色，知趣地退了出去。

「妳說妳堂堂伯府嫡女，竟然顛顛地去巴結小小的商戶家公子？」沈氏氣得渾身直哆嗦。「妳也不想想，柳家什麼身分，那個柳元則怎麼配得上妳？妳個沒出息的東西！」

「柳家怎麼了？還不是比那些道貌岸然的豪門貴胄強？」顧瑾珝泣道：「柳家再不濟也比咱們府裡強，咱們不過白白頂著伯府的名聲罷了，日子還比不上柳家一根小指頭，還好意思說人家是商戶！」看看柳元則每次帶來的禮物就知道了，反正她這個伯府嫡女送不出那麼貴重大氣的金鐲子！

「商戶就是商戶，再怎麼有錢也上不了檯面！」沈氏恨鐵不成鋼地敲著桌子道：「以後不准再去見那個柳元則！等妳大姊姊的親事說定以後，我就讓妳父親立刻把妳的親事也訂下！婚姻大事本來就是父母之命，媒妁之言，豈能容妳胡思亂想？我告訴妳，此事就此打住，若是讓太夫人跟妳父親知道了，信不信妳父親會賞妳一頓板子！」

顧瑾珝哭著跑走了。

「糊塗東西！」沈氏氣得直哆嗦。

「夫人，二姑娘還小，您就不要生氣了。」元嬤嬤勸道：「說起來，也是那柳家公子太不懂規矩，就算是外戚，也不能經常大剌剌地進內院見姑娘們啊！回頭咱們得跟門房那邊說一說，不要什麼人都往裡放，若真的傳出什麼閒言碎語，折的還不是咱們府裡姑娘的名聲？」

「元嬤嬤所言極是。」沈氏恨恨道：「若是那柳家公子再來，就直接堵在門房，不要讓他進來，切不可再讓二姑娘看見他！」

元嬤嬤欣然領命。

「母親，二姊姊這幾天怕是不敢出門了，簡直是丟死人了！」顧瑾萱倚在喬氏身邊，津津有味地吃著葡萄，幸災樂禍道：「她思慕則表哥，還做了個荷包，當著好多人的面送他，卻被則表哥當場拒絕。哈哈，二姊姊臉都紅了！」

「妳二姊姊身為建平伯府的嫡女，想不到眼界卻如此低，真是笑死人了！」喬氏冷笑一聲，繼而又拉著顧瑾萱的手，語重心長道：「萱兒，妳一定要爭口氣，嫁個好人家，讓所有的人對妳刮目相看，也讓那個老不死的看看，這府裡不光是他們大房有女兒呢！」一想到太夫人處處偏袒大房，她心裡就氣不打一處來。在這府裡，大房兩口子一向以主人自居，好像他們二、三房都是在他們手底下討生活一樣，我呸！她家二爺好歹是吏部主事，有俸祿、有權勢，他們沒必要看大房的臉色過日子！

「母親，咱們二房又不光我一個嫡女，還有三姊姊呢！若是有好的，還不先由著三姊姊？」顧瑾萱撇嘴道：「最近也不知道是怎麼回事，我看太夫人突然對三姊姊轉了性子，簡直是百依百順，這不是明擺著讓她出去出風頭嗎？」

「哼，什麼百依百順？我看是破罐子破摔罷了！像她這樣壞了名聲的姑娘，還能找什麼好人家？」喬氏冷哼道：「以後她行事若是規規矩矩的倒也罷了，若是不知檢點地連累了妳，我定不會輕饒了她！」

「唉，母親還是省省吧！」顧瑾萱搖頭嘆道：「就算三姊姊再怎麼不堪，不是還有柳家嗎？柳家舅舅待三姊姊那麼好，豈會讓母親管束？」

「這個妳放心，妳三姊姊總是顧家的女兒，我跟妳爹爹管教女兒，柳家無權干涉，那個柳禹丞不過是一介商戶，他有什麼資格過問顧家的家事？」喬氏不屑道：「妳也不用成天盯著妳二姊姊、三姊姊，妳放心，有她們的，就有妳的；不過妳也得學著乖巧一點，多去慈寧堂走動走動，還有妳父親那邊，妳得讓他更疼愛妳才是，畢竟府裡能左右妳親事的，是太夫人和妳父親。」

「是，女兒記住了。」顧瑾萱點頭道是。

夜裡，顧廷西歇在盛桐院。

得知喬氏的擔憂，他淡淡地道：「妳放心，萱丫頭的婚事我放在心上呢！定給她找個好婆家。」四姑娘乖巧懂事，是他的心頭肉，他怎麼會虧待了她？

「我知道老爺心疼萱兒，不會虧待了她，可是府裡這麼多姑娘，她們年紀又相差不大，若有好的親事，怎麼輪也輪不到萱兒吧？」喬氏蛾眉微蹙，盈盈走到顧廷西身邊，低眉屈膝地替他寬衣解帶，嬌嗔道：「大房那邊兩個姑娘八字沒一撇不說，咱們三丫頭又受名聲所累，怕是婚事上會艱難些，如此一來，四丫頭的婚事還不知要拖到什麼時候，若是蹉跎了年紀，再想找個好的，怕是難了。」

「眼下太夫人已經在給大姑娘張羅了，親事一旦訂下，用不著年底就會出嫁；至於二姑娘，她好歹是建平伯嫡女，又有忠義侯府做助力，到時候提親的人家不會少，最遲明年年初也就嫁出去了。」顧廷西很是受用地微閉雙目，輕哼道：「這樣算來，也耽誤不了咱們萱丫頭的。」

「可是還有三丫頭呢！」喬氏有意無意地把高聳的胸往男人身上蹭，吐氣如蘭。「就算三丫頭明年出嫁，咱們萱丫頭也得等到後年，親事順利還行，若再有什麼，可不耽誤了？再說了，萱兒生性天真善良，什麼也不懂，雖然只跟二姑娘差了一歲，但論心機，她還抵不上二姑娘的一根小指頭呢！」

「怎麼說？」顧廷西的身子立刻酥了一半，抬手就捏住了女人胸前的渾圓，笑咪咪地看著喬氏。「難不成二姑娘又惹下什麼事？」他其實對大房那兩個姪女的事情壓根兒沒什麼興趣，只不過今晚見喬氏嫵媚溫順，很是心猿意馬，存心跟她多說幾句話罷了。

「也不算是惹禍，就覺得二姑娘很有心機。」喬氏並無察覺到男人的敷衍，乘機把二姑娘送柳元則荷包的事情，添油加醋地告訴顧廷西。

「哼，肯定是柳家那小子心懷不軌，想來勾搭咱們家姑娘，要不然，怎麼會給姑娘們送這、送那的？」顧廷西一聽有關柳家，氣不打一處來，躁熱的身子也冷了下來，倏地起身道：「不行，這事我得跟母親說，不能由著柳家亂來！我跟那個柳禹丞八字不合，咱們家再也不能跟柳家有什麼牽扯了！」他得讓太夫人知道柳家人的齷齪才行，他就不信，太夫人能不偏袒自家孫女？哼，最好讓太夫人跟柳家翻臉，兩家不再來往！

「老爺，您不要著急，這麼晚了，太夫人怕是早就歇息了。」喬氏一把拉住顧廷西，勸道：「有什麼事情，明天再說也不遲！再說了，咱們又何必為了大房的事情惹太夫人生氣？還是好好替萱兒打算打算吧！」

顧廷西一聽也是，便坐下來，大手一揮道：「咱們不用非得循規蹈矩地等大姑娘她們出嫁後，再替四丫頭相看，若是有好的，先給四丫頭訂下就是！」

「到時候太夫人不同意怎麼辦？」喬氏聞言，心花怒放，順勢撲在他懷裡，楚楚可憐道：「我看著這些日子太夫人待三丫頭視若珍寶，若是有好的，肯定得先讓著三丫頭的。」

「有我在，妳怕什麼？反正三丫頭名聲早已狼藉，隨便找個人家配了就是！」顧廷西再也忍不住了，一把抱住她，翻身壓倒在床上，喘息道：「萱丫頭是咱們的第一個孩子，我如何不心疼？到時候就說是我的主意，太夫人肯定會答應的……」

第十二章 各懷心思

「姑娘、姑娘，您看奴婢穿這一身好看嗎？」綠蘿知道今兒要陪顧瑾瑜去茶莊，一大早便興沖沖地起身梳妝打扮挑衣裳，左一件、右一件地試穿，卻總不滿意，索性抱著一堆花花綠綠的衣裳過來找自家姑娘拿主意。

綠蘿是從柳家跟過來伺候的家生子，她娘薛氏據說以前是大戶人家的小姐，八、九歲時因家族獲罪被充作官奴，後來輾轉幾番才去了柳家，因為識得幾個字，略通些文墨，被柳禹丞委派到柳記首飾鋪做女掌櫃。

薛氏為人熱情健談，頗有人緣，憑藉三寸不爛之舌，很快便把柳記首飾鋪經營得有聲有色，風生水起，各大府邸的丫鬟、僕婦有事沒事都喜歡去柳記首飾鋪挑選首飾，然後東家長、西家短地閒扯一番，大到誰家老爺夜裡睡了哪個小妾、要了幾次水，小到誰家新來的丫鬟臉上長了幾顆痣，都能打聽出來，薛氏在京城也算是小有名氣的人物。

相比之下，綠蘿的爹則是個十足的悶葫蘆，平日裡不苟言笑，在柳家門房一待就十幾年。

綠蘿雖然是丫鬟，在錢財上卻是很充裕的。

「綠蘿，姑娘出門也沒有妳這麼隆重好嗎？」青桐上上下下打量她，捂嘴偷笑。「不知道的，還以為妳是姑娘呢！」青桐雖然也是跟顧瑾瑜一起長大的，但她是從外面採買來的，家裡有年邁的母親和未成年的胞弟要養，在穿戴上壓根兒不能跟綠蘿相提並論，好在她為人老實善良，並不在乎這些。

「去去去，瞎說什麼啊？反正妳留下看家，又不出門，自然不會在意這些！」綠蘿白了青桐一眼，得意道：「咱們當丫鬟的穿著得體，姑娘帶出去臉上也有光不是？」

顧瑾瑜早已經梳洗妥當，正端坐在案几前喝茶，聽兩人打趣，抬頭端詳了打扮得花枝招展的小丫鬟，哭笑不得。「綠蘿，妳這身衣裳太鮮豔了。」

小丫鬟上身穿了一件深粉色的煙紗褙子，下身則配了一條鵝黃色的石榴裙，兩件衣裳顏色都很亮麗，搭配在一起卻怪怪的。

「姑娘有所不知，我這身衣裳的料子還是程院使家的夫人送給我娘的呢！」綠蘿提著裙襬轉了一圈，笑道：「都壓箱底快半年了，再不穿出去就要發霉了。」

「程院使的夫人怎麼會送衣料給妳娘？」顧瑾瑜頗感意外。蘇氏喜靜不喜鬧，是個冷情的性子，平日裡不怎麼出門，跟京城其他豪門貴胄家的女眷也沒有什麼密切往來，更別說是像薛氏這樣的人了。

「當初程夫人有支祖傳的金釵掉了一顆綠寶石，去了好多首飾鋪都沒有找到合適的，急得團團轉，還是她家管事娘子領著她去柳記首飾才找到了大小顏色同樣的寶石。」綠蘿並無注意到顧瑾瑜的神情，自顧自地說道：「因為當時那顆綠寶石已經被人訂下了，我娘見程夫人要得急，而這顆綠寶石又跟金釵上的其他寶石一模一樣，便索性做主把這顆綠寶石讓給了她。程夫人得知緣由後，很感激我娘，便送了這兩塊布料，據說是宮裡賞賜的呢！」

「原來如此。」顧瑾瑜恍然大悟。她記得長姊程嘉儀出嫁的時候，就戴了一支鑲滿了綠寶石的鳳尾金釵，只是她當時並不知道那支金釵是祖傳的，也沒聽說過這段補綠寶石的曲折。

「姑娘，時辰不早了，您該去給夫人請安了。」青桐轉頭看看沙漏，上前提醒道：「今兒老爺休沐，若是遲到了，怕是老爺又該數落上了。」

「姑娘給夫人請安後，還得去給太夫人請安，這一圈下來，怕是得小半個時辰才能出門，別讓表少爺等急了。」綠蘿忙收起衣裳，興沖沖地挽著顧瑾瑜出門。

半路，管家徐扶領著一個陌生的年輕男子迎面走來。

見了顧瑾瑜，徐扶上前抱拳行禮。「見過三姑娘，給三姑娘請安。」

「三姑娘安好。」年輕男子大大方方地上前行禮後，繼而又規規矩矩地低頭退到一邊，眼角餘光瞥了一眼滿身亮麗的綠蘿，心裡暗忖，這三姑娘真是好脾氣，竟然不約束下人的裝扮，這個丫鬟，怎麼打扮得比主子還要惹眼？

男子一身青衣，膚色黝黑，劍眉星眼，端得是一表人才；唯一美中不足的是額頭上有一道淺淺淡淡的疤痕，雖然不怎麼礙眼，卻很醒目。

觸到男子波瀾不驚的臉，綠蘿情不自禁地紅了臉。不得不說，這個年輕人長得還真是挺討人喜歡的。

「三姑娘，這是府裡新來的花匠莫風。」徐扶解釋道：「他今兒剛剛上工，我帶他過來看看花園，以後府裡的花草就由他照料了。」

「去忙吧！」顧瑾瑜微微頷首，目光在莫風臉上掃了一眼，突然覺得他額頭上的傷疤怪怪的，那傷疤是順著鬢角被劃了一道，像一隻多腳的紅色小蜈蚣。怪就怪在這隻小蜈蚣太過逼真，像是被畫上去的一樣。

喬氏和顧廷西坐在正堂當中的椅子上，正有一句、沒一句地跟姑娘們說著話，大姨娘低眉屈膝地坐在下首悶不吭聲，看上去氣氛很是和諧。

見禮後，顧瑾瑜坐在自己的位置上，垂眸不語。

顧廷西連看都沒有看她，轉頭對喬氏道：「二姨娘和三姨娘怎麼還不來？妳讓人催催吧！」

「老爺您忘了？上次因為三姑娘被推到楚王世子馬下的事情，三姨娘出面作證的時候出言不遜，被太夫人責令閉門思過，至今都沒有鬆口說讓她出來走動呢！」喬氏好脾氣地笑道：「至於二姨娘，總說自己身子不適，最近都沒有來請安，妾身都習慣了。」

「豈有此理！」顧廷西猛地拍了一下桌子，鐵青著臉道：「三姨娘不能來就罷了，怎麼二姨娘也越發沒有規矩了呢？」

「父親、母親，姨娘並非有意不來給夫人請安，而是近來身子不適。」顧瑾雪坐不住了，脹紅了臉起身解釋道：「也是女兒疏忽，剛剛忘了幫姨娘告假。」自從三姨娘進了門，父親便很少去翠竹院看望姨娘了，姨娘這幾日不適，也不曾過問一二，這讓她很替她姨娘打抱不平。

「若是病了，就找大夫看，總是拖著怎麼行？」顧廷西不悅地瞥了喬氏一眼。「妳是主母，總得對姨娘們多上點心才是！」除了昨晚，這些日子他一直宿在三姨娘那邊，對二姨娘的事情並不知曉。二姨娘派人找過他兩次，但他那時正沈浸在美人鄉裡，並沒有見她，他覺得她是在吃醋。

「老爺說得是，是妾身疏忽了。」喬氏心裡雖然恨得牙癢癢的，卻依然神色如常。「妾身這就讓蘇嬤嬤請個大夫去看看二姨娘，老爺放心就是。」

顧廷西這才點點頭，欣慰地看了喬氏一眼，表示滿意。

「父親，天氣炎熱，女兒特意給您做了些雙面繡冰絲手帕子，您累了的時候，敷在臉上清清涼涼的，可舒服呢！」顧瑾萱起身捧著一個錦盒，畢恭畢敬地放在顧廷西面前，嬌羞道：「只希望父親不要嫌棄女兒繡工粗糙就好。」

喬氏觸到那些精緻絕倫的冰絲手帕子，很是驚訝，顧瑾萱學雙面繡才沒幾天，怎麼一下子就繡得這麼好了？難不成是女兒悟性超群，很快就精通了這種繡法？

「咦？」顧瑾雪睜大眼睛，好奇地問道：「我怎麼瞧著跟大姊姊繡的一個樣？」

「當然了，我的繡活就是大姊姊教的，能不一樣嗎？」顧瑾萱沒好氣地瞪了她一眼，不說話會死啊！

「哈哈，很好、很好！父親喜歡還來不及，怎麼會嫌棄？」顧廷西倒沒想太多，興奮地取出一條冰帕，細細翻看一番，連聲叫好。他最喜別人特意取悅自己，顧瑾萱此舉讓他很受用，看這個女兒的目光也格外溫柔。他原本就溫文儒雅，豐神異彩，如今笑容滿面，竟真的有幾分慈父的味道。

「父親喜歡就好。」顧瑾萱甜甜笑道。

「瞧瞧四丫頭多孝順，妳們都得跟四丫頭多學學！」顧廷西揚著手裡的冰帕，掃視了一眼其他三個女兒，目光最終在顧瑾瑜身上落下，加重語氣道：「不要成天想著那些邪門歪道，要知道孝悌忠信、禮義廉恥！」

眾人會意，各懷心思地轉頭看顧瑾瑜。

顧瑾瑜眼觀鼻、鼻觀心地坐在那裡，裝沒看見。她覺得最沒有資格說這八個字的就是顧廷西，自己行為不正，有什麼臉面說別人？臉皮還真是厚！雙面繡她也會，只不過她絕對不可能繡給顧廷西。

顧廷西討了個沒趣，卻又不好明著對顧瑾瑜發作，他擔心這個不孝女再「定」住他，讓他當面出醜，只得黑著臉，大手一揮，領著眾人浩浩蕩蕩地去慈寧堂。

沈氏和何氏正陪著太夫人有說有笑地聊天，特別是何氏，被禁足了幾日，似乎明顯轉了性子，主動湊到太夫人面前，有板有眼地替她捶背，讓太夫人很是滿意。

顧廷南則是滿面春風地坐著喝茶。

「想不到大嫂跟弟妹來得這麼早，倒是我們來晚了。」顧廷西撩袍坐下，往前傾了傾身子，轉頭看著太夫人笑道：「母親，聽說大丫頭的親事有眉目了，不知道是哪家？」

「此事說來話長。」太夫人端起茶，輕抿一口，眉眼彎彎道：「這親事我跟你大哥、大嫂還在商榷，等有了眉目，再說給你們聽吧！」

「大丫頭的親事有著落，我們也就跟著放心了。」顧廷西咧嘴笑道：「咱們府裡的姑娘們年紀太近了，大丫頭訂了人家後，二丫頭的親事也要相看起來了，姑娘們大了，親事拖不得。」

沈氏收起表情，低頭喝茶。她的女兒她自有打算，哪裡用得著別人來操心！

「可不是，姑娘們都到了相看的年紀，不敢耽誤了。」喬氏見顧瑾珝站在沈氏背後沈默不語，幸災樂禍道：「二丫頭瞧著怎麼沒精神，可是昨晚繡花睡得遲了？聽說二丫頭做荷包做得很精緻，不知道有沒有新做的？拿出來讓我們也好開開眼啊！」

顧瑾萱和顧瑾雪會意，忍不住捂嘴偷笑。

顧瑾珝也會意，掩面跑了出去。

「喬氏，妳太過分了！珝兒要是有什麼好歹，我拿妳是問！」沈氏狠狠瞪了喬氏一眼，急急忙忙地起身追了出去。

太夫人一頭霧水地看了過來。

「二丫頭對柳家公子有意，特意做了荷包給他，卻不想被人家柳公子拒絕了。」顧廷西輕咳道：「姑娘家家的，如此不知分寸，是得好好管管了。」

「就是，出了這等丟人現眼之事，還不讓人說了！」喬氏撇嘴道。

「你們給我滾出去！」太夫人立刻聽明白了是怎麼回事，氣得朝夫妻倆扔茶碗。「唯恐天下不亂的東西！二丫頭怎麼說也是姑娘家，哪能禁得住你們這樣冷嘲熱諷？有你們這樣當長輩的嗎？滾，給我滾回去閉門思過！」

喬氏被潑了一身水，很是狼狽，懊惱道：「母親，我們也是為了二丫頭好……」

「喬氏，妳不必裝那個賢慧的，我眼還沒瞎！」太夫人冷冷道：「我話都說到這分上了，妳竟然還在睜著眼睛說瞎話，說妳是為了二丫頭好？看來，妳真拿我老婆子當傻子呢！」

「不是的！母親，我……」喬氏臉脹得通紅，想為自己辯解幾句，又偏偏覺得無話可說。

顧廷西見太夫人動了怒，灰溜溜地退了出去。哎呀，早知道這樣就不管二丫頭的這點破事了，真是晦氣！

「母親、母親，您消消氣，不要動不動就發火，氣大傷身啊！」顧廷南起身替太夫人順著氣，輕聲安慰道：「多大點事，瞧您氣成這樣，別生氣了！」說著，又轉頭對顧瑾瑜道：「三丫頭，最近我剛剛進了一批藥材，妳有空去我那裡一趟，給妳祖母配些安神養生的方子，讓妳祖母好生保養著。咱們費費心思，務必讓妳祖母到了一百歲還能滿面紅光地教訓咱們！」

「好，我聽三叔的。」顧瑾瑜笑著應道。

「就你嘴貧！我活到一百歲，那還不成了老妖精？」太夫人瞪了顧廷南一眼，轉怒為笑。

直到上了馬車，顧瑾瑜還覺得腦袋嗡嗡響，這早上鬧得。

之前在程家的時候，只要她身子尚可，她也常常去給父母、祖母請安，只不過相比顧家而言，程家人似乎比較安靜，偶爾拌幾句嘴，也是輕聲細語的，斷斷不會如此疾言厲色。

記得有次她跟姊姊程嘉儀一起去給祖母裴氏請安，裴氏只是淡淡地問了她幾句日常起居、飲食用藥之類的，便再也沒有話，倒是拉著程嘉儀的手，親熱地說了半天話，連眼裡的神采也是不一樣的。

當時她便有些不痛快，覺得祖母厚此薄彼，可是後來，她發現父親與母親也是這樣的，不冷不熱，雖然關懷備至，卻總覺得隔著點什麼，有時候她甚至懷疑她到底是不是爹娘親生的。

想了一路，直到馬車在柳家門前停下來，顧瑾瑜才收回思緒，踩著矮凳下了馬車。

柳元則早就在那裡等著了，見了顧瑾瑜，笑容滿面地迎上前說道：「瑜妹妹，待會兒散席我在垂花門這邊等妳，我先帶妳去家裡坐坐，然後我再送妳回家。前天父親去了錦州，後晌才能回來給大伯父祝壽，咱們不等他了。」

「好，我聽表哥的。」顧瑾瑜莞爾。

綠蘿站在兩人身後，捂嘴偷笑。她越看越覺得自家姑娘跟柳公子很相配，若是姑娘能嫁到柳家去，該多好啊！

第十三章 沒良心的東西

堂舅舅柳禹傳雖說是太醫，卻是在御藥房任職，平日只負責按方子抓藥、煎藥之類的雜務，官階並不高，加上他為人向來低調謙卑，又逢太子新喪，自然沒有大張旗鼓地操辦，只是簡單地擺了兩桌，叫來三五好友小聚一下而已。

男人們在正廳喝酒。

堂舅母藍氏則領著女眷們在東廂房開席，女眷這邊人不多，除了顧瑾瑜，還有寧武侯夫人和寧玉皎，再無他人。

藍氏是寧武侯夫人楊氏的姨母，這些年，兩家一直來往密切。

「三姑娘，說起來咱們真是有緣。」楊氏淺笑道：「前不久剛剛在忠義侯府賞花的時候見過，卻不想又在這裡見面了。」

「再見夫人，小女深感榮幸。」顧瑾瑜淡淡一笑。

寧玉皎見顧瑾瑜如此規矩，忍不住捂嘴偷笑。哈哈，顧瑾瑜跟沈家兩姊妹吵架的時候，她可是看見了，簡直像一隻發瘋的小貓，哪裡是這樣穩重？

「姑娘不得無禮。」楊氏粉臉微紅，咬唇道：「三小姐是妳的長輩。」

寧家九姊妹，就數這個五姑娘最古靈精怪，動不動就闖禍惹事，讓寧武侯很是頭疼，卻想不到溫柔嫻淑的楊氏跟這個繼女很是投緣。

寧玉皎也知道繼母單純得像個小姑娘，並不像傳說中的後娘那麼陰狠毒辣，對她倒真的生出幾分好感來，就是在出嫁的四個姊姊面前，對楊氏也多有維護之意，如此一來，寧武侯上下就更加敬重楊氏，就連已故寧武侯夫人的娘家，國子監祭酒蘇家，楊氏也常常前去探望，噓寒問暖，無微不至。

「母親，她都還沒有我大，怎麼就成長輩了？」寧玉皎很不服氣。

「五小姐，我舅母是妳母親的姨母，妳說我是不是妳的長輩？」顧瑾瑜一本正經道：「再說輩分又不是按年齡排的，所以說，這個長輩我當定了。」

「按照妳這麼說，這輩分可就亂了。」寧玉皎捂嘴笑道：「我爹爹跟忠義侯爺稱兄道弟，我原本應該跟妳同輩，喊妳一聲妹妹，可如今妳又跟我母親一個輩分，我實在是不知道該叫什麼了。」

「五姑娘說得也是。」藍氏笑笑，沈吟道：「我看五小姐還是隨妳父親那邊叫吧！咱們各親各論。」

「這還差不多。」寧玉皎得意地看了看顧瑾瑜，故意拖著長腔喊道：「妹妹，姊姊這廂有禮了！」

「那咱們就這麼定了。」顧瑾瑜只是笑。

前世她雖然不怎麼出門，並沒有見過寧玉皎，但曾經聽長姊提起過她一嘴，說寧武侯府五姑娘是個像風一樣的女子。如今當她真正面對這個風一樣的女子，她卻已經不再是她了。

「前些日子在忠義侯府，沈家二姑娘落水，幸得三姑娘相救，才轉危為安，三姑娘果然是醫術超群。」楊氏看著顧瑾瑜，目光在她光潔如玉的額頭上看了看，手裡捏著手帕子笑道：「建平伯府真是有福氣，竟然有三姑娘如此聰慧善良的女兒，真是羨煞旁人啊！」

那天她無意聽到丫鬟們的議論，很是吃驚。建平伯府二房的三姑娘不但在短短幾日醫好了自己額頭上的傷，還硬是把沈二姑娘從鬼門關拉了回來。更重要的是，她還聽丫鬟們說，這個三姑娘最為擅長的，是給內宅婦人看病，這讓她欣喜不已。儘管讓一個小姑娘看她這樣的病有些尷尬，但總比面對一個個老氣橫秋的太醫要自在得多。

「夫人謬讚。」顧瑾瑜會意，淺笑道：「我不過是看過幾本醫書，略通一二罷了。」

藍氏不動聲色地聽兩人妳來我往，只是笑著喝茶，並不吱聲。

她是看著顧瑾瑜長大的，這孩子雖然喜歡看書不假，但據她所知，絕對不是什麼醫書，多是京城裡流傳的各種奇奇怪怪的話本；但她聽楊氏說得有鼻子、有眼的，才抱著半信半疑的態度給兩人引見，若是顧瑾瑜能醫好楊氏的病，倒也是一樁福報。

「三姑娘太謙虛了。」楊氏求子心切，也不繞圈子。「我近來不知道怎麼回事，每每晨起總是有些頭暈，不知道三姑娘能不能幫我看看是怎麼回事？」

「好，承蒙夫人信任，我就斗膽一試。」顧瑾瑜自是欣然答應。

「妳們去裡屋說話，我先去招待客人，回頭再過來找妳們說話。」藍氏心知肚明地把兩人領進了內室。

寧玉皎知趣地沒有跟進去，不用猜，她的小繼母又在亂投醫了。堂堂太醫院都醫不好的病症，怎麼能指望一個小姑娘？不過，憑良心說，她倒是真的希望楊氏能給她爹生個兒子。

府裡已經出嫁的四個姊姊，因為府裡無子的事情，動不動就被婆家的人拿來調侃嘲笑，說一個女婿半個兒子，寧武侯府其實是有四個「半兒子」的，所以寧武侯有個綽號就叫四個半。

把完脈，楊氏很緊張地問道：「三姑娘，我到底得到什麼病？」

「夫人，您沒有病。」顧瑾瑜篤定道：「也就是說，問題並不在您這裡。」

「啊，難道……」楊氏心裡又喜又悲，臉也隨之紅了起來，咬唇道：「可是我家侯爺已經有九個女兒，若不是我，難道會是他？」說不通，真的說不通。還是，這個三姑娘並不像傳言中的那麼神？

「到底是怎麼回事，我得見了侯爺才能下定論。」顧瑾瑜沈吟道：「若我沒有猜錯，以往那些大夫都說夫人氣血虧虛、鬱結於心而導致不孕，所以他們給夫人開的藥都是些大補的藥，對不對？」

「三姑娘所言極是！」楊氏連連點頭，下意識地看著自己因為經常吃各種補藥而日漸粗壯的腰身，嘆道：「他們有的還說，是我前些年吃藥傷了身子，所以才不易有孕，連裴老夫人也這麼說呢！」

顧瑾瑜垂眸，既然她都能診出楊氏無病，那裴氏自然也診得出，之所以說楊氏氣血虧虛，大概是裴氏不願意蹚這渾水罷了。

楊氏忍不住紅了眼圈，這些年來，她所承受的壓力非一般人所能理解，人人都說是她身子不行，從來都沒有質疑過寧武侯，如今面前這個三姑娘卻說不是她的問題，的確讓她震驚。想到這裡，她猛然抓住顧瑾瑜的手，激動道：「三姑娘，妳告訴我，我現在該怎麼做？我都聽三姑娘的！」

「首先，夫人沒有病的事情要保密，若是別人問起來，您只管說是氣血虧虛即可。」顧瑾瑜鄭重道：「再者，想辦法讓我給侯爺把脈，但不能說是因為孩子的事情，得另外找個理由才行。」她突然覺得事情並非看起來這麼簡單，此事怎麼看，都像是寧武侯被人算計了。

「三姑娘，此事連侯爺都不能告訴嗎？」楊氏掏出手帕擦了擦眼淚，泣道：「侯爺的身子一直很強壯，鮮少看大夫，若是不告訴他實情，我如何能勸說他過來找三姑娘把脈？」

「夫人，您不覺得若是實言相告，會讓侯爺很難堪嗎？」顧瑾瑜輕咳一聲，提醒道：「一旦傳出去，侯爺的面子往哪裡擱？」但凡無子，都會說是女人的問題，即便是男人的問題，明面上也會說是女人的，這是世上約定俗成的事情，沒什麼可奇怪的。

「三姑娘所言極是，是我糊塗了。」楊氏恍然大悟，沈思片刻，忙道：「下個月初五是佛陀寺的素齋節，往年我家侯爺都是不去的，今年我會想方設法地勸他跟我一起去，不知道三姑娘那天有沒有空也去一趟佛陀寺？到時候我會想辦法讓三姑娘替我家侯爺把脈，還請三姑娘多多費心。」

「好，我會去。」顧瑾瑜點頭道：「到時候我們見機行事。」

「那就有勞三姑娘了。」楊氏大喜，想也不想地從腕上褪下一只玉鐲硬是塞到顧瑾瑜手裡。

「若三姑娘真的能解我燃眉之急，日後另有重謝。」

「夫人，我有我的規矩。」顧瑾瑜把鐲子推了回去，淡淡道：「這鐲子待夫人生下麟兒後再送我也不遲。」

「好，我聽三姑娘的！」楊氏越發相信顧瑾瑜是真的能圓了她的求子夢。

寧致遠一下衙，興致勃勃地回內院，見嬌妻一個人坐在床前發呆，便上前關切地問道：「夫人，在想什麼？還是哪裡不舒服？」

「侯爺回來了。」楊氏這才猛然回過神來，倏地起身幫他脫官服，柔聲道：「妾身在想，下個月初五是佛陀寺的素齋節，侯爺今年會不會陪著妾身一起去？」

「夫人，我最近這幾天有些忙，妳讓皎兒陪妳吧！」寧致遠張開雙臂，任由楊氏解衣，和顏悅色道：「等我忙完這陣子，再好好陪陪妳，好不好？」

寧侯爺年輕的時候曾隨著先帝在外四處征戰，屢立戰功，凱旋歸來後，便被封了寧武侯，專門負責京城一帶的糧倉儲備，如今正是各大糧倉儲備出陳布新的季節，忙得不可開交。

「妾身知道侯爺公事繁忙，不敢奢望侯爺跟妾身一起用齋飯，但佛陀寺離侯爺的糧倉不過小半個時辰，侯爺去佛陀寺陪妾身上個香總可以吧？」楊氏摺好官服，又盈盈替他倒了一杯茶，嬌嗔道：「妾身自嫁給侯爺，不曾替侯爺生下一男半女，心中總是有愧，恨不得見佛拜佛、見廟上香，侯爺要體諒妾身的苦楚才是。」

「好，我去。」寧致遠見嬌妻說得句句在理，把她攬進懷裡，在她耳邊吹氣。「我去還不行，這下妳該滿意了吧？」

「多謝侯爺！」楊氏一臉嬌羞。

散席後，柳元則便帶著顧瑾瑜興沖沖地回家。

兩人剛剛在正廳坐下，管家便匆匆進來稟報。「少爺，京郊茶莊吳掌櫃說有要事要跟少爺商量，已經在外書房等了大半天了。」

「好，我這就過去。」柳元則起身愧歉道：「瑜表妹妳先坐著，我很快就回來了。」

「無妨。」顧瑾瑜笑笑。「表哥儘管去忙，我正好去看看舅母。」

舅母王氏原本也是個溫柔嫻淑的人，只因年輕的時候夭折一個女兒，悲傷過度，以至於瘋癲了許多年，柳禹丞幾乎請遍了整個大梁的名醫為她看病，近幾年雖有起色，不再鬧著出去尋找死去的女兒，卻整天把自己關在祠堂裡發呆，她是思女成疾。

之前顧瑾瑜住在柳家的時候，王氏的病情時有反覆，柳禹丞擔心她瘋病上來傷了顧瑾瑜，曾經明令照看顧瑾瑜的奶媽，不准王氏接近顧瑾瑜，但柳元則偶爾也會帶著顧瑾瑜去看王氏。

王氏見了顧瑾瑜，總是表現得很特別，她會把屋裡所有好吃的都拿出來塞給顧瑾瑜，有次顧瑾瑜回顧家小住了半個多月，待回來後去看她，王氏欣喜若狂，翻箱倒櫃地給她取好吃的，大概是東西放得太久，有的都長了綠毛……

王氏雖然癡傻，但在顧瑾瑜的記憶裡，還是待她極好。

顧瑾瑜知道，王氏其實是拿她當女兒疼的。

安素院靜悄悄的，兩個小丫鬟靠在門口打盹，或許是睡得太香，以至於連顧瑾瑜跟綠蘿進了院子，都絲毫沒有察覺。

不遠處的祠堂裡面，傳來女子咬牙切齒的聲音——

「……妳不過是柳家養著的廢人罷了，每天活著也是浪費糧食，妳怎麼不去死？妳知道不知道，老爺每天都被人戳脊梁骨，說他家裡有一個瘋婆娘，讓他抬不起頭來，妳知道嗎？」

「不，我不想死……」王氏戰戰兢兢地道：「我不想死。」

顧瑾瑜臉一沈，率先跑進了祠堂。

柳禹丞的小妾花姨娘正揪住王氏的前襟，左右開弓地搧著耳光，王氏眼裡含著淚，也不知道躲，任由她打。

「住手！」顧瑾瑜大步衝了進去，猛地推開花姨娘，把王氏護在身後，揚手給了她一個巴掌，厲聲道：「妳竟然敢打我舅母，活得不耐煩了嗎？」兩世為人，她最恨的就是這種兩面三刀的陰險之人！

殊不知，在柳禹丞和柳元則面前，花姨娘最是溫柔可人，她替王氏梳頭洗漱、端茶倒水，可謂關心備至，卻不想，背地裡卻是如此一副狠毒嘴臉。

「表、表姑娘？」花姨娘冷不丁見顧瑾瑜衝了進來，大驚，忙道：「表姑娘誤會了！奴家、奴家哪裡敢打太太……」天啊！表姑娘怎麼來了？門口那兩個丫鬟都是死人嗎？

「哼，我們親眼所見，妳還敢抵賴，簡直是不要臉！」綠蘿也上前打了她兩巴掌，怒道：「見了我們姑娘不行禮，妳吃了熊心豹子膽了？」

「舅母臉上的指痕猶在，妳竟然說這是誤會？」顧瑾瑜恨恨道：「舅母神志不清，原本就是個可憐人，妳表面上待她體貼之至，背地裡竟然如此狼心狗肺地虐待她，妳就不怕遭天譴嗎？」

王氏死死地拽著顧瑾瑜的衣角，絲毫不肯鬆開，眼裡驚恐至極。

「表姑娘饒命，奴家知道錯了，求表姑娘不要將此事告訴老爺，奴家求您了！」花姨娘見顧瑾瑜是真的動怒，撲通一聲跪下，泣道：「奴家進府四年，盡心盡力地服侍老爺，照顧太太，可是奴家連個孩子都不能有，是老爺他不讓奴家有孩子，奴家一想到日後孤苦伶仃，沒有子嗣傍身，就、就一時糊塗，忍不住衝夫人發火，奴家發誓，之前奴家從來都沒有為難過夫人，這是第一次……」

「妳原本不過是茶莊的一個粗使丫鬟，若是安分守己，配個小廝、管事，也能安然度日。」顧瑾瑜扶著王氏，冷冷道：「可是妳心氣太高，不甘心一輩子為奴為婢，便想方設法地往我舅舅身邊湊，最終如願以償地進了柳府為妾；若妳做好妾的本分，日後的富貴也是有的，只是妳太過貪心，竟然盯上了主母的位置，簡直是可笑至極！退一萬步來說，就算我舅母沒了，我舅舅也不可能扶一個粗使丫鬟當正室，而是會重新娶一個繼室進門。妳不想想，新主母進門，妳在柳家作威作福的日子也就到頭了，說不定很快會被掃地出門，妳連這點利害都弄不清楚，活該一輩子孤苦伶仃！」

花姨娘聞言，臉色大變，癱軟在地上，再也起不來。

柳禹丞得知王氏被花姨娘欺辱，還是被顧瑾瑜無意撞見，氣得渾身哆嗦，當即派人打了花姨娘二十板子，當晚找了人牙子，連同那兩個小丫鬟一同發賣出去。他跟王氏有結髮之情，豈能容忍髮妻被一個妾室欺辱！

「家裡出了這樣的事情，讓表妹跟著受累了。」回去的路上，柳元則訕訕道：「都是我不好，對母親照顧不周，才讓母親受了這樣的委屈。妳放心，明天我就派人把莊子上的徐嬤嬤接回來，讓她在母親身邊伺候，母親就不會再受別人欺凌了。」

徐嬤嬤是王氏從娘家帶過來的陪房，只因半年前跟花姨娘起口角，打了花姨娘一巴掌。當時看到自己的愛妾被打，柳禹丞很是惱火，一氣之下就把徐嬤嬤送到莊子上，讓她反省思過。

「也好，徐嬤嬤雖然性情有些急躁，但她對舅母還是極好的。」顧瑾瑜點頭道：「有她在舅母身邊，咱們也能安心。」

柳元則停下腳步，抬眼看著顧瑾瑜，輕聲道：「母親平日裡最喜歡妳，妳以後一定要經常來家裡坐。」

「你放心，我會經常過來看望舅母的。」顧瑾瑜轉頭看了看身邊英姿颯爽的年輕人，沈吟道：「表哥已到弱冠之年，親事其實早該相看起來了，我還等著喝表哥的喜酒呢！」柳家的確急需一個新的女主人進門幫襯，她知道柳家一直在等著她，可是她並不是顧瑾瑜。

「表妹，妳……我……」柳元則猛然抬起頭來，鬼使神差地抓起她的手，鼓起勇氣道：

「我、我不會相看別人，我、我想要娶妳進門。咱們倆的事情，父親早就盤算好，說等妳及笄後，就上門提親。」一直以來，他就是把她當未婚妻看的，他覺得她命中注定就應該是他的。

「則表哥誤會了。」顧瑾瑜緩緩抽回手，正色道：「我對則表哥只有兄妹之情，並無男女之意，還望則表哥見諒。」

「為什麼？」柳元則震驚道：「是不是我做錯了什麼，讓妳不高興了？」

「不是的。」顧瑾瑜搖搖頭，垂眸道：「則表哥待人真誠，心地善良，是個好人，只是，只是我……」一抬頭，見柳元則眼睛眨也不眨地盯著她看，目光裡猶帶著一絲希冀，索性心一橫，沈聲道：「只是我已經有心上人了。」

長痛不如短痛，擇日不如撞日，既然話都說到這分上了，那就徹底把話說明白了吧！

「難道……難道是楚王世子？」柳元則忍不住失聲問道。除了前幾天京城裡傳得沸沸揚揚的撞馬事件，他想不到第二個人。

「則表哥，是誰並不重要。」顧瑾瑜覺得讓楚雲霆來幫她拒絕柳元則，其實也沒什麼，反正楚雲霆也不會知道此事，故而沒有否認，繼續說道：「我意已決，希望則表哥原諒我。」

柳元則心如刀絞，卻無言以對。

第十四章　素齋節

佛陀寺的素齋節，每年太夫人都會帶著媳婦、姑娘們一起去，今年也不例外。

天剛濛濛亮，太夫人便早早起來，和顏悅色地吩咐池嬤嬤讓門房早點備馬車，以免走晚了路上壅塞。

池嬤嬤見太夫人這幾天心情很是愉悅，笑盈盈地領命而去。

顧瑾華的親事總算塵埃落定，訂的是將軍府孟家二房的嫡次子孟文謙。

沈氏打聽回來的消息是孟文謙在翰林院任翰林院修撰，官階雖然不高，但為人穩重，勤奮上進，非得雞蛋裡挑骨頭，就是個頭不是很高，長相也一般。

孟家二老爺雖然是庶出，但孟文謙卻是實打實的嫡出，他娘田氏是商戶出身，嫁妝頗為豐厚，這些年，一家人在西北過得頗為滋潤，這次回京城就是陪著孟文謙回來上任，說是等孟文謙安頓好了，他們一家就回西北養老去。

太夫人對此很滿意，她覺得男人個頭、長相什麼的，並不重要，重要的是人品好就行。再說了，若是孟文謙長得偉岸俊朗，一表人才，怕是輪不到大姑娘。

何況，等過幾年二老爺和二夫人回西北後，剩下小倆口獨自過日子，日子要多舒坦就有多舒坦。

越想心裡越滿意，當即便應下這門親事。

顧瑾華心裡雖然一百個不願意，但無奈是太夫人拍板定下的，只能含淚認命，規規矩矩地躲在閨房裡繡嫁妝，不再外出。

給顧瑾瑜趕車的是莫風。

或許是看出顧瑾瑜的驚訝，莫風咧嘴笑道：「三姑娘放心，在下之前就是趕車的，只不過後來對養花更有興趣，所以就改行做了花匠。」

「如此說來，莫花匠還真是多才多藝。」顧瑾瑜笑笑，不動聲色地上了馬車。

「姑娘，昨天早上我還看見莫風在竹林裡晨練來著，妳說他一個花匠難道還有些身手不成？」綠蘿掀開車簾往外望了望，小聲嘀咕道：「反正我看這個人不地道，看看他額頭上的疤就知道了，正經人額頭上哪會有疤痕？」

「說什麼呢？妳別忘了，妳姑娘我額頭上也差點留下疤。」顧瑾瑜笑罵道：「難不成我也是那不正經的？」

綠蘿自知失言，連連擺手解釋道：「奴婢是說，男人額頭上的疤大都是跟人打架留下的，所以奴婢才那麼說的嘛！」

待上了香，太夫人便領著眾人進廂房歇息，特意吩咐池嬤嬤帶著姑娘們去園子裡走走、散散心。

素齋節一般都是女眷們在寺裡吃頓飯，再看場戲，就算圓滿了。

寺裡鮮少男人會來，太夫人很是放心。

佛陀寺的園子很大。

園子四周栽種許多鬱鬱蔥蔥的翠竹和楓樹，紅綠相間，景色十分宜人。

園子正中有個偌大的荷花湖，時至八月，荷花早已經凋零，唯有數不清的荷葉隨風舒展，遠遠望去，猶如碧色的波浪翻騰起伏，美不勝收。

湖邊座落數十個深紅色的小亭子，三三兩兩的女眷們正坐在亭子裡歇腳聊天，鶯聲燕語，嬌笑連連。

池嬤嬤領著姑娘們進了亭子。

顧瑾珝不屑跟顧瑾瑜在一起，冷哼一聲，拽著顧瑾萱去了隔壁亭子，顧瑾雪眼珠轉了轉，很狗腿地跟了上去，如此一來，亭子裡只剩下顧瑾霜規規矩矩地坐在顧瑾瑜身邊。

「哎呀，二表妹來了，快坐！剛剛我們還說怎麼還不見建平伯府的表妹們過來，可巧妳們就來了！」沈亦晴滿面春風地迎上來，笑道：「聽說佛陀寺後院還搭了戲臺，可熱鬧了，咱們一起去看戲吧！」

「太好了，我最喜歡看戲了！」顧瑾珝興奮道。

「晴姊姊這衣裳真好看，料子也是一等一的好。」顧瑾萱也湊上前，前前後後打量著沈亦晴身上的綠色紗裙，討好道：「我敢說，滿京城裡找不出第二件這樣好看的衣裳了。」

「那是，這可是我姨母剛剛賞賜給我的，宮裡新來的料子。」沈亦晴撫摸著身上閃亮耀眼的衣衫得意道：「這就是大名鼎鼎的浣影紗，俗話說，一寸浣影一寸金，說的就是它。」

眾女滿眼羨慕。

顧瑾瑜垂眸。其實沈亦晴在撒謊，這樣的浣影紗，是程貴妃去年賞賜給她們的，她得到的是粉色的，長姊程嘉儀是紅色的，最後剩下一塊綠色的，賞給了沈亦晴。

聽說沈亦晴很不滿，還哭紅鼻子，硬說這是別人挑剩下的料子才輪到她。

程貴妃是皇上的寵妃，對娘家人也不錯，對她似乎格外好，常常喚她進宮，噓寒問暖，甚至比她爹娘還要關心她。

只是她身子不爭氣，十次有八次身子不適，起不了身，多半是貴妃不辭辛勞地從宮裡到程家看她，人人都說貴妃之所以疼愛她，是因為她長得酷似程貴妃。

「三姊姊，妳看這滿池的荷花都凋謝了呢！」顧瑾霜指著荷花池，小聲道：「我一直以為荷花會開到秋天的呢！」她覺得三姊姊是好人，就算說錯了話，也不會訓斥她。

「每年六、七月才是荷花開得最好的時候，現在都八月了，自然凋零了。」顧瑾瑜放下茶碗，莞爾道：「再過一個月，怕是連荷葉也看不到了。」

看到顧瑾瑜的笑臉，顧瑾霜的膽子大了些，往前傾了傾身子，認真道：「三姊姊，荷葉是不是一種藥材？有次我去三叔叔院子裡，就看見他晾曬了好多荷葉呢！」

「妳說得對，荷葉的確是種藥材，鮮葉解暑止血，乾葉主脾開胃。」顧瑾瑜望了望滿池的荷葉，淺笑道：「現在採些曬乾，當茶葉泡著喝，對身體也是極好的。」

「太好了，我這就採些帶回去給姨娘喝。」顧瑾霜眼前一亮，繼而又遲疑道：「就是、就是不知道方丈答不答應我採些荷葉回去。」

「欸，五姑娘這有啥為難的？這麼多荷葉，想來他們佛陀寺也用不完，咱們過去採些不就好了？」綠蘿不以為然道：「不過是些荷葉罷了，又不值錢。」

「綠蘿，再不值錢也是佛陀寺的。」顧瑾瑜輕咳道：「妳陪五姑娘去跟方丈說一聲，若是方丈同意，妳就幫五姑娘採一些吧！」

「奴婢遵命。」綠蘿興沖沖地挽著顧瑾霜出了亭子。

顧瑾瑜抬頭看看天色，繼續喝茶。

片刻，寧玉皎帶著一小丫鬟匆匆進了亭子，不由分說地拉起顧瑾瑜就往外走，邊走邊急急道：「瑜妹妹，剛剛我爹在殿前上香的時候突然暈倒了，妳快過去看看吧！」

顧瑾瑜會意，迅速跟著她去了殿前。

第十五章　斷陽草

果然如她所料，寧武侯是被人下了毒。

一種無色無味的毒，不會要人性命，卻會讓人絕後。

「三姑娘，我家侯爺怎麼樣？」楊氏知道寧致遠對龍涎香過敏，適才在檀香裡混進了一小根。不是她心狠，而是除此之外，她真的想不到更好的辦法能讓顧瑾瑜順理成章地替他把脈。

「無妨，侯爺只是聞不得這樣的香。」顧瑾瑜早有準備，不疾不徐地從袖子裡取出銀針，扎了一下寧武侯的人中穴。

寧武侯這才悠悠醒來，抱拳道：「姑娘大恩，寧某感激不盡，來日必當重謝。」

「侯爺言重了，不過是舉手之勞而已。」顧瑾瑜大大方方地屈膝回禮道：「侯爺原本對香料過敏，最近幾天又太過勞累，才會導致昏迷，好好休息兩天就沒事了。」

「瑜妹妹果然是神醫！」寧玉皎不知楊氏跟顧瑾瑜之間的約定，拍手叫好。

「有勞姑娘。」寧武侯抬頭看看天色，又轉頭對楊氏道：「我已經無礙，先去糧倉那邊了。妳放心，我會注意休息的，待會兒妳跟皎兒早點回去。」

「侯爺保重。」楊氏依依不捨道：「後晌早點回來，不要出去應酬了。」

「曉得了。」寧武侯連連點頭，抬腿就走。

「爹，我送您。」寧玉皎親暱地上前挽起寧武侯的手，又轉頭對那侍衛道：「青城，你要好好照顧我爹，若是我爹有什麼，我定不輕饒你。」

「五姑娘放心，屬下定會悉心照顧侯爺。」年輕的侍衛抱拳應道。

「爹，您這就去糧倉那邊告假，好好在家休息兩天嘛！」寧玉皎晃著父親的胳膊嬌嗔道：「要不是顧三姑娘碰巧在，女兒去哪裡給您找大夫啊？剛剛嚇死女兒了！」

「好好好，爹聽妳的！」寧武侯哈哈笑道。

待父女倆走遠，楊氏這才拉著顧瑾瑜進涼亭坐下，屏退丫鬟們，小聲問道：「三姑娘，我家侯爺到底如何了？」

「侯爺是中了斷陽草之毒。」顧瑾瑜正色道：「從脈象上看，這毒已經中了至少二十年。」斷陽草她雖然沒見過，卻知道中了斷陽草，初期只生女兒，漸漸地，連女兒也生不出來。自從她診斷楊氏無病以後，便猜測有可能是寧武侯的問題，特意翻閱了有關斷陽草的案例，果然跟寧武侯的症狀完全一樣：身體很康健，生的全是女兒，無子。

「二十年?!」楊氏大驚，失聲道：「這怎麼可能？三姑娘，妳不要嚇我！」

她無法想像一個人中毒中了二十年，除了只生女兒，身子卻無半點異樣。

「夫人不要激動，斷陽草的功效其實跟避子湯差不多，對身子沒什麼影響，只是久服影響子嗣而已。」顧瑾瑜不動聲色道：「夫人好好想想，侯爺的日常飲食，都是經過哪些人的手？還有，侯府無子，受益人會是誰？」

「我家侯爺的飲食一直都是府裡的老人照料，並無外人插手。」楊氏沈吟道：「若說我侯府無嗣，最終受益的自然是二房……」

二房有兩個兒子。

聽說之前老太太常常勸寧武侯從二房過繼個兒子過來，延續香火。後來寧武侯娶了她，老太太才消停一陣子，只是隨著她一直不孕，老太太又開始明裡、暗裡地敲打她，要她勸侯爺從二房過繼兒子過來，對此，她很是煩惱。

老太太是侯爺的繼母，二爺才是她親生的兒子……難不成？楊氏心裡咯噔一下。

「夫人，侯爺貼身伺候的小廝，有幾個？」顧瑾瑜不動聲色地問道。

斷陽草雖然無色無味，卻是顆粒狀的，若是摻進飯菜裡，不但目標太大，而且也保證不了藥效，但若是下在茶水裡，則容易得多。

「就是剛剛那個叫青城的侍衛，聽說跟了侯爺好幾年，到底多久，我也不清楚。」楊氏越想心裡越氣惱，這幾年她前前後後吃了好多藥都無濟於事，連死的心都有，沒承想，竟然是侯爺被人算計了！

「貴府的家事，我不好插手，夫人當心就是，尤其要注意貼身伺候侯爺的人。」顧瑾瑜低聲道：「此事切不可打草驚蛇，只能徐徐圖之。回頭我給夫人配一個方子，早晚泡給侯爺當茶喝，雖然不能立刻起效，但堅持兩、三個月，自會抵擋一些毒性；只是此舉治標不治本，若想侯爺痊癒，還得找出下毒之人，從根源上杜絕才是。」

「多謝三姑娘提醒，我知道該怎麼做了。」楊氏異常凝重地點點頭。「從今以後，我會親自過問侯爺的飲食，絕對不會讓惡毒之人鑽了空子。」

顧瑾瑜微微頷首，盈盈起身告辭。楊氏是庶女出身，對府裡這些烏七八糟的事情，自然看得比她通透，再說此事關乎到侯府命運，她自然知道該怎麼做。

只是讓她想不明白的是，寧武侯到底得罪了什麼人，竟然陰狠地想讓他絕後。據她所知，斷陽草跟烏頭毒一樣，都是南直隸那邊的毒藥，京城鮮少人知道，若她前世不是程院使的女兒，她也未必知曉這種毒。

想到程家書房裡那滿滿當當的醫書，她又有些納悶。程家為什麼會有那麼多有關製毒、解毒的醫書，而且還都是南直隸那邊的？

正想著，一陣細碎的腳步聲漸漸走近，顧瑾瑜忙閃身到樹後。

「娘，聽說今兒佛陀寺還擺了大戲臺唱戲，咱們也過去看看吧！」程嘉儀簇擁著蘇氏，款款而來。

「聽說佛陀寺這次請的是京城最有名的梨園春，肯定錯不了。」蘇氏笑容滿面道：「我猜今天一定有《鳳求凰》這個戲，這可是咱們家子玄寫的呢！」提起兒子，蘇氏心裡很得意，少年成名不說，還被譽為京城四大才俊之一，她甚至覺得她兒子只能娶公主。

「是是是，誰不知道您家公子是京城大名鼎鼎的天才公子啊！」程嘉儀打趣地看著蘇氏，繼而又嘆道：「可惜嘉寧不在了，若是她在，肯定會跟咱們一起來看戲的。上次子玄還說，《鳳求凰》這個曲子誰也沒有嘉寧彈得好，只有嘉寧懂他的心。」

「好端端地妳提嘉寧幹麼？」蘇氏收起笑容，皺眉道：「妳妹妹終年纏綿病榻，娘也是看在眼裡，疼在心裡，如今她去了也好，再也不用受病痛的折磨了。」

「娘，可是嘉寧總是我親妹子，不知怎麼地，我最近作夢常常夢到她，夢到她遠遠地看著我，不說話，只是掉眼淚，我這心裡甭提多難過了。」程嘉儀紅著眼圈道：「可憐她那麼年輕，就早早去了。」

蘇氏沈默不語。

「昨天我去宮裡看了貴妃姑母，自從嘉寧走後，姑母日夜啼哭，整個人都瘦了一圈，連聖駕都驚動了呢！」程嘉儀說著，眸底頓時有了淚。「這些日子幸好有齊王悉心陪伴，姑母才漸漸開懷，只是身子依然懨懨，再無往日風采。」

「嘉寧容貌酷似妳姑母，平日妳姑母最疼她，一時傷心也是難免。」蘇氏見女兒傷心，便停下腳步，掏出手帕子替女兒拭淚，安慰道：「人死不能復生，傷心無益。她是娘的女兒，娘也心疼，只是嘉寧在天之靈，想必不願意看到我們傷心，咱們都好好活著，才能讓嘉寧走得安心不是？」

顧瑾瑜聞言，只覺心寒，難道在母親心裡，她從來都不重要嗎？

「誰在那裡？」蘇氏突然一聲厲喝。

顧瑾瑜緩緩從樹後走出來。

「妳是誰？」蘇氏狐疑地望著面前的年輕女子，冷冷道：「誰給妳這麼大的膽子，讓妳在這裡偷聽我們說話？」幸好她沒有說別的，否則，豈不是被這女子偷聽了去？

「小女是建平伯顧府二房之女，在府中排行三，曾跟府裡二小姐有數面之緣，也算是故人。」顧瑾瑜靜靜地望著母女兩人，一字一頓道：「前些日子聽聞二小姐噩耗，很是傷懷，今日無意間聽夫人跟大小姐談及二小姐，一時失態，還望夫人原諒。」

「原來是顧三姑娘，快快起來！」程嘉儀聞言，忙上前扶起她。「我們竟然不知，姑娘是我二妹生前的故人。」

蘇氏冷眼打量著顧瑾瑜。程嘉寧常年纏綿病榻，很少外出，怎麼可能結識京城裡的小姑娘？是乘機套近乎的吧？

「聽二小姐說，大小姐最喜歡繡貓，且繡出來的貓，兩隻眼睛的顏色都不一樣，一隻是黃眼睛，一隻是藍眼睛。」顧瑾瑜不卑不亢道：「她還說大小姐待她甚好，一年四季的手帕子都是大小姐繡給她的。」

程嘉儀眼前一亮。小姑娘沒有說錯，她的確喜歡繡貓，且為了獨具一格，她繡的貓總是兩隻眼睛不一樣顏色，的確是一隻黃眼睛，一隻藍眼睛，而嘉寧從小到大的手帕子，的確都是她繡的。她的繡品並沒有外傳，並不存在道聽塗說之嫌，她相信這個小姑娘確是二妹的故人。

「顧三姑娘，妳既然是二妹的故人，也就是我的妹妹。」程嘉儀拉著顧瑾瑜的手不放，急切地問道：「二妹還跟妳說什麼了？妳知道她有什麼未了的心願沒有？」二妹走得匆忙，什麼話也沒有留下，若是她真的有什麼未了的心願，自己定會全力以赴地幫她去做。

「嘉儀，不得無禮！」蘇氏訓斥道：「妳二妹的心願咱們都不知道，顧姑娘一個外人怎麼會知曉？」

「小女並不知道程二小姐的心願。」顧瑾瑜從容道：「只是上次見面，她說程公子新譜了一曲《鳳求凰》，她很是喜歡，還給了我曲譜，等再聚的時候讓我彈給她聽。」

「這麼說，妳也會彈《鳳求凰》這首曲子？」程嘉儀很驚喜。最近半年來，這首《鳳求凰》雖然風靡京城，但會彈而且彈得好的人卻寥寥無幾，連程禹都說，除了他跟二妹程嘉寧，誰都彈不出真正的《鳳求凰》。

「自然比不上二小姐，只不過是略通一二罷了。」顧瑾瑜勉強笑道。之前想過許多見到前世家人的場面，在她的認知裡，母親定然是悲傷難耐的，可如今看見母親，卻全然沒有痛失愛女的悲傷，反而神采奕奕，一如往常。

「既然妳是小女的故人，咱們今日相見也算有緣。」蘇氏並不為所動，不冷不熱道：「只是如今小女已經故去，日後咱們能不見還是不見的好，以免見了彼此傷懷。」不過是個小小伯府的女兒，竟然四處攀附豪門貴冑，也不嫌丟人？如今，還想藉著認識嘉寧的由頭來接近他們程家？門都沒有！

「娘……」程嘉儀嗔怪道：「既然是二妹的故人，走動一下也無妨。」

「好了，不要說了，咱們還得去看戲呢！」蘇氏拽著程嘉儀就走，故意高聲道：「妳二妹生性純良，難免識人不淑，怎麼連妳也這般糊塗？門不當、戶不對的，有什麼可走動？」她覺得這個三姑娘處心積慮地跟程嘉寧交往，肯定是衝著她兒子程禹去的。勾搭楚王世子不成，又開始打她兒子的主意嗎？小姑娘胃口還真是不小，專挑世家高門爬呢！

母女倆拉拉扯扯地走了。

直到坐在戲臺前看戲，顧瑾瑜心裡還是有些恍惚。前世的自己，真的是母親的親生女兒嗎？若不是，那她是誰的女兒？正胡思亂想著，突然人群有些躁動。

顧瑾雪見顧瑾瑜坐在那裡出神，忙搖了搖她，小聲道：「三姊姊，快看、快看，楚王世子和趙將軍來了！」

顧瑾瑜循聲望去，兩個高大挺拔的身影，目不斜視地上了二樓。

眾女一下子安靜下來，個個異常矜持起來，鶯聲燕語，巧笑盼兮。她們知道，楚王世子只要一轉頭就能看見她們，若是能入了世子的眼，她們作夢也會笑醒。

就算是入不了楚王世子的眼，能被趙將軍看中，也是極好的。趙將軍雖然出身不高，但卻是自立門戶，又是一品軍侯的爵位，這輩子榮華富貴也是不愁的。

臺上鑼鼓喧天，臺上戲子唱個不停。

臺下姑娘們個個心思頗重，早已經沒有看戲的心思，時不時地轉頭望著二樓那邊的動靜。夫人、太太們看在眼裡，氣在心裡，卻不能做什麼，總不能把自己女兒叫過來教訓一番吧？

按理說，今天戲臺這邊，不應該有男人出入；若是別人唐突進來，怕是早就被夫人們群起而攻之了，可來人卻偏偏是楚王世子和趙將軍。

說句不好聽的，楚王世子和趙將軍就是看自家姑娘一眼，也算是抬舉她們了，更別說是對她們起什麼心思，看來人家真的只是來看戲的，抑或者是有公事在身。

梨園春之所以有名，除了他們的戲曲大都出自名家之手以外，還有一個重要的原因，就是他們經常去各州郡巡演，常常一出去就是大半年，故而帶回來的戲曲也常常帶著點異鄉風情，這讓戲迷們感到很新奇。

想著、想著，顧瑾瑜情不自禁地看了看程家人所在的那個方向，見蘇氏和程嘉儀正親親熱熱地坐在那裡說話，蘇氏一臉慈愛，程嘉儀也是滿臉笑容，兩人看上去很開心，再也沒有她想像中的半點憂傷。

算下來，程嘉寧剛剛去了不足一個月，當母親的就能放下了。

母女倆的笑容深深刺痛了顧瑾瑜的心，罷了，她從來都不是程家受寵的那個女兒，就如母親所言，去了也好，再也不用纏綿病榻了。

細細想來，就是活著的時候，蘇氏待程嘉儀也遠比待她要好，她一直以為是她體弱的原因，現在卻越來越覺得事情多半不是這樣的。

正想著，程嘉儀的笑臉冷不丁出現在她面前。

第十六章　救場

「顧三姑娘。」

「長……大小姐，妳找我有事嗎？」顧瑾瑜很是意外。

「顧三姑娘，我過來是有事求妳的。」程嘉儀眉眼彎彎地扶著她的肩頭，淺笑道：「梨園春的曲子大都是出自我家子玄的手筆，包括那曲《鳳求凰》，可今天負責彈奏《鳳求凰》的蔡琴師，剛剛在臺下的時候不小心被門板夾到手，傷了食指，一時無人代替上場，這不，春老闆求到我面前來了。可是我並不會彈這首《鳳求凰》，我想著顧三姑娘方才說過會彈這曲《鳳求凰》，便想請妳幫個忙救個場，我想顧三姑娘不會不同意吧？」

「顧三姑娘，救場如救火，求求您幫個忙吧！」琴師蔡氏也上前懇求道：「民婦無以為報，若他日姑娘能用到民婦的地方，民婦赴湯蹈火，在所不辭。」

蔡氏看上去才二十多歲，梳著婦人頭，藍衫、藍褲上繡著金色的牡丹花紋，相貌清秀，酥胸細腰，整個人顯得格外妖嬈，尤其是她耳邊猶如豌豆莢大小的葫蘆形黃金耳環格外扎眼。

「此事我得先去回稟祖母再說。」顧瑾瑜的目光在她的耳環上看了看，沈吟道：「若祖母允許，這個忙我倒是能幫。」如今京城流行的首飾都是以小巧內斂為美，像蔡氏如此誇張的耳環，還是不多見，也許蔡氏不是京城人吧？顧瑾瑜心裡暗忖。

「三丫頭，妳真的會彈《鳳求凰》？」太夫人覺得她越來越看不懂這個丫頭了，她到底什麼時候學會的？

「祖母，孫女的確會彈，而且肯定不會給祖母丟臉。」顧瑾瑜胸有成竹道：「祖母您忘了，我回顧家的時候，也帶回不少古箏樂器，之前舅舅曾替孫女請過琴師，半年前《鳳求凰》就風靡京城，孫女一時手癢，便也學著彈習了一些日子，雖然比不上名家大師，但自信可以登臺救場。」

池嬤嬤聞言，忍俊不禁。三姑娘回來的時候，的確帶回不少樂器，可是據她所知，那些樂器都被鎖到庫房裡去了，而且她敢打賭，現在庫房裡的那些樂器肯定都纏上蜘蛛網了！

「那程家大小姐怎麼知道妳會彈《鳳求凰》？」太夫人狐疑道，建平伯府跟程家可是從無來往的。

「我在柳家的時候跟程二小姐有過數面之緣，也算是半個手帕交。」顧瑾瑜斟酌詞句，沈吟道：「回家以後，我跟她雖然來往不如以前密切，卻也見過一、兩次，上次見面的時候，程二小姐說《鳳求凰》是她兄長所做，還特意指點孫女一二，只可惜天不假年，程二小姐竟然出了意外。適才在園子裡剛巧跟程夫人和大小姐偶遇，閒聊了幾句，說這曲子孫女也會彈，孫女原本無心之言，卻不想被大小姐記在心裡，這才過來找孫女救場。」

太夫人沈默不語。之前三丫頭的確說過跟程家二小姐有過數面之緣，如今看來，倒也不假，只是這樣的閒事，她還是不願意管的。

坐在太夫人身邊的沈氏不動聲色地看了看年輕妖嬈的蔡氏，不冷不熱道：「三丫頭，怎麼說妳也是伯府的姑娘，怎麼能跟這些下三濫的人混為一談？別說是幫她們救場了，就是跟她們站在一起，也沒得辱沒了妳的身分。」

「太夫人，求您高抬貴手，就讓姑娘救個場吧！」蔡氏乾脆跪在地上，低聲哀求道：「民婦上有老、下有小，就指望這份活，領些月錢養活一家老小……」

「三丫頭，妳當真願意救這個場？」太夫人不看蔡氏，一本正經地看著顧瑾瑜。

「祖母，孫女願意。」顧瑾瑜不假思索道。

「那好。」太夫人點點頭，瞥了一眼蔡氏，滿臉正色道：「不過我有一個條件，就是我家三姑娘不能拋頭露面地上臺演奏。」建平伯府的姑娘萬萬不能去戲臺上被人當戲子看，這是她的底線。

「太夫人放心，我們自知身分卑微，不敢連累府上姑娘名聲。」蔡氏信誓旦旦道：「我們會在戲臺後面給三姑娘放一架古箏，外人是看不到姑娘的。」

太夫人微微頷首，算是應下。

池嬤嬤則暗暗捏了一把汗，三姑娘哪裡會彈什麼《鳳求凰》啊！

「元昭，你若是懷疑梨園春這些人跟太子被刺一事有關，大可直接把人提去天子衛審問，何苦親自跑這一趟？」趙晉蹺著二郎腿，慢騰騰地喝著茶。「跑就跑吧！你查案子從後門進來也行啊！還大張旗鼓地來看戲，若是梨園春真的有鬼，早就被你嚇跑了。」

「放心，從我進門那一刻，佛陀寺連一隻蒼蠅也飛不出去。」楚雲霆沈聲道：「據我所知，太子被刺時，梨園春正在附近巡演賑災，故而我不得不懷疑他們，你知道，我從來不相信巧合。」

「好吧！就算不是巧合，你有證據嗎？」趙晉把玩著茶碗問道。

「沒有。」楚雲霆如實道：「我之所以帶你來看戲，就是讓你幫我尋找證據的。」

「我真的是不明白，這案子既然是宇文族所為，我們天子衛也一直在追殺這些前朝餘孽，你為什麼還要繼續查下去？」趙晉笑著搖搖頭，問道：「你到底想查到什麼才善罷甘休？」

「我不相信京城沒有宇文族的內應或者同謀。」楚雲霆端起茶碗，用茶蓋撥著碗裡起起伏伏的茶葉，淡淡道：「但凡篡位謀逆，必定會成裡應外合之勢，若是只靠暗中行刺，是成不了氣候的。」宇文族畢竟是前朝皇族，勢力猶在，非江湖宵小之輩，其族中善謀、善略者，大有人在。

「或許他們就是故意讓咱們過得不舒服呢？」趙晉沈下表情，往前傾了傾身子，壓低聲音道：「我覺得咱們不必把目光都盯在宇文族身上，太子這一去，二皇子秦王、三皇子燕王，還有六皇子齊王，都不是省油的燈，個個狼子野心的，若說他們沒有加害太子的心思，我是不信的。」

宇文族跟當今皇族慕容氏，在前朝的時候是姻親。現在的慕容皇族都是宇文長公主留下的一脈，當年宇文族內鬥，慕容家族也牽扯其中，據說死傷各半，後來慕容家族被群臣擁戴登上了皇位，看似是奪走宇文族的天下，實則是民心所向。宇文族經歷三十年內亂，國力早已經虧空，要不是慕容族替他們苦苦支撐了十年，這江山怕是早就被西北蠻子奪去。

「此案一天不破，每個人都有嫌疑。」楚雲霆不容置疑道：「咱們要做的就是逐一排查，任何蛛絲馬跡都不能放過。」京城的網，他早已經鋪開，就看收網之時，落網的到底是哪些人。

「既然如此，我就聽你的。你放心，若這梨園春真的有什麼可疑之處，天子衛定會有所發現的。」趙晉點點頭，又似乎想起了什麼，忙壓低聲音道：「對了，差點忘了告訴你，秦王的確有斷袖之癖，那些玩膩了的，若是還有命在，常常打發一筆銀子遠遠送走，更多的，卻是被弄死了……」秦王的這個惡習，平日是藏得比較深，鮮少人知曉，最讓人不可思議的是，這樣的一個人竟然是皇子們當中呼聲最高的那個。哼，若是將來秦王登上皇位，他第一個不答應！

戲臺上正上演風靡京城的《鳳求凰》，如泣如訴的樂聲，音色動人，猶如高山流水般動人心魄，再看看那彈琴之人，一襲藍色衣衫，纖纖細指輕撫琴弦，彈得有板有眼，而且極其投入；只是那女琴師食指微翹，壓根兒就沒有碰到琴弦，手法很不自然。楚雲霆心生狐疑，若她真的在敷衍，那這似曾相識的樂聲到底是誰彈出來的？

「怎麼？你也喜歡這《鳳求凰》？」趙晉見楚雲霆凝神傾聽外面的曲子，頓覺好笑，摸著下巴道：「人人都道程禹是天才公子，我倒覺得他有才是有才，只是寫的曲譜脂粉氣太濃。就拿這《鳳求凰》來說吧！還不都是些情啦、愛的，聽得我雞皮疙瘩掉一地，改天我指點指點他，讓他多寫點熱血家國之類的曲子，你說一個大男人——」正說著，一回頭，卻見楚雲霆早已經不見了身影！

哎呀，不過是一曲《鳳求凰》，竟然把堂堂世子迷成這樣？剛剛是誰要徹查宇文族案子的？是誰要找出京城內應的？是誰要他幫著找證據的？趙晉自顧自地腹誹了一番，枯坐了一會兒，頓覺無趣，便也起身跟著走了出去。

戲臺後面是一大片鬱鬱蔥蔥的草地。

四下裡點綴著些許的翠竹，風起，枝葉搖曳，蜂蝶起舞。

一襲青衣的女子跪坐在香草蓆上熟練地撥弄著琴弦，時而如清風明月般溫柔低沈，時而如高山流水般磅礡激昂，楚雲霆靜靜地站在不遠處看著她，心裡卻掀起了狂風巨浪。他震驚的是，怎麼這位顧三姑娘彈出的音律會跟之前程二小姐所奏一般無二？甚至連彈錯的那個音符都一模一樣？別人或許分辨不出，但他能！

直到一曲終了，依稀聽見前方臺下喝彩聲傳來，顧瑾瑜這才鬆了口氣，緩緩起身，揉了揉發麻的手指，一轉身，便對上了一雙深邃如夜的眼睛，她不禁嚇了一跳，天啊！他怎麼會在這裡？

不容她多想，楚雲霆快走幾步，走到她面前，不動聲色地打量她一番，沈聲道：「妳到底是誰？」

他雖然對樂曲什麼的不感興趣，但只要是他認真聽過的曲子，便會銘記在心，故而他斷定這個顧三姑娘跟當初程二小姐所奏之曲一般無二，甚至他覺得這是一個人彈的！

「世子好健忘，這麼快就認不得我了？」顧瑾瑜心裡一顫，繼而又神色如常道：「今日之舉實屬江湖救場，還望世子不要見怪。」

「妳知道我說的不是這個。」楚雲霆狐疑地望著她，一字一頓道：「妳怎麼會彈這首曲子？」

「不知世子為何有此一問？這首《鳳求凰》是程大公子之作，早在半年前就風靡京城。」顧瑾瑜停下腳步，不以為然道：「我一個閨閣女子，閒來無事學著彈彈《鳳求凰》，沒什麼不妥吧？」京城上下會彈《鳳求凰》的女子多了去，她不信他能透過一首曲子，就看出什麼。

蔡氏滿臉笑容地從戲臺上走過來，見了顧瑾瑜，剛要俯身道謝，驚覺楚雲霆也在場，忙端正表情，俯身行禮。「民婦見過楚王世子。」梨園春曾經被楚王府請去唱戲，她對楚雲霆並不陌生。

楚雲霆微微頷首，依然目不斜視地看著顧瑾瑜。女子側顏柔美嫻靜，神態安然，恍惚間，他覺得這女子很熟悉，像是在哪裡見過。他越發覺得這女子並非只是顧家三姑娘這麼簡單，她身上的謎團倒是越來越多了。

能彈一手跟程二小姐一樣的古箏。

從未離開京城，開的藥方卻是宇文族的行醫手法。

難道這一切，是巧合？

趙晉雙手抱胸站在樹後，饒有興趣地打量著一襲青衣的少女。之前怎麼沒發現，建平伯府的三姑娘是個才女呢？呵呵，有意思，他喜歡。

「民婦剛才不小心傷了手，一時找不到合適的人來代替，才懇求顧三小姐幫忙的。」蔡氏忙解釋道：「救場如救火，還望世子見諒。」又轉身對顧瑾瑜屈膝道：「蒙小姐大恩，民婦銘記在心，日後定當厚報。」

「舉手之勞而已，蔡姊姊不必客氣。」顧瑾瑜盈盈回禮，看都沒看楚雲霆，轉頭就走。

「……」楚雲霆愣住。她……就這麼走了？他還沒問完話呢！

隱在樹上的楚九也愣住了，他們家世子可是名震京城的四大才俊之首，按理說世子主動跟顧三姑娘搭話，顧三姑娘應該欣喜若狂才是，可是顧三姑娘怎麼對世子如此冷淡呢？不應該啊不應該，他一定是看錯了。

顧瑾瑜的曲子彈得好，也確實給梨園春救場，春老闆很高興，特意提了剛剛從茶莊買回來的雨前龍井，跟蔡氏一同前來向太夫人道謝，連聲誇顧三姑娘是京城當之無愧的才女，還說從來沒有聽過如此好聽的《鳳求凰》，比蔡氏彈的都要好。

蔡氏嬌羞地看了春老闆一眼，只是抿嘴笑。

太夫人面上淡淡，心裡卻很是愉悅，破天荒地當著姑娘們的面狠狠誇了顧瑾瑜一番。「多學點手藝傍身就是好，說不定什麼時候就用上了，俗話說，與人方便就是給自己方便。」

池嬤嬤只是笑，剛剛太夫人還不願意讓三姑娘出頭呢！現在卻是比誰都高興。

「太夫人說得對，府裡的姑娘以後得多學點本事傍身，日後才不至於辱沒了咱們建平伯府的名聲。」沈氏把手上的白玉鐲子拔下來，戴在顧瑾瑜腕上，從善如流道：「三丫頭不但懂醫術，曲子也彈得好，咱們建平伯府裡，唯有妳才真正當得起才女之名。」

「伯母謬讚。」顧瑾瑜一臉平靜地接下鐲子。

喬氏狐疑地打量了一眼顧瑾瑜，這丫頭，自從被楚王世子的馬撞傷以後，就像變了一個人一樣，不僅懂醫術，而且竟然會彈琴，真是讓人難以置信。她對音律雖不精通，卻也略知一二，方才這首曲子，一聽便知，沒有三、五年的時間，是絕對彈不出來的；難道顧瑾瑜被馬一撞，撞聰明了？若真如此，那她真的就把顧瑾萱給比下去了。

何氏則跟著乾笑幾聲，沒有吱聲，反正不是她的女兒。

顧瑾萱見眾人一個勁地誇顧瑾瑜，心裡很是生氣，怪不得之前她跟顧瑾瑜借古箏，顧瑾瑜推三阻四地不給，原來是在家裡偷偷學著彈這首《鳳求凰》，還真是心機深沈！

第十七章　如此父親

待回到家，顧瑾萱大步地走進清風苑，理直氣壯道：「三姊姊，如今妳風頭出了，現在該把古箏借我一用了吧？」其實她最近也在學著彈這首曲子，可惜彈出來的音色乾巴巴的。顧瑾雪說，其實是她的古箏不好，還說顧瑾瑜之所以彈得好，那是因為她屋裡的古箏是最好的。

「古箏是我的，借是情義，不借是公道。」顧瑾瑜心情複雜地看了她一眼，正色道：「不知道四妹妹在生哪門子氣？」她其實並不想跟顧家的姊妹有什麼來往或者過節，確切地說，她沒這個心情；但轉念一想，她現在是顧瑾瑜，想要在顧家獨善其身，似乎又有些不太可能。

「母親說了，在妳出嫁前，妳所有的東西都是顧家的！」顧瑾萱振振有辭道：「既然是顧家的東西，自然我也有份，何況是一把小小的古箏！」不過是個不受寵的嫡女，有什麼了不起的？自己才不怕她呢！

「那是妳母親說的，並不是我說的。」顧瑾瑜淡淡地看了顧瑾萱一眼，正色道：「我庫房裡所有的東西，都是我母親的嫁妝，跟顧家沒有一絲一毫的關係，跟妳們更是沒有關係。」她雖然不想跟她們起什麼爭執，但並不代表她是可以任人宰割的，尤其是喬氏母女。

「哼，妳吃住都在顧家，卻說妳的東西跟顧家沒有關係，就是說破天去，也是沒道理！」顧瑾萱越說越生氣。「難不成在這府裡，人人都是各過各的日子嗎？」她母親雖然是正室，手頭上卻不寬裕，並沒有多少體己補貼她，只靠每個月二兩銀子的月錢，除去日常開銷，根本就沒有餘錢買別的，更別說如此昂貴的古箏了。否則，她也不會三番五次地過來借古箏。

「難道咱們不是各人過各人的日子？」顧瑾瑜坦然道：「反正妳們屋裡的好東西我是沒有見過一星半點兒。」喬氏是怎麼進顧家的，她還是知道的，這樣的女人，還指望能對她這個繼女好嗎？還不如撕破臉來得痛快。

「哼，就算是各人過各人的日子，三姊姊不至於連把古箏都不借吧？」顧瑾萱見顧瑾瑜鐵了心不借，語氣又瞬間緩和下來，可憐兮兮地說道：「難不成在三姊姊眼裡，咱們姊妹之間的情誼，還比不上一把小小的古箏？」凡是顧瑾瑜會的，她都要會；若是顧瑾瑜在府中越來越受寵，她豈不是就被比下去了？日後有什麼好親事，哪裡還能輪到她？

「不借就是不借。」顧瑾瑜面不改色地端茶送客，又轉頭對青桐道：「青桐，妳送四妹妹出去，順便去把莫風喊來，讓他幫咱們看看院裡那兩盆劍蘭，葉子一直發黃是怎麼回事？」

顧瑾萱臉一沈，氣沖沖地甩門而去。

「哼，她倒是越來越不把我們放在眼裡了！連她都是顧家的，何況是她那點東西？」得知緣由，喬氏很生氣，憤憤道：「蘇嬤嬤，妳這就去一趟清風苑，就說我說的，讓三姑娘把古箏借給四姑娘，回頭再給她送回去就是！」不過是彈了首曲子，讓太夫人誇獎了幾句，就蹬鼻子上臉不認人了？果然是個餵不熟的白眼狼！

蘇嬤嬤領命而去，不一會兒，悻悻回稟道：「夫人，三姑娘說……說不借。」

「真是豈有此理！」喬氏被拂了面子，惱羞成怒道：「有娘養、沒娘教的東西，小小年紀竟然如此猖狂，日後還得了？」

「母親，算了吧！」顧瑾萱乘機煽風點火道：「三姊姊總是嫡女，又有柳家撐腰，豈會把咱們放在眼裡？」

「嫡女怎麼了？」喬氏越加生氣，恨恨道：「難道妳不是嫡女嗎？府裡又不是只有她一個嫡女！怎麼說我也是她的母親，她如此忤逆長輩、欺壓姊妹，我豈能不生氣？」

「老爺回來了。」門外傳來蘇嬤嬤的聲音。

顧瑾萱用力掐了掐自己的大腿，眼裡倏地有了淚光。

「妳們這是怎麼了？」顧廷西掀簾走進來，見愛女淚光閃閃，忙上前問道：「誰欺負妳了？說出來，父親給妳做主！」

顧瑾萱開始哭訴。

「她真是越來越放肆了！不過是把古箏，也有臉說不借？」聽完後，顧廷西不禁火冒三丈，憤憤道：「萱兒妳放心，待父親替妳把古箏拿過來！什麼借不借的？父親說是誰的就是誰的！」想到之前顧瑾瑜把他定住大半天，顧廷西索性帶了兩個家丁，一同去清風苑，他就不信，他還管教不了這個女兒！

顧瑾萱擦擦眼淚，偷偷跟在後面跑了過去。

「老爺，三姑娘剛剛歇下。」青桐見顧廷西帶著人進清風苑，心裡一顫，忙阻攔道：「老爺若是有事，容奴婢前去稟報！」天啊！哪有當父親的闖女兒閨房的道理！

「快去稟報，讓她出來見我！」顧廷西突然意識到他這樣做很不妥，便停下腳步，不耐煩道：「就說我來拿古箏，讓她趕緊拿出來！」

顧瑾萱見父親如此袒護她，心裡一陣竊喜。三姊姊的古箏價值不菲，若是父親能拿過來，就是她的了！

「是。」青桐一溜煙跑進去，把顧廷西的來意告訴顧瑾瑜，擔憂道：「三姑娘，老爺還帶了兩個人一起來，這哪是來借？分明是來搶的架勢啊！」

「別怕，咱們出去看看。」顧瑾瑜心裡一沈，起身走了出去。

青桐唯恐自家主子吃虧，忙放下手裡一直拿著的鞋樣，亦步亦趨地跟在她身後。

綠蘿眸光轉了轉，撒腿往外跑。自家主子不喜屋裡人多，除了幾個粗使丫鬟，就她跟青桐在身邊服侍，連個管事嬤嬤也沒有，若是二老爺來硬的，她們豈不是要吃虧？她得趕緊上慈寧堂搬救兵去！

莫風正煞有介事地擺弄著那兩盆劍蘭，見顧廷西突然闖進來大罵三姑娘，吃了一驚，暗道這顧家果然跟尋常勛貴之家不一樣，堂堂建平伯府怎麼弄得跟鄉紳之家一樣呢？大戶人家的老爺哪有如此辱罵自家女兒的啊！但他此時的身分是花匠，不是誰的暗衛，便暗暗耐下性子，裝模作樣地察看這兩盆蔫了的劍蘭。

其實他對這些花啊、草的，壓根兒沒什麼研究，為了不露馬腳，他決定自掏腰包去花鳥市場買兩盆劍蘭回來就是。對此，他很得意，就說他比楚九聰明得多！

「孽障！妳妹妹不過是跟妳借把古箏，妳卻推三阻四地不借，什麼東西！」顧廷西一見顧瑾瑜，氣不打一處來，惱火道：「趕緊去把古箏拿出來，要不然，我非打死妳不可！」

想當年柳氏六十八抬嫁妝流水般地抬進顧家，他得意了一陣子。他覺得柳氏是真心待他，她的嫁妝遲早會被他收入囊中，哪知柳氏去世後，柳禹丞便把柳氏的嫁妝都拉了回去，他連一個子兒也沒沾到！

雖然四年前三丫頭回來的時候，陸陸續續地帶回來一些，但柳禹丞卻執意把三姑娘庫房的鑰匙交給太夫人保管，挑明了是專給三姑娘用的；誰知太夫人又是個死心眼的，任憑他說破了嘴，連一星半點兒也不給他，為此他很惱火。

別的不說，這把古箏他是知道的，只因柳氏喜歡彈古箏，柳禹丞便特意花了一萬兩銀子託人從南直隸帶回來，如此昂貴的樂器，怎麼能讓三丫頭一個人獨占！

「這古箏是我母親的遺物。」顧瑾瑜並不理會顧廷西的憤怒，坦然道：「女兒一直視為珍寶，所以並不願意外借，還望父親諒解。」

「什麼借不借的？妳住顧家的、吃顧家的，怎麼說也是顧家的人！」顧廷西氣勢洶洶道：「妳妹妹不過是跟妳借一下古箏，妳直接給她就是，說這些有的沒的做什麼？難不成姊妹之間借個東西，還得大張旗鼓地給妳行禮才行嗎？」想到愛女委屈至極的樣子，他心裡又是一陣怒火；要不是他手頭拮据，買不起如此昂貴的古箏，何苦要跟這個死丫頭費這些口舌！

「既然父親也覺得這是我們姊妹之間的事情，那您就不必插手了吧？」顧瑾瑜淡淡道：「還有，我雖然住在顧家，但日常用度花的卻都是我母親的嫁妝，並沒有花費顧家一兩銀子。」柳家是京城數一數二的富戶，舅舅待她又極好，每個月都會送大把的銀子過來，她的確沒有動過顧家的銀子。

「孽障！妳上不敬長輩，下不愛護妹妹，連父親的面子都不給，我生妳何用！」顧廷西朝身後一揮手，恨恨道：「去，把古箏給我抬走！」

「是！」兩人挽挽袖子，氣沖沖地走上前。

「我看今天你們誰敢進我的屋！」顧瑾瑜也火了，暗暗捏了捏藏在袖子裡的安息粉，別說是兩個人了，就是二十個人，也休想靠近她。

「你們怎麼能這樣啊？」青桐忙伸開雙臂攔在門口道：「這是三姑娘的閨房，誰敢亂闖！」

兩人不說話，只是往裡衝。

顧瑾瑜剛想揚出手裡的藥粉，卻聽見身後傳來太夫人一聲厲喝——

「都給我住手！你們吃了熊心豹子膽，敢闖三姑娘的閨房！」

話音未落，阿桃一個箭步衝了過來，一手抓起一人，高高地舉到半空，然後又狠狠地扔在地上。

那兩個人被摔得兩眼冒金光，哎喲、哎喲地坐在地上呻吟。

娘的，這丫鬟還是女人嗎？出手也太重了！莫風瞠目。

顧瑾瑜忙上前屈膝行禮，委屈道：「區區小事，竟然驚動了祖母，都是孫女不好。」

「母親，您、您怎麼來了？」顧廷西見了太夫人，訕訕道：「這是兒子院子裡的事情，就無須母親操心了。」

太夫人臉一沈，上前扶起顧瑾瑜，又轉身怒視著顧廷西，二話不說，揚起手中的枴杖打了過去。「狼心狗肺的東西，就知道過來為難三丫頭！」

顧廷西被打得哇哇亂叫。「母親，我是在教訓自己的女兒，您什麼事情都不知道，添什麼亂啊！」

「你個沒出息的東西！我眼還沒瞎，自然知道是怎麼回事！」太夫人揮舞著枴杖一陣亂打，惱怒道：「你以為我不知道是你那個寶貝四丫頭眼饞三丫頭的古箏，你才過來幫著四丫頭搶三丫頭的古箏嗎？三丫頭也是你的女兒啊，就是我看著也心寒啊！」

「太夫人，您消消氣，別氣壞了身子。」池嬤嬤勸道。

顧廷西被打得滿院子亂竄，又不敢還手，索性抱頭鼠竄，逃一般地衝出清風苑。

莫風徹底驚呆了。建平伯府的女人一個比一個潑悍啊！連老太太都這麼強硬！

「我怎麼養了這麼個沒良心的東西！」太夫人氣得直哆嗦。

「祖母，您不要生氣了。」顧瑾瑜頓覺解氣，扶著太夫人進屋。「並非孫女小氣，實在是這古箏乃母親留給孫女的遺物，孫女是真的不想借出去。」

綠蘿忙上前奉茶。

「妳的古箏，妳想借就借，不想借就不借。」太夫人摩挲著茶碗，涼涼道：「橫豎是妳老子不喜歡妳，祖母還沒瞎。妳放心，從此以後祖母自會護妳周全。這樣吧！妳現在就搬到慈寧堂去，跟我一起住，我看誰還敢欺負妳！」她不過是誇獎了三丫頭幾句，反而給三丫頭招來一番是非，這是在打三丫頭的臉呢？還是在打她的臉？

「多謝祖母美意。」顧瑾瑜心裡一陣感動，忙道：「父親今日雖然有些衝動，但虎毒不食子，我相信他不會真的傷害我的。」

「哼，妳那個父親啊……」太夫人冷哼一聲，到底是自己的親生兒子，「禽獸不如」那句話，她終究說不出口。

「若是祖母不放心，不如把那個阿桃留給我吧？」顧瑾瑜乘機道：「有阿桃保護我，我想別人不敢到清風苑來搗亂。」身邊有個會武功的丫鬟貼身保護，日後出門也方便得多。

「妳既然想要阿桃，那就留給妳吧！」太夫人倒沒有猶豫，她望了望窗外，又道：「只是妳這個清風苑，缺的人手太多，之前妳一直不要，這次祖母不能再由著妳了，給妳多添幾個人，有什麼事情，也能幫襯一下。」

青桐和綠蘿相視一眼，沈默不語。那個……她們不喜歡清風苑添了外人進來，她們覺得她們能照顧好姑娘。

「祖母，我喜歡清靜，是真的不喜人多。」顧瑾瑜不好拒絕太夫人的美意，從善如流道：「不如祖母先把阿桃給我，日後我若是再瞧見中意的，再跟祖母開口討要也不遲。」

「也罷。」太夫人點點頭。「那就這樣吧！回頭我讓阿桃收拾收拾，讓她今天就過來吧！」

「多謝祖母！」顧瑾瑜眼睛一亮。

當天晚上，太夫人便把顧廷西和喬氏叫到了慈寧堂，狠狠地訓斥一番，言辭激烈，不留任何情面。

夫妻倆垂頭喪氣地坐在那裡，大氣不敢出。

「母親所言極是，都是兒媳的錯，日後一定好好教導四姑娘，讓她好好跟三姑娘相處。」喬氏低眉屈膝道，心裡卻憤憤不平，太夫人這是明擺著袒護三丫頭，還說什麼一碗水端平！

「妳也不用裝那副賢淑的樣子，妳心裡是怎麼想的，我明白著呢！」太夫人白了她一眼，不冷不熱道：「不過我勸妳還是收起那份心思，好好想想正事才是。二郎都是三十多歲的人了，至今膝下無子，妳這個當主母的，難道心裡就一直沒有計較？」

「母親教訓得是。」被冷不丁戳中了痛處，喬氏既尷尬又委屈，咬牙道：「只是老爺最近並不常在我屋裡，我就是有心，也懷不上啊……」越想越恨三姨娘，要不是老爺獨寵那個狐媚子，她這個當主母的，處境怎麼會如此尷尬？

顧廷西見喬氏當著太夫人的面指責他，雖然很生氣，但無奈她說的也算是事實，他們三兄弟就數他妻妾最多，偏偏就他沒有兒子。

「二郎，這就是你的不對，新人進門喜歡兩天就罷了，若是屋裡沒了尊卑，豈不是亂了規矩？」太夫人狠狠地瞪了顧廷西一眼，又對喬氏道：「妳也不用訴委屈，屋裡的姨娘們妳總得管教起來才是。」

喬氏忙點頭道是。

「姑娘們一天比一天大，怎麼說也是府裡的小姐，切不可動不動就又打又罵的。」見顧廷西唯唯諾諾的樣子，太夫人氣不打一處來，沒好氣地說道：「若是傳揚出去，豈不是讓別人笑話咱們伯府領的是朝廷的俸祿，行的卻是鄉紳的規矩！」

「兒子記住了。」顧廷西見太夫人又提起此事，忙道：「都是兒子的錯，還請母親息怒。」

喬氏心裡一陣冷笑，看來以後這三丫頭是打不得也罵不得了。

從慈寧堂出來後，顧廷西很認真地反省了自己最近的行為，覺得只有雨露均霑，才能盡快生出兒子，便語重心長地對喬氏道：「今後妳得拿出主母的架勢來，重新安排姨娘們伺候的日子。母親說得對，咱們二房是該有個兒子了。」

「老爺一味寵愛三姨娘，我哪敢拿出什麼主母的架勢？」喬氏酸酸道：「之前原本不是這樣的，是老爺自己壞了規矩而已。」

三姨娘沒進府之前，顧廷西在她屋裡半個月，剩下的半個月則會留宿在大姨娘、二姨娘那裡，妻妾三人倒也相安無事；可是三姨娘一來，竟然就是專房之寵，連她這個主母都成了擺設，她豈能不惱？好在三姨娘到現在肚子也沒動靜，呵呵，活該！

「以前是以前，現在是現在。」顧廷西見她三番兩次提及此事，不耐煩地說道：「這樣，從今天晚上開始，妳安排吧！我今晚歇在誰的屋裡？」

喬氏心裡一陣竊喜，剛想擺擺主母的威風，卻又懊惱地想起她的小日子還沒有過去，便絞著手帕子道：「若老爺真的讓我安排，那就從大姨娘那裡開始吧！從過了年，老爺還沒有去過大姨娘那裡呢！」

提起大姨娘，顧廷西直皺眉頭。那女人半點風情也沒有，躺在身下也只是像根木頭一樣，讓他很不爽快。

「算了，今晚我還是歇在妳屋裡吧！」顧廷西大手一揮。

「老爺，並非妾身不想伺候老爺，而是妾身身子不適。」喬氏嬌羞地看了自家男人一眼，只得如實道：「還是過幾天等小日子過去以後，再侍奉老爺吧！」

「行了，知道了！」顧廷西心裡暗罵了一聲晦氣，抬腿就走。「我今晚先去二姨娘那裡住一晚，明晚再去大姨娘那邊。」

二姨娘對顧廷西的到來，很是驚喜。

原本她正想著找什麼藉口去見顧廷西，哪知他竟然自己送上門來！

她精心沐浴一番，使出渾身招數，好好伺候了男人一番，讓顧廷西很滿意，連著要了兩次水，卻也不覺得累。

「老爺，您上次說中秋節那天，太夫人要帶著姑娘們去莊子上祭祖上香，對吧？」二姨娘衣衫半遮，酥胸外露，貓一般依偎在顧廷西懷裡，纖細的手指在他赤裸的胸肌上畫著圈圈，媚眼如絲道：「既然有這樣的好事，幹麼只想著那幾個嫡出的？就算是庶出的女兒，那也是顧家的骨肉啊！」

「不過是個鄉下莊子，有什麼好去的？不如讓六丫頭安心待在家裡陪著妳。」顧廷西還在回味適才的銷魂，伸手撫摸著她白嫩的肌膚，柔聲道：「再說她們去莊子是祭拜祖先，只是上香磕頭，我都不願意去，妳幹麼想讓六丫頭去？」

「可是我聽說大姑娘也去呢！」二姨娘吐氣如蘭，繼續勸說道：「您看看咱們六姑娘，雖然只有十二歲，但無論是模樣還是舉止，並不比三姑娘、四姑娘差，可惜就可惜托生在我這姨娘的肚子裡，連累了她。」

「妳看妳，我沒說六丫頭是個差的啊！」除了四姑娘顧瑾萱，顧廷西最喜歡的就是六姑娘顧瑾雪了，小女兒眉眼間像極了他，模樣自然是不差的。想到這裡，他一把攬過懷裡的女人，信誓旦旦道：「妳放心，日後有三丫頭、四丫頭的，定會有咱們六丫頭的，我不會虧待她的。」

「話雖如此，可是嫡庶有別，老爺再怎麼寵愛她，她也不過是個庶女罷了。」二姨娘楚楚可憐地勾住男人的脖子，嬌聲道：「不如趁著這次去莊子祭拜的機會，求太夫人把她記到先嫡母的名下，給她個名正言順的身分……」

「妳的意思是把六姑娘記到柳氏的名下？」顧廷西頗感驚訝。

「對啊！太夫人最疼老爺，老爺去跟太夫人說說，奴家想，太夫人肯定會同意的。」二姨娘見顧廷西猶豫，索性大著膽子一路摸下去，最終停在那裡輕輕揉搓，嬌嗔道：「老爺，您就答應了吧！」若是要記，當然要記在柳氏的名下，至於喬氏那邊，別說喬氏不同意，就連她也不願意！喬氏算什麼東西。

「好，我去說！」男人被摸得慾火猛地躥了上來，不由分說地把女人壓在身下，緊鑼密鼓地攻城掠地，兩人很快滾成一團……

第十八章 生子秘方

第二天，顧廷西在二姨娘的翠竹院要了三次水的消息，很快傳遍了顧府上下，喬氏和三姨娘不約而同地摔了茶碗，大罵二姨娘是個賤人、狐狸精。

三姨娘摔完茶碗，亦不解恨，抬腳便去了清風苑。

「姨娘找我有什麼事？」顧瑾瑜頓感意外。

「奴家知道姑娘醫術超群，特來向姑娘討個藥方。」三姨娘環顧四下，目光在木頭樁子一樣的阿桃身上看了看，見她並沒有迴避的自覺，只得壓低聲音道：「奴家想要個能生兒子的藥方。」三姑娘醫術超群，想必這點小事還難不倒她，更重要的是，她覺得三姑娘欠她一個人情，肯定會答應。

「不瞞姨娘，我對跌打損傷之類的，或許有些心得，但對婦人生子這些並不擅長。」顧瑾瑜扶額道：「再說生男、生女，都是緣分，姨娘又何必糾結這些？」她並不想過問姨娘們的事情，也不想跟她們有任何的交集和來往。

「姑娘真是謙虛了，我知道姑娘的本事遠遠比我知道的要多得多。」三姨娘似乎早就料到了顧瑾瑜的反應，淺笑道：「說到底，姑娘還是嫌奴家出身太低，不值得出手罷了；若今日是貴人相求於姑娘，想必姑娘是不會推辭的。」

「不知姨娘何出此言？」顧瑾瑜不動聲色地問道。

「不瞞姑娘，奴家之前在寧武侯府做過丫鬟，後來在一次夜宴上被勤武侯府的曹三老爺看中，便跟寧武侯討了過去，曹三老爺原本想納奴家為妾，不想他家夫人卻是個善妒的，他才未能如願，再後來，奴家便被老爺帶了回來。」三姨娘竹筒倒豆子般說出了她的過往，言辭間並不羞澀，振振有辭道：「奴家雖然身分卑微，但人緣還算不錯，跟之前府裡的姊妹也有所來往，故而知道姑娘跟寧武侯夫人有往來……」寧武侯夫人不孕，全京城的人幾乎都知道，她絕對不相信，顧瑾瑜跟寧武侯夫人頻頻見面，只是聊天喝茶；何況，她聽寧武侯府的姊妹們說，每次跟顧瑾瑜見面，她們家夫人總是很興奮。

「姨娘在威脅我嗎？」顧瑾瑜會意，平靜道：「就算我跟寧武侯夫人來往密切，那也跟妳沒有半點關係。」雖然被人戳中了心思很不悅，但她卻不會因此而妥協。

「奴家不敢。」三姨娘起身屈膝道：「奴家只是求姑娘幫奴家一把，讓奴家給老爺生下一子半女，日後在府裡也好有個依靠。」

顧瑾瑜不想搭理她，端茶送客。

「姑娘，奴家覺得寧武侯夫人不孕，並非天意，而是人禍。」三姨娘用低得不能再低的聲音道：「是寧家二老爺蓄意陷害……」

顧瑾瑜心裡一顫。「阿桃，妳先出去，我有話跟三姨娘說。」

阿桃應聲退下。

「姑娘，此事並非奴家信口開河，而是奴家無意間偷聽到的。」三姨娘環顧左右，鄭重道：「當時奴家親耳聽到寧二老爺說，一切都在他的掌控之中，還說寧武侯絕對不會有子嗣，所以奴家勸姑娘還是不要跟寧武侯府有來往的好。」

「寧二老爺當時是跟誰這麼說的？」顧瑾瑜問道。

「是……是齊王慕容朔。」三姨娘咬牙道。

「慕容朔？」顧瑾瑜心頭猛地跳了跳，怎麼會是他？

「姑娘，奴家發誓此事句句是真，並無半句虛言。」三姨娘口無遮攔地說出了藏在心頭已久的秘密，輕鬆之餘又有些後怕。「此事還望姑娘守口如瓶，萬萬不可傳揚出去，否則奴家死無葬身之地啊！」

「姨娘，有道是各人自掃門前雪，休管別人瓦上霜。」顧瑾瑜收起表情，淡淡道：「妳放心，今日妳從來沒有跟我說過什麼，妳只是來跟我討些治傷疤的藥膏罷了；至於妳所求之事，我會放在心上的，待會兒我會讓綠蘿送個方子給妳，妳按照方子調理身子即可。」

「多謝姑娘！」三姨娘心花怒放，施施地起身告辭。

綠蘿這才掀簾走進來，狐疑地說道：「姑娘，三姨娘可不是什麼省油的燈，您可得防著她點，省得著了她的套。」在她眼裡，除了太夫人，顧家其他人全都不是什麼好東西，包括那些妖嬈的姨娘們。

「妳放心，我有分寸的。」顧瑾瑜捏了捏眉頭道：「寧武侯府那邊可有消息？」

「寧武侯夫人剛剛送了帖子來，說是約姑娘兩日後南香樓見面。」綠蘿瞟了一眼站在門外的阿桃，低聲道：「姑娘，到時候要不要帶上阿桃？」

不是她欺生，而是這個阿桃太沒有眼力見，成天只知道像木頭樁子般站著，啥活都不幹，真不明白姑娘要她來幹麼？還有，她吃得也多，每頓飯要吃兩大碗米飯，外加一盤雞腿，就算姑娘不缺銀子，也不能如此浪費啊！

「當然要帶。」顧瑾瑜漫不經心地看了綠蘿一眼，不動聲色道：「老規矩，青桐看家，妳和阿桃跟我一起出門。」

「可是阿桃她剛來，許多規矩都不懂——」綠蘿見顧瑾瑜蛾眉微蹙，自知失言，忙道：「是奴婢小心眼了！」

「妳的確是小心眼了，阿桃自然有阿桃的好處，姑娘身邊多個會武功的丫鬟總是好事，這樣，無論是在顧家還是外出，咱們姑娘才不至於被人欺負。」青桐進來奉茶，抿嘴笑道：「如此淺顯的道理，妳怎麼會看不懂？」這兩天，綠蘿跟阿桃較勁，她都看在眼裡，好在阿桃是個大度能容的，兩人倒也沒有真的起什麼爭執。

「還是青桐明事理。」顧瑾瑜無所謂地拍拍綠蘿的手道：「好了，我知道妳們都是為了我好，多些顧慮實屬正常，日後好好相處便是。」

「奴婢謹記姑娘教誨。」綠蘿恍然大悟，忙道：「是奴婢的錯，以後奴婢定會好好跟阿桃相處，絕不會再為難她了！」

顧瑾瑜莞爾。

楚王府，外書房。

莫風繪聲繪色地把這幾日在顧家所見所聞說給楚雲霆聽，尤其把顧廷西帶人硬闖顧瑾瑜院子的那段描述得格外詳細。「……綠蘿倒是機靈，立刻去慈寧堂搬救兵，沒想到慈寧堂也是臥虎藏龍之地，那個叫阿桃的小丫鬟直接把顧二爺帶來的人扔了出去，屬下看得真是過癮，恨不得跟那個阿桃上前討教幾招呢！」

「咳，莫風，你揀重點說即可。」吳伯鶴輕咳道：「你覺得顧三姑娘可有什麼可疑之處？」暗衛不是應該幹練沈穩、沈默寡言嗎？這廝怎麼比楚九還要聒噪！

楚九雙手抱胸，幸災樂禍地看著他出醜，這些雞毛蒜皮的小事也值得說給主子聽，腦袋被門擠了吧？

「顧三姑娘深居簡出，並無可疑之處。」莫風卻覺得鉅細靡遺地跟主子彙報，是他應有的本分。抬頭見年輕的主子似乎並無厭煩之意，想了想，又道：「中秋節那天，顧家要去鄉下莊子祭拜，三姑娘也會去，到時候屬下探了消息再來稟報。」

「知道了，下去吧！」楚雲霆淡淡道：「再探，再報。」

「是。」莫風畢恭畢敬地退了下去。

「世子，現在看來，顧三姑娘並無可疑之處，不如把莫風撤回來，讓他去南直隸那邊繼續追查宇文族一事。」吳伯鶴覺得顧瑾瑜再怎麼說，也不過是小小六品主事的女兒，又是足不出戶的閨閣千金，也許藥方跟曲子不過是巧合罷了。

他其實是想說，派莫風去監視顧三姑娘有些大題小做，是殺雞用了牛刀，像莫風這樣的絕頂高手應該去南直隸追蹤宇文族的蹤跡才是。

窗外，落英繽紛的合歡樹下，鋪了厚厚一層殘花落紅，繾綣旖旎。幾片落花落在窗臺上，殘香四溢。

「你知道，我從來都不相信巧合。」楚雲霆緩步踱到窗前，修長有力的手指拈起一片花瓣，若有所思道：「尤其是接二連三的巧合。」

「可是秦王去南直隸代天子巡視府衙已經大半個月了，咱們的暗衛雖然也派了一些過去跟著，但他們終究沒有莫風有經驗。」吳伯鶴皺眉道：「雖然眼下沒有任何證據表明太子被刺一案跟秦王有關，但他跟駐守南直隸的岑大將軍私交甚好卻是事實。」

岑大將軍雖然能征善戰，但他剋扣軍餉的惡習卻是人盡皆知。因他在南直隸多年，敵軍對他早已聞風喪膽，朝中實在是無人能替，因此雖然有此惡名，孝慶帝卻只能睜一隻眼、閉一隻眼，故而吳伯鶴覺得岑大將軍若是在自己的屬地預謀殺個人，的確是小事一樁。

「秦王那邊有天子衛的人盯著，若有異動，必逃不過趙晉的眼睛。」楚雲霆順手把手裡的花瓣夾進書裡，捏了捏眉間道：「燕王的新王府最近完工，你派人送些賀禮過去，順便安插幾個下人進去，他雖然跟我有些交情，但也不能不防；至於齊王那邊，我親自盯著。」

在諸位皇子中，除了太子慕容曄，他跟三皇子燕王慕容啟的交情稍稍好一些，但並不代表他就不懷疑慕容啟。

慕容啟表面放浪不羈，實際上卻是個陰狠毒辣的角色，只不過他比秦王慕容欽善於隱藏鋒芒罷了。

而齊王慕容朔目前雖然行事比較低調，但也絕對不是良善之輩，他甚至懷疑程二小姐的死另有隱情。

「是。」吳伯鶴見主子從容不迫，有板有眼，才暗暗鬆了口氣，自信滿滿地下去準備賀禮和送去燕王府的眼線。

「世子，大長公主和老太爺來了。」楚九這才稟報道：「王爺和王妃請您過去一起用晚膳。」

第十九章　婆媳

南宮素素也在，見了楚雲霆，粉臉微紅，盈盈起身屈膝行禮。「霆表哥。」

楚雲霆微微頷首。

彼此見禮之後，一家人團團坐下吃飯。

「昭哥兒最近在忙什麼？」大長公主最心疼這個寶貝孫子，關切地看著楚雲霆，問道：「我怎麼看你瘦了好多呢！」

楚家三代單傳，人丁一直不旺。

到了楚雲霆的父親楚騰這一輩，雖說納了幾房妾室，無奈被楚王妃南宮氏看得死死的，這麼多年來，硬是沒生出半個庶子和庶女來。想到這些，大長公主心裡就來氣，不讓別人生，自己生也成呀！可無奈的是，南宮氏自從生下楚雲霆以後，就再也沒有動靜了。

「多謝祖母關心，孫兒好著呢！」楚雲霆放下筷子，掏出手帕拭了拭嘴角，關切道：「倒是祖母，平日裡還要照顧祖父，務必要好好保重身子，若是府裡人手不夠，孫兒再多派幾個人過去。」

老太爺楚長颯早些年跟隨先帝浴血沙場，立下戰功累累，不想卻在最後一場戰役中受了重傷，雖然僥倖撿回一條命，但從此以後神志不清，形同廢人。這麼多年過去了，老太爺雖然身子一天比一天硬朗，神志卻一直無法恢復如初，久而久之，大家都習慣了。

「你的孝心祖母領了。」大長公主滿臉慈愛地看著楚雲霆，笑道：「只是我和你祖父都上了年紀，凡事就圖個清靜，不喜府裡人多。你之前送去的那幾個護院就很不錯，他們不但武功好，脾氣也好，常常陪著你祖父抓鳥、摸魚，你祖父每天都高興著呢！」

「那孫兒就放心了。」楚雲霆點點頭，又拿起筷子替楚長渢挾了雞腿，放往他面前的瓷碟，輕聲道：「祖父最愛吃雞腿，多吃點。」

老太爺楚長渢穿著一件嶄新的袍子，笑咪咪地坐在大長公主身邊津津有味地啃雞腿，見楚雲霆又給他挾了一隻大雞腿過來，忙伸出盤子接過來，睜大眼睛問道：「這位公子真是個好心人！你是誰家的孩子？」

「這是昭哥兒，你的親孫子啊！」大長公主耐心地看著自家夫君，輕聲道：「老太爺，您好好想想，您之前是最疼這個孫子的。」

「我的孫子？」楚長渢一臉迷惑，努力回憶著比劃道：「我記得我孫兒才這麼高、這麼大，怎麼眨眼變成大人了？」模糊的記憶裡，總是記得有個半大的孩子追著他喊祖父，他覺得那個孩子才是他的孫子，只是他覺得他好久都沒有見過那個孩子了。

南宮氏的嘴角忍不住揚起一絲冷笑。癡傻了這麼多年，還指望他能清醒過來嗎？真是笑話！

「看來父親的病情還是有所好轉，竟然能想起元昭小時候的樣子。」楚騰端起酒杯，一飲而盡，展顏道：「母親，我打聽到南直隸有個神醫名喚清虛子，傳言他能醫白骨、活死人，只是此人性情古怪，行蹤不定，半年前我就派人四處打聽他的消息，近日剛剛得報，說他已經接下我的帖子，不日就會進京，有他幫父親醫治，我想定會藥到病除！」

清虛子醫術了得，只是性情詭異，給人看病不論貧富，全憑個人好惡，若是能請動他，就算一隻腳已經進了鬼門關，他也能拉回來。

「好，咱們就等著這個清虛子來京城給你父親看病。」大長公主微微頷首，目光在英姿颯爽的寶貝孫子身上看了看，又道：「等過幾年昭哥兒有了兒子，你父親的病也好了，我就是作夢也會笑醒。」

楚雲霆皺皺眉，低頭不語。

南宮素素見大長公主這樣說，不由得心頭微蕩，乖巧地把面前尚未動筷的鹿肉換到了楚長渢面前。「老太爺，這道蘇香梅花鹿肉味道不錯，您吃這個。」

「謝謝南宮姑娘美意，老太爺是不吃鹿肉的。」大長公主冷冷開口道。

她不喜歡南宮氏，也不喜歡南宮素素。

雖然南宮一族是武將世家，如今又掌握西北邊境十萬雄兵，可謂權勢滔天，軍功赫赫，但大長公主畢竟有大長公主的傲骨，她覺得楚王府原本就是豪門世家，根本就不需要有個強硬的親家來錦上添花。

可是南宮氏卻不這麼想，她極力撮合南宮素素跟楚雲霆的親事，恨不得把南宮家的姪女們都娶進來才滿意，為此，大長公主很生氣。

若論門楣，論昭哥兒的人品，她孫兒娶公主都綽綽有餘，南宮家的姑娘們算什麼東西？

站在大長公主身後的嬤嬤聞言，立刻把南宮素素剛剛端過去的鹿肉撤了下去。

南宮素素頓覺尷尬。

「母親莫怪素素，她不知道老太爺的口味，別說她了，就連媳婦也是頭一次知道父親不吃鹿肉呢！」南宮氏暗恨婆婆是個刻薄的，但當著這麼多人的面，她不好明著護姪女，只得不著痕跡地打著圓場道：「父親嚐嚐這道江米釀鴨子，是兒媳親自下廚做的呢！」

「我只說老太爺不吃鹿肉，卻並無怪罪之意。」大長公主越發不悅道：「南宮姑娘到府裡來，是貴客，哪有主人怪罪客人的道理？」

「母親教訓得是，是兒媳多心了。」南宮氏心裡雖然恨得牙癢癢的，卻也不敢在明面上頂撞婆婆，忙起身親自給老太爺布菜。

「好吃、好吃！」楚長渢嚐了一口，連連點頭，笑咪咪地對大長公主說：「我就喜歡吃這個味道！」

「好吃就多吃點。」大長公主的語氣頓時緩和下來，和顏悅色道：「等回去我讓江嬸給你做，江嬸最擅長做鴨子，她做的鴨子京城無人能及，包你愛吃。」

南宮氏的笑容頓時僵在臉上，婆婆這是在拿她跟一個下人比嗎？

「你們慢用，我吃好了。」楚騰似乎沒有察覺到婆媳兩人之間的唇槍舌劍，不動聲色地放下筷子，起身對楚雲霆道：「元昭，你來我書房一下，我有話跟你說。」

楚雲霆應聲起身，跟著楚騰走了出去，父子倆進了書房。

「太子被刺一案查得怎麼樣了？」楚騰捏起一塊南瓜餅放進嘴裡嚼著，適才在飯桌上他都沒怎麼吃，剛剛離開飯桌，便覺得又餓了。

楚騰掌管京城禁軍，深得皇上器重，雖然是朝中炙手可熱的寵臣，但他自知英勇有餘，謀略不足，好在他兒子楚雲霆性情沈穩，遇事從容不迫，讓他很是欣慰。

楚騰一直覺得他們父子兩人足以勝過一群幕僚、門客，有他們父子在，楚王府百年無憂。

「南直隸那邊進展一般，宇文族雖然被天子衛追殺得四處逃竄，但我一直覺得仍未觸及到他們的老巢。」楚雲霆坐在雕花鏤空紅木籐椅上，修長有力的手指端著茶杯，不疾不徐道：「我一直懷疑京城裡面有宇文族的內應，目前雖然有了一些線索，暫時卻沒有實質性的進展。」

「你覺得梨園春有問題嗎？」楚騰冷不丁地問道。

「太子被刺之時，春老闆正帶著梨園春在附近巡演，我不能不懷疑。」楚雲霆皺皺眉，輕抿了一口茶。「父親怎麼這麼問？」

「是太后聽說梨園春戲唱得好，想召見梨園春進宮唱戲。」楚騰捏著眉頭道：「你知道戲班子裡魚龍混雜，不怕一萬，就怕萬一。」梨園春雖然在京城很有名氣，但春老闆畢竟常年在江湖上行走，其身分背景雖然能查出來，但江湖險惡，又事關皇家安危，他自然得好好打探一番；只是面對面跟人過招他在行，摸查跟蹤之類的，他卻是做不來。

「父親放心，梨園春上次在佛陀寺唱完戲後，又去了錦州，就算太后真的下旨召見，估計最快也得半個月才能趕回京城。」楚雲霆放下茶杯道：「待我明日召回跟著前往錦州打探的暗衛，再給父親個準話就是。」

「那就好。」楚騰點頭道是。

父子倆一陣沈默。

「元昭，你覺得你素素表妹如何？」楚騰突然問道。他雖然不喜歡南宮氏，但如今放眼京城，能跟楚王府相匹配的人家，本來就沒幾家；更重要的是，他瞧著南宮素素的性子還算溫婉，不像南宮氏那麼強勢，若是兒子喜歡，倒可以考慮。

楚雲霆都二十歲的人了，也該成親了。

「父親，我不想娶她。」楚雲霆淡淡道：「不光是她，我對南宮家的表妹們都沒有興趣。」不過是些庸脂俗粉罷了，他自然看都不想看。

「……」若他兒子看不上南宮素素，那就只能娶公主了。楚騰當下決定，待梨園春的事情了了，找機會跟孝慶帝提提此事。眼下跟楚雲霆年齡相仿的公主，只有四公主和五公主，也不知道孝慶帝會把哪個許配給他兒子？

大梁京城以皇宮為中心，分為東南西北四大坊。

東臨川坊，南崇明坊，西滄瀾坊和北文正坊。

其中世家貴族、名門富戶大都居住在臨川坊和崇明坊；滄瀾坊是前朝老街，商鋪、酒樓無數，雖然商人居多，但也不乏文人雅士在此隱居；剩下的文正坊有大片的田地、莊子，通常是販夫走卒聚集地。

四大坊中，以滄瀾坊最為熱鬧。

南香樓位於滄瀾坊南大街上，對面就是顧記醫館。

顧瑾瑜如期到南香樓赴約，她特意早到了小半個時辰，帶著綠蘿和阿桃進了醫館。

「今兒什麼風把三丫頭給吹來了？」顧廷南對自家姪女的到來頗感意外，咧嘴笑道：「昨天我還跟妳祖母說，要讓妳過來幫我打理醫館，還被妳祖母罵了一頓呢！」

「三叔若是真的願意我過來幫忙，那我以後偷偷來便是。」顧瑾瑜笑笑。「就怕三叔也不讓我拋頭露面呢！」

「救死扶傷乃醫者本分，我是大夫，怎麼會不同意？」顧廷南撩袍坐下，親自給顧瑾瑜倒茶，笑道：「不瞞妳說，咱們這醫館除了每月給宮裡的太監、宮女送些腰痠背痛的膏藥外，平日裡到咱們這裡來的，也都是買點膏藥和尋常藥材，收入勉強餬口罷了。」

「我倒覺得三叔若是把咱們的膏藥鑽研透了，名聲一樣會傳揚出去的。」顧瑾瑜起身，走到藥架前，隨手取出幾帖膏藥聞了聞，皺眉道：「這些都是準備送往宮裡的膏藥？」

「對呀，有什麼不妥嗎？」顧廷南見顧瑾瑜皺眉，忙問道：「宮裡那些下人每天要做好多粗活，難免腰痠背痛，主子們施恩，偶爾賞他們一些膏藥，這些年他們用著好的，也會自己掏銀子到我這裡來買。」

「膏藥倒是沒什麼不妥，只是我覺得三叔還可以細化一些。」顧瑾瑜提議道：「但凡女子用膏藥，通常不喜歡帶著濃烈的藥味，三叔可以加點花香進去，掩蓋一下原本的藥味；而花香分好多種，茉莉、梔子花、玫瑰等等，如此一來，三叔何愁咱們的膏藥不能揚名京城？」

前世她纏綿病榻，慕容朔頻頻探望，她唯恐屋子裡有久病的味道，特意做了好多焚香來掩蓋藥味。舉一反三，她覺得膏藥也是可以加些花香的。

「對呀！枉三叔癡長了這麼多年，怎麼就想不到這些呢！」顧廷南猛地一拍大腿，倏地起身往外走。「三丫頭，妳先坐著，我這就去文正坊那邊的園子看看，跟他們預訂些鮮花過來，我保證妳下次再來，咱們醫館的鮮花膏藥就名揚京城了！」

「……」顧瑾瑜乾笑，三叔的性子也太急了吧？

「姑娘，時辰不早了，咱們該去南香樓了。」綠蘿抿嘴笑道：「剛剛奴婢瞧著寧武侯夫人的馬車已經到了呢！」

「好，那咱們現在就過去吧！」顧瑾瑜盈盈起身。

剛出門口，就見蔡氏迎面跑了過來。

蔡氏見了顧瑾瑜，眼前一亮，急急道：「三姑娘救命，有人要殺我！」

「蔡姊姊，出什麼事了？」顧瑾瑜吃了一驚。

蔡氏顧不得解釋，撒腿衝進醫館，翻窗跳了進去。

片刻，一個高大魁梧的落腮鬍漢子跑了過來，粗聲粗氣地問道：「敢問姑娘，剛剛可有看見一個小娘兒們跑過來？」

「好像往那邊跑了。」顧瑾瑜神色自若地往前面指了指。

落腮鬍漢子身上的汗味很重，綠蘿和阿桃不約而同地捂住鼻子。

落腮鬍漢子倒是沒注意兩人的小動作，順著顧瑾瑜指的方向追了過去。

「阿桃，去看看蔡姊姊。」顧瑾瑜忙吩咐道。
阿桃會意，迅速去了後院，片刻，回來稟報道：「姑娘，人不在了。」
「咱們走吧！」顧瑾瑜狐疑地望了望後院高高的圍牆，暗道原來蔡氏竟然是個有身手的。想到她之前求自己救場時的伏低做小，心裡越發奇怪，江湖果然複雜險惡。
到了南香樓，楊氏已經到了。
她一看見顧瑾瑜，裝作是巧遇的樣子，上前笑著打招呼。「三姑娘也來了？店裡最近從南直隸那邊進了一批新首飾，有好幾種花樣最是適合三姑娘，跟我去二樓看看吧！」南香樓一樓招待尋常散客，二樓設了雅間，供大戶人家的女眷們慢慢挑選。
兩人上了二樓。
小夥計殷勤地取出各種飾品，讓兩人挑選，楊氏輕輕掃了一眼，乾脆道：「這些都包起來，送到我府裡即可，我要在這裡歇歇腳，你切莫上來打擾。」
「是。」小夥計喜孜孜地上了茶點，退了下去。
「顧姑娘，我家侯爺的茶都是他的貼身小廝青城給他泡的，不曾經過別人的手。」楊氏悄悄從袖子裡取出一小包殘茶，低聲道：「這是昨天我故意打翻了侯爺的茶壺，趁人不注意，取了一些殘茶過來。」
顧瑾瑜接過殘茶，仔細地聞了聞，心裡一沈，果然不出她所料，茶葉裡的確放了少量的斷陽草。想到之前二房三姨娘說的話，也就是說，青城是寧二老爺的人，或者是慕容朔的人。她不明白的是，慕容朔是皇子，怎麼會插手別人府裡這等陰損之事？

「真的是青城？」楊氏顫聲問道。

顧瑾瑜沈重地點點頭。

「三姑娘，我該怎麼辦？」楊氏花容失色，撫著胸口道：「如果我告訴侯爺，侯爺卻不肯相信，該如何是好？」

「事關子嗣大事，侯爺不會不相信的。」顧瑾瑜沈吟道：「只是不知道侯爺跟天子衛的趙晉趙將軍交情如何？」她還是覺得讓青城自己說出真相，寧武侯才會相信他是被人算計了，很多事情，只有費些周折，可信度才高。

「趙將軍是炙手可熱的天子衛指揮使，有權有勢，豈是我家侯爺這樣的粗人所能認識的？」楊氏搖搖頭，疑惑道：「不知道三姑娘為何有此一問？」

「據我所知，天子衛的獨門藥丸吐言丸，能讓人口吐真言。」顧瑾瑜坦然道：「若是青城能說出幕後主使，一切便會真相大白。」順便把慕容朔引到天子衛的視線裡，試探一下趙晉對慕容朔的態度。

「多謝三姑娘提醒，我知道該怎麼做了。」楊氏眼前一亮。「趙將軍是京城四大才俊之一，跟忠義侯沈世子齊名，且他們交情很不錯，若是我去求一求沈世子，想必他不會不答應的。」

「如此也好。」顧瑾瑜點頭道是。楊氏是個八面玲瓏的人，又是事關子嗣大事，此事定能辦成；而她，只要耐心地等著看結果就好。

回府的路上，顧瑾瑜還在想著寧武侯府的事情。

在她心目中，慕容朔一直是個溫文儒雅的翩翩公子，他為人熱情和善，無論在誰面前都沒有天之驕子的傲氣和優越，甚至他對二皇子、三皇子之間的明爭暗鬥很是不屑，他說，他只想做個閒散王爺，安安靜靜地跟她共度餘生。她當時對他深信不疑，如今看來，全都是假象；抑或者，他原本就有奪嫡之心，只是深藏不露而已。

正想著，馬車猛然停了下來，外面一陣嘈雜。

「停車、停車！奉命搜查逃犯！」

「幾位官爺，車裡面都是女眷。」莫風好脾氣地解釋道。

「少囉嗦，我們查的就是女眷！」話音剛落，一柄長劍瞬間挑起了車簾。「識相的，趕緊下車，否則休怪我們不客氣！」

阿桃見這些人很無理，非常生氣，剛想伸手奪過那柄長劍，顧瑾瑜忙喝住她。

「阿桃，不得無禮！咱們下去就是。」

綠蘿攙起顧瑾瑜，白了阿桃一眼。難道她還想跟官兵打一架不成？

三人盈盈下了車。

幾個官兵蜂擁而上，裡裡外外把馬車察看了一遍，連夾層都沒有放過。

「官爺，這是出了什麼事嗎？」莫風不動聲色地問道。他認出這些官兵都是五城兵馬司的人，只是他是暗衛，除了楚雲霆身邊的那幾個人，其他人並不認識他。

「出人命了，我們奉命追查逃犯。」其中一個官兵拿著畫像，把在場的人仔細比對了一番，確認並無異常，才揮手放行。

顧瑾瑜瞥了一眼畫像，心裡不禁一沈，畫像上的人瞧著怎麼像是梨園春的蔡氏？於是忍不住開口問道：「這位官爺，你們要找的這個人是誰？」

「梨園春的琴師蔡氏。」官兵警惕地看著她。「姑娘認識她？」

「前些日子在佛陀寺，曾經見過她一面。」顧瑾瑜坦然道：「只是不知道她一個小小琴師，怎麼會成了逃犯？」

話音未落，一個高大的身影靠了過來，遮住了她面前的陽光，冷冷的聲音從頭頂傳來——

「這話應該我問姑娘才是。」

官兵見了馬背上的人，神色一凜，畢恭畢敬道：「世子。」

「下去吧！」楚雲霆跳下馬，冷聲吩咐道：「封鎖各個城門，在逃犯沒有抓到之前，任何人不能出城！」

「是！」官兵們整齊劃一地退了下去。

「見過楚王世子。」顧瑾瑜皺皺眉，上前屈膝行禮，這才明白過來，原來是五城兵馬司的人在追查蔡氏。

「妳為什麼要放走她？」楚雲霆緩步走到她面前，迅速打量了她一眼，正色道：「據我所知，蔡氏是從妳家醫館逃走的，妳怎麼說？」

莫風聞言，毫無聲息地退到了馬車旁邊。他雖然是顧家的馬伕兼花匠，但他其實是楚王世子的暗衛。

「我跟蔡姊姊在佛陀寺有一面之緣，這一點，世子是知道的。」顧瑾瑜暗暗驚訝楚雲霆消息竟然如此靈通，直言道：「當時蔡姊姊被人追殺，跟我求救，情況危急，我便護她逃走，只是事後我再沒有看到她。」眾目睽睽之下，人多口雜，蔡氏跑進醫館的事情，是瞞不住的。

「妳的確再沒有看到她。」楚雲霆面無表情道：「因為她從妳家醫館逃走後，就殺了追殺她的人。」

「她殺了追殺她的那個男子？」顧瑾瑜頗感驚訝。

「不錯，追殺她的人，不是別人，而是我的手下。」楚雲霆劍眉微蹙，心裡很是懊惱。落腮鬍漢子是他的暗衛裴勇，想必他在跟蹤梨園春戲班的時候，露出了破綻，被蔡氏一路引回了京城。只是讓他萬萬沒想到的是，裴勇竟然被蔡氏暗算了，折了一個暗衛，讓他很是惱火。

「如此說來，倒是我幫了倒忙了。」顧瑾瑜皺眉道：「若是世子需要我做什麼，儘管開口，我定當全力以赴，絕不推辭。」

楚王世子雖然性情高冷孤傲，不是個好相與的，卻也是朝廷棟梁，正直賢臣。看來蔡氏的身分的確有些問題，這一點，顧瑾瑜還是相信楚雲霆的。

「那好，妳跟我來。」楚雲霆不冷不熱地看了她一眼，轉身朝停在不遠處的馬車走去。

顧瑾瑜只得順從地跟了過去，心裡腹誹道：你倒是不客氣！

時值晌午。

天氣乍冷還暖，陽光金燦燦地灑了一地，很是晃眼。

一看到馬車上冷冰冰的屍體，顧瑾瑜心頭猛然一顫，落腮鬍漢子靜靜地躺在那裡，再無剛才的猙獰囂張，胸口中了一刀，暗紅色的血染濕了他的衣襟，大片的血跡讓人不忍直視。

「妳是醫者，能看出多少，就說多少。」楚雲霆淡淡道：「我相信死人也會留下很多線索。」

眼下吳伯鶴不在京城，他又信不過五城兵馬司那些庸醫仵作，不如讓她先幫忙查查端倪再說。吳伯鶴說過，顧家三姑娘的醫術不在他之下，他相信吳伯鶴的判斷。

顧瑾瑜鼓起勇氣上前察看屍體。

綠蘿臉色蒼白地拽著顧瑾瑜的手，大氣不敢出地說道：「姑娘，使不得！您、您怎麼能……」天啊！太嚇人了！那是死人啊！

「無妨，妳退下吧！」顧瑾瑜知道綠蘿心裡害怕，轉頭看了阿桃一眼，吩咐道：「阿桃，妳過來幫我。」

「是，姑娘。」阿桃毫不畏懼地上前，按照顧瑾瑜的吩咐來回翻動著屍身。死人比活人好對付，她動他，他不會還手打她，因此，她不能理解綠蘿到底怕什麼？

待察看完畢，顧瑾瑜才讓阿桃退下。

綠蘿再看阿桃時，眼裡多了些崇拜的目光。

楚雲霆一言不發地看著顧瑾瑜的一舉一動，見她有板有眼，絲毫不懼的樣子，心裡疑雲更甚。他不明白，一個六品主事的女兒到底經歷過什麼，竟然能如此神色自若地應付這樣的場面？別的不說，單憑這屍體，就足以讓尋常姑娘們嚇得魂飛魄散，更別說是驗屍了。

「他胸前雖然有傷口，卻不足以致命，而是刀上有毒。」顧瑾瑜如實道：「這毒名喚五步散，顧名思義，不用五步，中毒者便會倒地身亡。據我所知，五步散盛行於前朝，如今在江湖上已經很少有人用這種毒了，因為提煉五步散的毒草，已經在數年前被盡數摧毀……」一抬頭，看到男子炯炯的目光，她的臉微微紅了一下，垂眸繼續說道：「還有就是，從傷口上看，凶手是用左手握刀。」

見她臉紅，楚雲霆頓覺失態，忙移開目光，隨意往前走了兩步，不動聲色地問道：「還有嗎？」

「凶手要比死者高出至少半個頭。」顧瑾瑜沈吟道：「所以我推斷，死者並非蔡姊姊所殺。」

「不是蔡氏？」楚雲霆頗感驚訝，裴勇一路追蹤蔡氏到京城，這是有目共睹的事實，若不是蔡氏，那真是見鬼了！

「至少他身上的傷不是蔡氏所為，而是另有其人。」顧瑾瑜篤定道：「此事絕非看上去這麼簡單，還望世子明察。」

「知道了，妳可以走了。」楚雲霆面無表情地看了她一眼。「今日之事，有勞姑娘了。」

府。

顧瑾瑜鬆了一口氣。好不容易出一次門，她可不想惹上什麼麻煩，尤其不想惹上楚王府。

身後一陣馬蹄聲傳來，四、五個年輕人簇擁著一個身穿黃金軟甲的男子到了眼前，男子劍眉入鬢，唇若點朱，相貌堂堂，只是舉手投足間卻帶著縱慾過度的慵懶。

看見楚雲霆，他猛地勒緊韁繩，哈哈笑道：「元昭，我說我剛剛去府裡找你，你不在，原來是在這裡會佳人啊！」

他身後的年輕人也跟著鬨然大笑起來，他們個個眉清目秀，衣著鮮亮，明明是男子，笑起來卻是眉目含春，別有一番風情。

顧瑾瑜臉一紅，朝眾人微微屈膝一禮，轉身上了馬車。

莫風乘機趕著馬車揚長而去。

來人是二皇子秦王慕容欽，慕容朔的二哥，她之前跟他見過幾面。印象中，此人陰狠毒辣，行事偏激，極其難伺候。聽說他喜好男風，常常把府裡的侍妾賞賜給下人，至今連個正妃也沒有。

「秦王爺，別來無恙。」楚雲霆上前抱拳，不冷不熱道：「我這裡有件案子，正在緝拿逃犯。」

「原來如此。」慕容欽這才注意到馬車上的屍體，心裡頓覺晦氣，忙勒轉馬頭道：「我剛剛回京，這不，正準備進宮跟父皇覆旨呢！對了，中秋那天老三喬遷新居，想必早就給你送了帖子，到時候你一定要去喝酒，咱們不醉不歸！」

「好，咱們不醉不歸。」楚雲霆淡淡道。

「那你忙你的，我就不打擾你執行公務了，就此別過。」慕容欽挑挑眉，衝他抱抱拳，領著眾人揚鞭而去。

第二十章　死士

「這個梨園春，果然不簡單，竟然用五步散殺人，這分明是江湖死士的手段！」得知事情的前因後果，楚騰驚訝道：「我一想到他們在京城風光得意了這麼多年，心裡就恨得牙癢癢，若是真的讓他們進宮，還不知道要鬧出什麼事情來呢！」

「可惜打草驚蛇，讓他們逃走了。」楚雲霆站在窗前，負手而立。「蔡氏雖然在京城，卻猶如石沈大海，竟然半點蹤跡也尋不到，實在是讓人生疑。」

「反正京城已經戒嚴，咱們挨家挨戶地搜，我不信找不到那個蔡氏。」楚騰起身往外走，邊走邊道：「就是挖地三尺，我也要把她找出來！」

「世子，咱們該怎麼辦？」楚九這才小心翼翼地上前問道。

「從今夜起，你領著五城兵馬司輪流值夜，配合禁軍全城搜查，尤其各個府邸附近，要多派人手盯著。」楚雲霆沈吟道：「蔡氏被全城通緝，想保她的人，定會露出馬腳。」

「是。」楚九神色一凜，繼而從袖子裡掏出一塊手帕子放在楚雲霆面前，訕訕道：「世子，剛剛屬下在城外撿到一方手帕子，不知道是不是顧三姑娘遺落的。」

淡粉色的絲帕，角落繡著栩栩如生的荷花，很是精緻淡雅，清清淺淺的香味若有若無地散開，隱隱襲來，楚九忍不住後退幾步，連連打著噴嚏。

「先放在這裡吧！」楚雲霆微微頷首，隨手收起手帕子。

待楚九走後，楚雲霆便策馬去程府，程禹一直給梨園春寫曲子，或許從他嘴裡能得到一些線索。

不巧的是，程禹外出未歸，程庭也不在家。

門房畢恭畢敬地稟報，說公子外出多時，估計再一盞茶的工夫就回來了。

楚雲霆便在外書房耐心地等他。

下人上茶後，毫無聲息地退了下去。

夕陽西下，橙色的晚霞從窗櫺上透過來，四下裡染上了一層淡淡的光暈。

程禹的書房佈置得很簡單，書案前放了一尊精巧的觀音太湖石，牆上掛了一溜春夏秋冬的字畫，寥寥幾筆，勾勒出初春盛夏深秋白雪的模樣，手法很是獨特，楚雲霆忍不住多看了幾眼。

看著看著，他便把那塊淡粉色的手帕拿出來看，手帕下角繡著一朵含苞欲放的荷花，兩片嫩綠的荷葉，荷葉旁邊飛舞著兩隻蜻蜓，其中一隻蜻蜓的翅膀是白色的，而另一隻蜻蜓的翅膀，則是黃白相間，黃色絲線裡還帶著幾個黑點。

讓他驚訝的是，手帕子上所繡的這些，跟牆上那幅盛夏的字畫如出一轍，甚至連那幾個黑點的位置都一模一樣！

「世子大駕光臨，寒舍蓬蓽生輝啊！」程禹匆匆走進來，一身風塵。

「這些字畫是你畫的？」楚雲霆收起手帕子問道。

「不是，是舍妹畫的。」程禹看了一眼牆上的字畫，瞬間收起表情，嘆道：「舍妹的畫一向簡單，之前不覺得好看，現在拿出來細看，才深知其中意境。不知世子來找我有什麼事？」堂堂楚王世子不可能是來自家書房看畫的，他沒那麼閒。

楚雲霆收起心思，簡要地說明來意。

「什麼？你說梨園春養著死士？」程禹大驚，繼而沈聲道：「這些年我給梨園春寫了十幾首曲譜，跟蔡琴師也有過數面之緣，只知道她是春老闆的小師妹，其他的真的是一無所知，難道蔡琴師也是死士？」

「是的，可惜她已經逃走了。」楚雲霆抬眼看了看牆上的字畫，沈聲道：「你好好想想，春老闆在京城跟誰走得最近，或者有什麼至交好友沒有？」

「你這麼一說，我還真的沒聽說春老闆跟誰走得最近。之前我覺得他是江湖人，自有江湖人的風骨，不肯跟京城權貴們交好，現在想來，怕是他擔心露出什麼馬腳才刻意為之的吧？」

程禹努力回憶道：「若非得說他每次來京城常去的地方，倒是有一個，就是文正坊那邊一個叫千畝園的茶莊。我有次聽春老闆無意說起，他最喜歡喝那個茶莊的茶，幾乎每次回京，都會去那邊買茶，我知道的，就這些了。」

楚雲霆微微頷首，起身告辭。

得知楚雲霆來訪，程庭有些意外。

「楚王世子來找你有什麼事情嗎？」

程院使平日裡保養得極好，身材頎長，挺拔如松，五官深邃，舉手投足間自成風流，很是風度翩翩。

梨園春的事情他自然聽說了，也知道五城兵馬司跟天子衛都在追查蔡氏，作為父親，他自然不喜歡兒子牽扯到此事當中。

「就是問了些梨園春的事情。」程禹如實道：「您也知道，我除了給他們寫了幾首曲子，跟他們並無深交，所以也幫不了楚王世子的忙。」

父子倆正說著，管家畢恭畢敬地上前稟報道：「老爺，齊王來了，正在正廳等候。」

「知道了。」程庭臉色一緩，快步朝正院走去，走了幾步，又回頭對程禹道：「對了，前幾天你祖母一直念叨你，說好幾天沒見你了，今晚你去陪她老人家吃頓飯吧！」

「好。」程禹若有所思地點點頭。

父親待齊王一直不同，有時候他覺得比對自己還要親熱，甚至早就超出了舅舅跟外甥之間的親戚之情……

一夜之間，梨園春是前朝餘孽的消息很快傳遍了京城。

那些曾經重金請過梨園春來府裡唱戲的人家，人人自危，唯恐受到牽連，顧家也不例外。

就連顧瑾瑜曾經救過梨園春的場，也不知道怎麼被人傳了出去，一時間顧家又被推到了風口浪尖上，若是真的被別有用心的人參上一本，顧家可是要吃不完兜著走了。

為此，顧廷西又怕又氣，卻不敢再像以前那樣肆無忌憚地闖進清風苑去教訓顧瑾瑜，從衙門回來後，便心急火燎地到慈寧堂找太夫人抱怨道：「母親，三丫頭在佛陀寺救場的事情，原本沒多少人知道，可如今梨園春一出事，倒是說什麼的都有，若是真的因此連累了我跟大哥，如何是好？」短短兩日，吏部的人見了他都繞著走，讓他很是尷尬。

「怕什麼？不做虧心事，不怕鬼敲門，若是真的有人拿此事做文章，就儘管讓他們查好了。」太夫人不以為然道：「我就不信，只是臨時救個場，彈了首曲子，難道他們還敢把咱們也說成是宇文同黨不成？」

「哎呀母親，這樣的話您可不能再說了！」顧廷西望了望窗外，壓低聲音道：「您是只知其一，不知其二，此事若是別人查辦也就算了，可偏偏是楚王世子負責此事，聽說還動用了天子衛，誰知道他會不會忌憚之前三丫頭跌倒在他馬下的事情？」

「就算是楚王世子負責此事，那又怎麼樣？」太夫人見顧廷西這樣怕事，不悅道：「你放心，楚王世子不會因為這點小事對咱們顧家下手；倒是你，三丫頭原本就是冤枉的，你不要成天掛在嘴上說來說去。」有時候，太夫人很不明白，她生性強硬，已經去世的夫君也是有風骨的，兩個並不懦弱的人，怎麼會生出這樣懦弱的兒子？膽小怕事就罷了，還是個窩裡反，想想就讓她鬱悶。

門簾晃了晃，沈氏匆匆走進來，一臉焦急道：「母親，伯爺到現在還沒有回來，兒媳心裡著急，讓人去打聽了一下，結果說是伯爺被五城兵馬司的人帶走了！」

「什麼？大哥被帶走了？」顧廷西大驚失色道：「母親，這可如何是好？說不定待會兒官兵就會衝進咱們家裡來啊！」

「母親，這到底是為什麼啊？」沈氏泣道：「早上出門的時候還好好的，怎麼說帶走就帶走了呢？」

「還能因為什麼？還不是因為三妹妹！」顧瑾珝也一步跨進來，沒好氣地說道：「為了出那個風頭，連累了父親，如今卻自己躲在屋裡不敢出來了嗎？敢做不敢當！」

「哭什麼哭？事情還沒有弄明白是怎麼回事，不要亂猜！」太夫人白了沈氏一眼，轉頭吩咐道：「池嬤嬤，去把三姑娘叫過來，就說我有事問她。」

池嬤嬤應聲退下。

路上，池嬤嬤把事情的來龍去脈都告訴了顧瑾瑜，提醒道：「三姑娘，不管怎麼說，此事都跟您有關，待會兒到了太夫人和二爺面前，好好解釋，切不可再惹出別的不痛快。」

自從三姑娘撞馬之後，她就覺得三姑娘像是變了一個人似的，不再跟之前一樣那麼軟弱愛哭，不但有醫術傍身，人也變得異常自信堅強，甚至越來越像太夫人了。這樣的三姑娘，她倒是很願意親近的。

「多謝池嬤嬤提醒。」顧瑾瑜點頭道是，心裡也有些納悶，楚雲霆並沒有因為她救場的事情而懷疑她，怎麼會傳訊伯父？

「瑜丫頭，那天在佛陀寺，妳是不是第一次見蔡琴師？」太夫人見到顧瑾瑜，不動聲色地問道：「是程家大小姐找到妳，讓妳救場的，對吧？」

「是的，而且此事楚王世子也是知道的。」顧瑾瑜見沈氏和顧瑾珝一臉怒氣地看著她，解釋道：「昨日事發時，我又碰巧見到楚王世子，還幫他驗過死者的屍首，所以他並沒有懷疑我，更不會因為此事為難伯父。」

「妳說妳昨天見過楚王世子？」顧廷西頓覺不可思議，他在吏部進進出出這麼長時間，都沒有機會碰到那些世家權貴家的公子哥兒，她隨便出門一次，就能輕輕鬆鬆碰到楚王世子？說謊吧？

顧瑾瑜沈默不語。她討厭顧廷西，不想搭理他。

池嬤嬤悄悄遞了個眼色給綠蘿，三姑娘倔強，當下人的可不能沒有眼色。

綠蘿會意，忙上前答道：「回稟二老爺，我們回來的路上剛巧碰到楚王世子帶人沿途搜查馬車，世子便請姑娘幫忙查驗了屍體，然後秦王碰巧路過；若是二老爺不信，可以去跟秦王證實。」

顧廷西嘴角抽了抽。這丫鬟腦袋被驢踢了吧？他算哪根蔥，敢去向秦王求證？

「可是伯爺被帶去五城兵馬司也是事實啊！」沈氏見主僕兩人說得有板有眼，不像是說謊，心裡暗暗鬆了口氣，又道：「我這就再派人去打聽，若是沒什麼事，伯爺也該回來了。」

「還能有什麼事？」顧廷東風塵僕僕地掀簾走進來，滿面春風道：「道聽塗說的話你們也信？楚王世子找我是公事，沒你們想得那麼糟糕。」

「伯爺回來就好。」沈氏大喜，忙道：「我們都以為是因為梨園春的事情呢！」

「梨園春的事情跟咱們有什麼關係？」顧廷東不可思議道：「咱們又沒有請梨園春來府

裡唱過戲，上次三丫頭給他們救場，也是程大小姐主動邀請的，該擔心的，是他們才是。」

沈氏這才徹底放下心來，見顧瑾瑜波瀾不驚地坐著喝茶，內疚道：「三丫頭，適才我們是關心則亂，妳千萬不要放在心上啊！」

「大伯娘放心，這點小事我不會放在心上的。」顧瑾瑜淡淡一笑。「我若是事事在意，豈不是自尋煩惱？」

沈氏皺皺眉，只是訕訕地笑。

「大哥，楚王世子找你聊了些什麼？」顧廷西很好奇。

他久聞楚王世子大名好久了，可惜一直無緣相見。他很想知道，堂堂京城四大才俊之首，到底是什麼樣子的？難道比他還要丰神俊美？

「也沒問什麼，就是隨便聊了幾句我最近手頭上的差事。」提到楚王世子，連一向沈穩的顧廷東，也不免有些喜形於色。「我也沒想到楚王世子如此平易近人，竟然跟我聊了有一盞茶的工夫！世子果然是大家公子，話雖然不多，卻是字字珠璣，跟他一比，我竟然癡長他這麼多年。」

「大哥，你該不會是要高升了吧？」顧廷西一臉羨慕。

「倒不是。」顧廷東笑著搖搖頭。「世子不光召見我，而是召見了六部所有的郎中，若是每個召見的人都高升，能高升到哪裡去？」

「原來如此！」顧廷西恍然大悟。

「好了，沒事就好，都回去歇著吧！」太夫人心裡這才跟著輕鬆下來。「既然梨園春一事沒咱們的事，咱們就回去準備準備，去城郊莊子走一趟吧！太子新喪，各大府邸不敢大肆慶祝，凡事還是低調些好。」

眾人點頭道是，紛紛起身告辭。

唯有顧廷西支支吾吾地坐在那裡喝茶，不肯走。

「二郎，你還有什麼事？」太夫人不動聲色地問道。

「母親，既然是中秋，那就把府裡的姑娘都帶去吧？」顧廷西陪著笑臉道：「府裡一共六個姑娘，您只帶四個，也不差我屋裡那兩個庶出的吧？」雖然是二姨娘出的主意，但只讓六姑娘去，單單剩下五姑娘一個，似乎說不過去。

「要不怎麼說是嫡庶有別呢？」太夫人冷聲道：「這又是二姨娘的主意吧？就她那點花花腸子，當我不知道嗎？她肯定是挑唆你，讓六丫頭去上香祭拜柳氏，然後把六丫頭記到柳氏的名下吧？」

顧廷西一口茶噴了出來，這、這猜得也太準了吧？

「她們雖然是庶女，也是兒子的親生骨肉。」顧廷西擦乾淨衣襟上的茶漬，陪著笑臉道：「就是記在柳氏名下，只不過是占個名分而已。」

「六丫頭記在柳氏名下的事情，你們還是死心吧！」太夫人冷諷道：「咱們顧家原本就對不起柳氏，若是再把庶女記到她名下，將來出嫁，分柳氏的嫁妝，就等於分三丫頭的嫁妝，信不信柳禹丞立刻跟你翻臉？再說了，若是真的要占名分，你怎麼不把她們記到喬氏的名下？」

姨娘什麼的，果然都不是什麼好玩意兒！如意算盤真的打得好，庶女記在嫡母名下，豈是占個名分那麼簡單？將來出嫁，也是要當親女兒一樣陪送嫁妝的，真是黑了心肝的，竟然打起柳氏嫁妝的主意來了！

被母親戳穿了心思，顧廷西很垂頭喪氣。說來說去，柳氏那六十八抬嫁妝，他真的是一文錢也沾不到啊！

第二十一章 中秋節

太夫人答應帶上顧瑾霜和顧瑾雪，但條件是，絕對不會把她們記在柳氏的名下。

二姨娘雖然當著顧廷西的面哭了一氣，但終究是無濟於事。說來說去，她不過是個姨娘，再怎麼不滿也是不敢鬧到太夫人面前去的。

顧廷西雖然心疼二姨娘，但太夫人的性子他還算瞭解，她決定了的事情，不會輕易改變，求也是白求。

顧家的老宅子在文正坊，早些年，顧家還沒有發跡的時候，就是住在文正坊這邊。後來顧老太爺從龍有功，先帝不但在滄瀾坊那邊賜了新宅子，也就是現在的顧府，還把顧家祖宅方圓十里之地也都一併賞給他，顧家老宅就變成了顧家莊子。

顧老太爺念舊，搬到新宅子以後，還是常常到老宅這邊來住，他一直覺得這裡才是他的家，故而顧家的祠堂就留在了老宅這邊。

就連太夫人也常常念叨，等以後她去了，就回老宅陪著老太爺。

莊子上的管家知道東家要來，早早就把各個廂房收拾得一塵不染，太夫人照例住在正院，大房住在東跨院兒，二房和三房住在西跨院兒。隨著府裡的人越來越多，老宅這邊也跟著擴建修整過好幾次，以確保主子們過來小住的時候住得舒適，人雖然多，卻並不擠。

之前顧瑾瑜在柳家住了十年，不常常回府，更不曾來老宅住過，老宅這邊就沒有給她留廂房，她回來這四年，兩次生病，一次被柳家接了回去，今年竟是第一次來老宅這邊住。

顧府每個人在老宅都有固定的廂房，顧瑾瑜主動請纓住到了原本給世子準備的書房聽風軒。

聽風軒有些偏僻，離祠堂很近。

「不妥、不妥。」太夫人很不放心。「那裡離祠堂太近，妳還是搬到正院跟我一起住吧！」

「無妨，我就住在聽風軒吧！」顧瑾瑜圖個清靜，對住處並不挑剔。「反正也住不久，而且有阿桃在，祖母放心便是。」

太夫人住的正院還是從前的老院子。顧家發跡後，雖然修建了好幾次，但院子還是一樣，廂房不多，並不比她這個小跨院兒寬敞多少，她若是帶著丫鬟們住過去，會很擁擠。

「也罷，既然妳喜歡，就住在那裡吧！」想到阿桃，太夫人倒是很放心，痛快道：「我再撥兩個小丫鬟給妳，院子裡人多些，不顯得冷清。」

「多謝祖母。」顧瑾瑜見太夫人對她關心備至，很是感動，也不好再推辭。

分過來的兩個小丫鬟，一個叫黃鶯，一個叫黃鸝。

兩人是雙胞胎姊妹，長得一模一樣，唯一能讓人區別的是，姊姊性子沈穩，不太愛說話，妹妹則比較健談，眉間還有一顆小小的痣，比姊姊平添了幾分嫵媚。

姊妹倆是莊子上的家生子，每次太夫人來，都會過來貼身伺候。她們自幼在莊子上長大，沒有府裡丫鬟們的拘謹，性子很是活潑，手腳也很麻利，就連一向挑剔的綠蘿也對她們心生好感，不到半天工夫，三人便有說有笑地坐在院子裡簇擁著顧瑾瑜摘揀桂花。

聽風軒院子裡的桂花開得正盛，顧瑾瑜決定採些桂花，親自動手做些桂花糕給太夫人嚐嚐；讓她驚喜的是，阿桃不僅力氣大，身手也很敏捷，爬樹不在話下，很快採摘了不少桂花下來。

「主子們來莊子上小住，真是太好了，那些官兵再來搜查什麼的，我們就再也不害怕了！」黃鸝嘟著櫻桃小口，心有餘悸道：「這兩天不知道怎麼了，五城兵馬司的官兵們突然跑到文正坊這邊挨家挨戶搜查，說抓什麼逃犯，鬧得人心惶惶的，就是咱們莊子，他們也來過兩次呢！」

「抓什麼逃犯？」綠蘿大驚，忙問道：「抓到沒有啊？」天啊！若是逃犯真的竄到她們院子裡來，可如何是好？

「好像沒有。」黃鸝搖搖頭。「昨天我還看見他們在莊子附近轉悠呢！今天沒來，怕是因為過節，他們回家團圓了吧！」

顧瑾瑜心裡暗忖，五城兵馬司緝拿的逃犯，肯定是蔡氏，難道她逃到這裡來了？

太夫人對顧瑾瑜做的桂花糕讚不絕口，桂花糕香酥可口，甜而不膩，入口即化，吃在嘴裡，唇齒生香，她很喜歡，連誇她心靈手巧，孝順懂事。

「三姑娘給每個院子都送了些過去，說是讓大家都嚐嚐。」池嬤嬤笑道：「說起來，三姑娘還真是大度，凡事都不往心裡去。」最近出了太多的事情，樁樁件件似乎都跟三姑娘有閼，只是除了太夫人，似乎沒有誰是站在三姑娘這邊的，如今看來，三姑娘並不計較這些。

「是啊，三丫頭越來越懂事，是個明事理的。」太夫人會意，欣慰道：「怎麼說大家都是一家人，雖說會有些不痛快，但說開了，也就沒事了，一家人哪有隔夜的仇。」

「太夫人所言極是。」池嬤嬤見太夫人接二連三地吃了四塊桂花糕，便道：「夫人和姑娘們在墨香閣抄經，奴婢陪著您過去看看吧？」雖然沒出京城，但也是換了地方，她擔心太夫人積食。

太夫人心情大好，換好衣裳，由池嬤嬤陪著去墨香閣。

走到半路，管事黃有福匆匆迎上來抱拳行禮。「太夫人，五城兵馬司九爺求見。」

黃有福四十多歲，身材有些發福，在莊子上做了二十多年的管事，對太夫人很忠心，黃鶯、黃鸝正是他的女兒。

「五城兵馬司的人？」太夫人皺眉。「有什麼事情嗎？」

「回稟太夫人，五城兵馬司正在這附近緝拿逃犯。」黃有福如實稟報道：「估計是來跟咱們打個招呼。」

黃有福果然沒有猜錯，楚九的確是因為此事來的。

太夫人通情達理道：「九爺放心，吾等定會盡綿薄之力，全力配合衙門緝拿逃犯。」

「有勞太夫人。」楚九神色一凜。

後晌，眾人抄完經書，畢恭畢敬地送到了祠堂供奉，依次磕頭上香。

祠堂裡肅靜陰森，顧家歷代祖先的牌位都陳列在此。

出了祠堂，不遠處就是大片的茶園，鬱鬱蔥蔥的，很是惹眼。

「母親，您看那片茶園的茶葉長得多好，女兒想去採點茶葉回來，親自煮給祖母喝。」

聽聞太夫人對三姊姊做的桂花糕讚不絕口，顧瑾萱很眼紅，便也想表一表孝心。

「傻孩子，妳的孝心太夫人知道，只是那茶園是人家的，妳怎麼好私自過去採？」喬氏會意，聲音也隨之提高許多。「既然妳要親自煮茶，母親派人過去買些回來便是。」她從來都不知道三丫頭竟然會做桂花糕，而且還做得極好。

「買的哪有親手採的好？」顧瑾萱嬌滴滴道：「女兒就是想親手採了煮給祖母喝嘛！」

顧瑾珝的目光在顧瑾瑜身上看了看，破天荒地跟喬氏撒嬌。「二嬸，您就讓我跟四妹妹去吧！我們不會做糕點孝敬祖母，煮茶總行了吧？」哼，憑啥風頭全讓顧瑾瑜一個人搶了去？獻殷勤誰不會？

太夫人原本心情就不錯，現在聽聞孫女們爭先恐後地想要孝敬她，難得和顏悅色道：「好好好，我讓池嬤嬤多帶幾個人陪妳們一起去；不過說好了，祖母只給妳們半個時辰，半個時辰後，務必回來，莫貪玩誤了時辰。」

顧瑾珝心花怒放，得意地瞥了瞥顧瑾瑜，上前親暱地拉著顧瑾萱就走。

顧瑾瑜頓覺無語。她從來不曾把她們當對手，不知道她們對她哪來那麼多的敵視。

一大群丫鬟、婆子，簇擁著姊妹倆去了隔壁茶園。

儘管如此，當母親的還是不放心，沈氏和喬氏索性也跟了過去。

「祖母，茶葉並不是越新鮮越好，鮮茶葉喝多了容易引起胃腸不適。」待眾人遠去，顧瑾瑜這才囑咐道：「您淺嚐幾口即可，切不能多喝。」

「那妳剛才怎麼不說？」太夫人笑道：「就由著她們興師動眾地去？」

「二姊姊和四妹妹想表孝心，我怎好攔著她們？」顧瑾瑜坦然道：「再說她們出去散散心也是好的，我才不做那惡人呢！」

「三丫頭果然聰慧。」太夫人笑笑。「如今妳處事越發周全，祖母就放心了。」

祖孫倆在院子裡散步，說了好一會兒話，才各自回屋歇息。

夜裡，顧瑾瑜剛剛和衣睡下，突然聽到屋頂上傳來細微的瓦礫聲響，她警戒地坐起來，喊了一聲。「阿桃。」

外間毫無聲息。

顧瑾瑜心一沈，迅速抓起掛在床邊的外套穿在身上，剛下床，就見一個黑影從窗戶外跳了進來，只見寒光一閃，一把匕首橫在了面前，低沈的聲音冷冷傳來——

「別喊了，她們已經中了軟香散，昏睡過去了。」

「蔡姊姊？」顧瑾瑜認出來人，驚訝道：「妳這是？」

「想辦法送我出城。」蔡氏的俏臉在暗夜裡顯得格外猙獰，嗓音沙啞道：「三姑娘是聰明人，妳知道該怎麼做。」連日來的逃命，讓她心力交瘁，再無往日的嬌媚之色。

「蔡姊姊真是抬舉我了。」顧瑾瑜悄悄捏了捏袖口，摸到了那排銀針和安息粉，勉強笑道：「我知道蔡姊姊被人追殺，走投無路才找上門來，只是我一個閨閣女子如何能送妳出城？」防身的什物都在，就算蔡氏是殺人不眨眼的死士，她也不怕。

「只要妳答應，我自有辦法。不瞞三姑娘，我精通易容術，到時候打扮成妳的丫鬟，定不會被人識破，只要一出城，自會有人接應我。」蔡氏眸底黯了黯，低聲道：「若是三姑娘不配合，走漏了風聲，休怪我不念當初救場之情。我死不足惜，可是三姑娘卻是有一大家子人在這裡的。」

「我跟蔡姊姊無冤無仇，又有先前救場的情意在，妳又何必如此待我？」顧瑾瑜毫無懼色，低頭看了看橫在她頸下的冰涼匕首，沈聲道：「送妳出城可以，只是妳得加些籌碼才行，還有，我生平最恨受人威脅。」此事若是一口答應下來，她覺得蔡氏必定會生疑。

蔡氏猶豫片刻，拿開了匕首。

「蔡姊姊連日奔波，定是勞累至極，先喝口水吧！」顧瑾瑜順手取過茶杯，給她倒了杯水，推到她面前，神色自若道：「夜深人靜，這裡只有妳我兩人，姊姊武功高強，而我手無縛雞之力，姊姊實在不必如此緊張。」

蔡氏雖然警惕，卻還是從她手裡接過了茶杯，悶不吭聲地一飲而盡。

「蔡姊姊知道，我跟程二小姐是手帕交，她生前很喜歡梨園春的戲，也很喜歡蔡姊姊的古箏，之前聽她說，她曾經央求程院使請你們梨園春到府裡去唱戲。」顧瑾瑜又給蔡氏倒了杯水，繼續說道：「沒承想，梨園春卻是一次都沒有去過程家，我想知道，你們跟程家可是有什麼過節？」

當時京城豪門貴冑都以請梨園春到府裡唱戲為傲，父親也想請，不想裘氏卻不准，裘氏暗諷梨園春都是些三教九流的江湖藝人，從骨子裡瞧不起他們。

為此，蘇氏對裘氏很是不滿，覺得她多管閒事，私下裡常常去給梨園春捧場，還動不動就一擲千金地打賞那些小生、花旦，就連程庭也跟春老闆喝過好幾次酒，當然，這些都是瞞著裘氏的。

這讓她很是生疑。

「有些事情三姑娘還是不知道得好，有道是各人自掃門前雪，休管別人瓦上霜，程家跟梨園春之間的恩恩怨怨，並不是妳一個小姑娘所能探究的。」蔡氏的臉在暗夜裡顯得陰晴不定，冷聲道：「知道得越多，就越危險，如此淺顯的道理，我想三姑娘應該懂；我雖然威逼三姑娘，對妳卻無加害之心。妳放心，就憑當初妳替我救場的恩情，我不會傷了妳的，眼下我只求脫身。」在她看來，顧瑾瑜之所以這麼問，無非是留個後路，不想被過河拆橋罷了。

聽風軒門口，枝葉繁茂的槐樹上，兩個身影一動也不動地伏在樹幹上，透過窗子微微敞開的一角，驚訝屋裡的氣氛越來越和諧，兩個女人竟然都神色自若地喝著茶、聊著天，大有秉燭達旦的架勢。

那他們兩個如此興師動眾地趕過來，想要在關鍵時刻拔刀救美人的計劃，豈不是要落空？

為此，趙晉很是不滿，抱怨道：「元昭，咱們再等下去，天都要亮了，乾脆直接衝進去，把人抓起來再說。」

「你放心，人不用咱們抓，我想顧三姑娘一個人就能對付她。」從蔡氏一進門，楚雲霆就注意到顧瑾瑜捏了兩次袖口，因此篤定道：「咱們唯一需要做的，就是進去抬人。」

不用猜，他就知道她袖口裡肯定藏著防身之物；若是別人，她怕是早就動手了，可是蔡氏是死士，身手敏捷得很，他覺得她眼下只是在穩住蔡氏罷了。

要麼不出手，一出手必定一舉成擒。

「我說你好歹有點憐香惜玉的心好不好？」趙晉見他這樣說，越加不滿。「敢情咱們一群大男人就這樣看著，讓一個手無寸鐵的小姑娘去對付那個死士？你太狠了吧你！」見楚雲霆不語，趙晉頓覺無趣，冷不丁看到燈下女子精緻的眉眼，有些神魂蕩漾，情不自禁地摸著下巴道：「我打聽過了，顧三姑娘今年十四歲，明年三月就及笄了，想想就讓人興奮啊！」

「那又怎樣？」楚雲霆忍不住問道。奇怪，這廝的注意力不應該在蔡氏身上嗎？再說，顧三姑娘明年三月及笄，他興奮什麼？

「及笄了就可以上門提親啊！」趙晉見楚雲霆如此不解風情，忍不住白了他一眼。「我現在才知道我之前為什麼遲遲不想成親了，原來我等的人，就是顧三姑娘！先說好了，你到時候一定要幫我，顧三姑娘我娶定了！」

楚雲霆嘴角扯了扯，再沒吱聲。

驀地，聽風軒上空冷不丁傳來四聲布穀鳥的叫聲。

在寂靜的夜裡，聽得分外清楚。

第二十二章　程二小姐的身世

「三姑娘，其實春老闆原本姓裴，是裴老夫人的娘家姪子，早些年因為一些瑣事，跟裴老夫人翻臉，斷了來往好多年。」蔡氏聽到布穀鳥的叫聲，表情瞬間黯淡下來，她抬頭看了看顧瑾瑜，不慌不忙地取下那對金葫蘆耳環握在手裡。「裴老夫人並非程院使的生母，而是他的嫡母，程院使的生母另有其人；還有程二小姐，其實也不是程家的孩子，據我所知，當年程夫人生的是個小少爺，並非千金。」

四聲布穀鳥的叫聲，聲聲戳中蔡氏的心。她愛慕他許多年，也替他做了許多事，卻不想，在她身陷困境，盼望他來救她的時候，他卻讓她死。

「那程二小姐的生母是誰？」顧瑾瑜並未留意那幾聲鳥叫，只覺得腦袋嗡地一聲響，顫聲問道：「程家的那個小少爺現在在哪裡？」短短一瞬間，前世的一幕幕飛快地掠過心頭。原來並非她多心，父母對她若即若離、不冷不熱，一切都是因為她並非他們的親生女兒！

蔡氏微微一笑，卻並未答話，任憑嘴角的血源源不斷地流下來，染紅了她胸前的衣襟。

「蔡姊姊！」顧瑾瑜大驚，知道她是咬碎了嘴裡的毒丸，想要服毒自盡，迅速用手捏住她的下巴，往她嘴裡塞了一粒她自製的百香丸，急急道：「妳這是何苦？我又沒說不救妳！」

「三姑娘，這對耳環妳留著當個紀念吧！」蔡氏把手裡的耳環塞到她手中，臉上露出一抹淒涼的笑，喃喃道：「再也不用成天等他了，真好……」

門無聲地打開，有冷風吹了進來。

「妳救不了她，是有人想要她死。」楚雲霆站在她身後，不動聲色地朝後揮揮手，身後的侍衛立刻蜂擁上前，七手八腳地把蔡氏抬了出去。

「顧三姑娘，妳沒事吧？」趙晉笑容滿面地上前打著招呼，咧嘴笑道：「逃犯如此順利受縛，都是三姑娘的功勞啊！」

「她只是受人指使，並非罪魁禍首！」顧瑾瑜怒視著兩人，眼裡頓時有了淚，咬牙切齒道：「是你們害死了她！」

楚雲霆和趙晉面面相覷，天地良心，他們什麼也沒做啊！

從莊子回來後，顧瑾瑜便病了。

茶飯不思，每日昏昏欲睡，短短三天，整個人都瘦了一大圈。

太夫人很是憂心，一連請了三、四個大夫入府給三姑娘瞧病，不想他們卻異口同聲地說三姑娘只是受了風寒，並無大礙。

連顧廷南也說是風寒。他懷疑是聽風軒久無人住，潮氣太重的緣故，別說三姑娘了，在聽風軒隨身伺候的那三個丫鬟回來後也說身子痠痛，就連那個身強力壯的阿桃也打了好幾個噴嚏。

「看來就是聽風軒邪風太重的緣故，早知道這樣，我怎麼也不會讓三丫頭過去住！」太夫人懊惱道：「那地方離祠堂又近，陰森森的，三丫頭怎麼受得了？」幸好只住了一晚上，要不然，還不知道出什麼事呢！

「母親不必介懷，這只是個意外，誰也料不到。」顧廷南安慰道：「別說您了，三丫頭是個懂醫術的，不也沒有察覺聽風軒有什麼不妥之處嗎？好好調養幾天，就沒事了。」

「三郎，怎麼說你也是大夫，三丫頭的病就由你照看，需要什麼跟我說，務必讓三丫頭盡快好起來，切不可落下什麼病根。」太夫人吩咐道：「後晌我再讓你二哥去一趟佛陀寺，讓他從寺裡請幾個高僧去祠堂那邊做一場法會。三丫頭的病來得蹊蹺，不小心撞了邪也說不定。」

「也好，寧可信其有，不可信其無。」顧廷南連連點頭，信誓旦旦道：「母親放心，兒子定會悉心照顧三丫頭的，回頭我找兩支庫房裡的人參給三丫頭送去，讓她好好補補身子。」

傍晚時分，外面淋淋漓漓地下起了小雨，天色也隨之迅速地暗沈下來。

綠蘿點上蠟燭，輕手輕腳地放到床頭，悄悄拉開床帳看了看沈睡的姑娘，輕嘆了一聲，轉頭吩咐阿桃。「去跟青桐說一聲，讓她把藥端過來，三老爺走的時候，一再囑咐，務必讓三姑娘按時吃藥。」

阿桃應聲走了出去。

不一會兒，青桐端著藥走了進來，眼圈紅紅地問道：「三姑娘怎麼樣了？」姑娘的病情來勢洶洶，水米不進，吃了藥也不見好，她快嚇死了，從小到大，還沒有見姑娘這樣病過呢！

「青桐，妳說咱們要不要去找舅老爺，讓他想想辦法？」綠蘿擔憂道：「舅老爺畢竟走南闖北，見多識廣，或許能有辦法；再這樣不吃不喝下去，任誰也扛不住啊！」她心裡其實壓根兒就信不過顧廷南的醫術，說句不好聽的，他就是一個賣狗皮膏藥的，哪裡會瞧什麼病？但畢竟是主子的命令，她們做下人的不敢違背，只得按照顧廷南的方子抓藥、熬藥，可姑娘吃了並不見好；若是姑娘有個三長兩短……天啊！她不敢再想下去！

「可是如果咱們去找舅老爺，就得跟太夫人稟報，我擔心太夫人不會答應。」青桐擔憂道：「太夫人生性好強，豈能讓人覺得自家醫不好姑娘的病？」其實太夫人對姑娘是極好的，前前後後請了不少大夫過來看，還特意吩咐三老爺每天都要過來看姑娘，若是她們去找了舅老爺，衝舅老爺那個脾氣，惹惱了太夫人怎麼辦？

「哎呀不管了，我這就去找舅老爺！」綠蘿一跺腳，不由分說地往外走。「若是太夫人怪罪下來，就怪我好了！妳好好照顧姑娘吃藥，我去去就回！」

「那妳早去早回。」青桐一聽也對，生死關頭，的確顧不上許多，便端著藥碗，盈盈走到床邊，輕輕搖了搖顧瑾瑜。「姑娘，您醒醒，起來吃藥了。」

顧瑾瑜懨懨地躺在被窩裡，動也不動，對青桐的聲音絲毫沒有反應。

她在不停地作夢。

夢見自己回到程家，看見程庭在後院舞劍，程禹在書房吟詩作對，而蘇氏正拉著程嘉儀的手坐在臥房裡親親熱熱地說著話。她喊他們，可他們卻無動於衷，像是根本就沒有看見她一樣，她只得回去自己的秋皎院。

院子裡冷冷清清的，一個人也沒有。

屋裡一切如舊，她之前戴過的首飾仍然整整齊齊地擺在梳妝檯上，只是她常用的銅鏡已經落了一層灰塵，她看不清鏡子裡的自己。

莫婆婆正坐在火盆前，神色黯淡地燒紙錢，揚起的灰塵飛了一屋子。

她心裡一喜，上前輕聲道：「婆婆，您還好嗎？」

「嘉寧？」莫婆婆抬頭看到她，驚喜道：「好孩子，妳真的回來了，婆婆總算把妳給盼回來了！妳這些日子到底去哪裡了？」

「婆婆，我現在在顧家。」屋裡青煙裊裊，顧瑾瑜看不清她的臉，喃喃道：「我不知道我為什麼去了顧家，我現在是顧家的三姑娘，再也不是程嘉寧了。婆婆，我該怎麼辦啊？」

「顧家？」莫婆婆抓住她的肩膀，晃道：「告訴我，哪個顧家？婆婆這就把妳接回來！」

「我還能回來嗎婆婆？」想到蔡氏的話，她頓覺心如刀割，顫聲問道：「婆婆妳告訴我，我是誰？我到底是誰家的孩子……」

「嘉寧，他們不要妳了，婆婆要妳……」莫婆婆突然抱著她大哭起來。

兩人相擁而泣。

莫風不在，綠蘿索性雇了馬車，直奔柳家。

趙老爹剛好在門房當值，得知表姑娘生病，也很著急。「老爺跟少爺昨天就出門了，至今沒有回來，我也不知道去哪裡了，這可如何是好？」

綠蘿見門房還有其他人在下棋，便一把拽過趙老爹，匆匆出門，父女倆去了僻靜處。

「爹，太夫人請了好幾個大夫給三姑娘瞧病，他們都說是風寒，開了些祛寒的方子就一走了之。」綠蘿壓低聲音，繼續說道：「可是三姑娘吃了藥並不見好，雖然不發熱，也不咳嗽，但終日沈睡著，這不吃不喝的，可怎麼辦啊？」

「丫頭啊，妳說三姑娘是不是得了什麼邪病？」趙老爹撓撓頭道：「按理說，風寒不是什麼大不了的病，咱們莊戶人打個噴嚏就好了，就算是姑娘家身子嬌貴些，也不至於這樣凶險吧？」

「太夫人也是這麼說的。」綠蘿眼淚汪汪道：「她還特意讓二老爺去佛陀寺請了僧人去莊子那邊做法會，可是三姑娘還是不見好轉。」

「呵呵！」不遠處，有人乾笑一聲，慢條斯理道：「我敢肯定此症絕對不是風寒，哎呀呀，想不到啊想不到，堂堂京城，竟然養著一群庸醫啊！嘖嘖，失望啊失望！」

父女倆嚇了一跳。

綠蘿循聲望去，見那人正蹲在牆角曬太陽，雖然身著粗布葛衣，卻是一副鶴髮童顏、神采奕奕的模樣，像是從天而降的老神仙，便隨口問道：「老神仙，您懂醫術啊？」

「既然妳喊我老神仙，那我豈能僅僅是懂？」清虛子似乎對這稱呼很是受用，摸著鬍鬚道：「只要有一口氣在，哪怕是一隻腳已經跨進了鬼門關，本神仙也定會把人給救回來。」

「真的？」綠蘿眼前一亮，索性撲通一聲跪在他面前，連連磕頭。「煩請老神仙救救我家姑娘吧！」

「是呀老神仙，您就開開恩，救救表姑娘吧！」趙老爹也上前連連作揖。

清虛子望了望一臉虔誠的父女倆，搖搖頭，這兩個人怎麼這麼實誠？難道京城也開始民風淳樸了？算了，算他們走運，他還真不是壞人；只是他好歹是大名鼎鼎的神醫，豈能隨便出手給人看病？剛要開口拒絕，又轉念一想，原本他的規矩就是每到一地，所瞧的第一個病人都是講究隨緣的，與其便宜了楚王府的那個老東西，還不如……想到這裡，清虛子輕咳一聲，朝綠蘿招招手，起身道：「今晚三更，記得留門，我自會前去給貴府姑娘瞧病。」

「三更？這怎麼行啊，姑娘家的閨房豈是隨便一個外人就能進的？」萬一被人發現，辱沒了她家姑娘的名聲怎麼辦？不行啊，她得拒絕！

「閨女啊，他已經走了……」趙老爹甕聲甕氣地提醒道。

綠蘿一抬頭，不禁又氣又惱，還真是走了啊！難不成他知道她是哪個府裡的嗎？

醉風樓。

莫風懷裡抱著兩盆劍蘭，把最近顧家發生的事情，包括顧瑾瑜病倒的消息，一五一十稟報了一遍。

楚雲霆微微頷首，沈聲道：「既然顧家並無可疑之處，那就不要再盯了，自己想辦法從顧家脫身吧！」

「是。」莫風畢恭畢敬地退了下去。

「等等，三姑娘的病要緊嗎？」趙晉關切地問道。

「回將軍，三姑娘是受了風寒，沒什麼大礙。」莫風有些發愣，怎麼趙將軍突然這麼關心三姑娘呢？

「沒事就好。」趙晉這才放心，擺擺手，示意莫風退下。

莫風這才趁人不備，一溜煙出了醉風樓。

「中秋節那天，咱們從燕王府走得匆忙，有件事情我沒來得及跟你說。」趙晉壓低聲音道：「聽說秦王這次從南直隸帶了七、八個年輕男子回來養在府裡，對外說是招攬的門客，實際上卻是他自己養的男寵；更可氣的是，那天他還明目張膽地帶了兩個男寵去燕王府赴宴，你說噁心不噁心？」腦補了一下他玩弄那些男寵的畫面，趙晉只覺得胸口翻騰得慌。

「這些跟你有關係嗎？」楚雲霆平靜道：「眼下你們天子衛的首要任務就是追捕梨園春的人，找出殺害裴勇的幕後真凶，而不是盯著秦王養不養男寵。」

秦王有斷袖之癖，他早有耳聞，只是此事跟太子一案無關，他一點興趣也沒有。

「可是眼下所有的線索都斷了，連那個千畝園茶莊咱們也沒查出有什麼異樣啊！雖然三姑娘說凶手不是蔡氏，可是除了蔡氏，咱們到現在都沒有發現其他可疑的人，這事啊，急不得。」趙晉抿了一口茶，看了看楚雲霆，神秘道：「我還有一件事情，你要不要聽？」

楚雲霆低頭喝茶，沒吱聲。

站在身後的楚九輕咳了一聲，握拳偷笑。趙大將軍真是的，總是喜歡跟別人打啞謎。

「哎呀，真是服了你！」趙晉瞪了楚九一眼，摸著下巴道：「前兩天，沈元皓找我討了三粒吐言丸，說是寧武侯要用的。你想啊，就咱們幾個的交情，我能不給？可是沒承想，我來之前剛剛得到消息，說是寧武侯身邊的小廝青城昨夜突然暴斃，竟然鬧出了人命。你說，這寧武侯府到底是出了啥事？」

「寧侯爺為人低調謙卑，處事公允，是個光明磊落的正人君子。」楚雲霆沈吟道：「這只能說明他那個小廝犯了難以饒恕的過錯，才送了性命；不過，既然寧武侯對外說是暴斃，很顯然這個小廝是受人指使，而幕後黑手多半是府裡的人或者是自家人。」

「你說，會不會是寧武侯夫人跟那小廝有一腿，然後才被寧武侯滅口？」趙晉說著，做了個抹脖子的動作，壞笑道：「據我所知，寧武侯的夫人雖然出身不高，卻也是絕色之姿，寧武侯是老牛吃了嫩草，賺大發了，嘿嘿！」

「……」楚雲霆無言。難道他們天子衛一直是這樣斷案的？

沈元皓推門進了包廂，看見兩人，笑道：「你們不夠意思啊，出來喝茶也不喊我，要不是我路過，瞧見兩位的馬，還不知道你們在這裡呢！」

「修宜，寧武侯府出人命了，你怎麼說？」趙晉敲敲桌子道：「我可事先說好了，吐言丸是你借的，這事你脫不了干係。」

「你們兩個手握天子衛和五城兵馬司，還會有不知道的事情？」沈元皓頓覺好笑，撩袍坐下，無奈道：「我正想找你們說這事，是寧武侯夫人察覺那小廝青城給寧武侯的茶水裡下了斷陽草之毒，寧武侯不信，便找到我，讓我跟趙將軍討三粒吐言丸，才問出是寧家二老爺授意青城這麼做的。」

「果然是窩裡反！」趙晉滿是敬佩地看了看楚雲霆，又轉頭問沈元皓。「只是，人家府邸如此隱秘之事，你是怎麼知道的？」

「是寧武侯親口告訴我的啊！」沈元皓坦然道。

「咳咳，這麼私密的事情，你竟然口無遮攔地告訴我們？你真是、真是嘴巴緊啊！」趙晉一臉嫌棄的表情。「這事要是傳出去，絕對是京城的一大談資！」

嘖嘖，足夠那些豪門貴胄們茶餘飯後談論一陣子了。

「只要你不說，就沒人知道。」沈元皓輕咳道。

趙晉哭笑不得，他是那樣口無遮攔的人嗎？

「寧武侯夫人察覺出茶水裡的斷陽草之毒？」楚雲霆皺眉道：「難道寧武侯夫人懂醫術？」

「自然不是。」沈元皓抿了一口茶，慢騰騰地說道：「聽說是顧家三姑娘查出來的。」

噗！趙晉聞言，冷不丁噴了一口茶，難以置信道：「你說什麼？顧三姑娘？」怎麼可能是她？

「此事我也納悶呢！」沈元皓雙手一攤，不可思議道：「你們說，這三姑娘怎麼會無緣無故地捲到寧武侯府的家事裡去呢？據我所知，她跟寧武侯夫人之前並不熟識。」

顧三姑娘雖然也算是他表妹，但她總歸是顧家二房那邊的，他跟她並不怎麼熟悉，要不是上次沈亦瀾落水，她出手相救，他甚至不知道她身懷醫術；只是，她一個久居深閨的閨閣女子，怎麼幫人家查到這等陰損之事呢？

「話雖如此，可是她是怎麼懷疑到那個小廝身上去的？」趙晉也是一頭霧水。「還有那個寧武侯夫人，難道就這麼相信她，讓寧武侯去找你借我的吐言丸來證實此事？」顧三姑娘簡直就是一個謎，看來，若是想娶到她，怕是得多費周折啊！說著，又轉頭看著楚雲霆，問道：「元昭，你不覺得此事很是蹊蹺嗎？」

「的確蹊蹺，只是顧三姑娘這邊不是重點。」楚雲霆淡淡道：「據我所知，寧家二老爺是齊王慕容朔的人，若是你對此事感興趣，就應該順著這條線索查下去。」

「好吧！我去查寧二老爺和齊王。」趙晉聳聳肩，繼而又摸著下巴道：「可是顧三姑娘那邊？」

「顧三姑娘那邊有莫風盯著，你擔心什麼？」楚雲霆反問道。

「可是你剛剛不是說了，讓莫風自己從顧府脫身嗎？」趙晉不解地問道。

楚雲霆面無表情地看了他一眼，然後起身揚長而去。

「……」趙晉愣了愣，他說錯話了嗎？

第二十三章　神醫清虛子

夜，漸漸地沈了下來。

綠蘿不安地在屋裡走來走去。

「綠蘿，妳說那大夫會來嗎？」青桐忐忑不安地問道。她不明白，綠蘿怎麼會找了這麼個奇怪的大夫，竟然大半夜地上門給人家看病？若是驚動了府裡的其他人，姑娘的清白豈不就毀了？

「我也不知道啊！」綠蘿推開窗子，向外四下張望一番。窗外月光朦朧，花木靜謐，並無半點異樣，她心裡不禁一陣沮喪。什麼老神仙啊？該不會是騙人的神棍吧！

阿桃一動也不動地站在門口，嘴角流著口水，正睡得香，突然她一個激靈，睜開眼睛，見一個披著蓑衣的老漢不疾不徐地走進院子，剛想說什麼，綠蘿飛一樣地衝了出來。

「老神仙您可算是來了！只是這三更半夜的……」她好糾結啊，怎麼辦？

清虛子聞言，停下腳步，不冷不熱地問道：「治還是不治？」這丫頭是傻了還是怎麼了？白天還下跪求他，他都屈尊來了，怎麼又猶豫了？他可是神醫啊！

「綠蘿，有阿桃在，他不敢對姑娘如何的。」青桐低聲道：「還是讓他進來吧！」橫豎都到門口了，哪有再把人攆走的道理？何況，姑娘都昏迷三天了！

「老神仙請！」綠蘿一咬牙，拽著阿桃進了屋。

把完脈後，清虛子神色微訝，這姑娘怎麼會得到遊魂症？

他行走江湖三十多年，經手的病症沒有一萬，也有數千例，只是這遊魂症卻是第一次碰到。古書記載，人之所以會得遊魂症，大都是上輩子的怨念太重，再世為人以後，雖然平日裡不記得前世之事，卻會在機緣巧合之下魂魄出竅，追尋前世的人或者事，繼而流連忘返，遲遲不歸；抑或者，她依然記得前世的事情。

「老神仙，我家姑娘怎麼樣了？」綠蘿急切地問道。

「無妨，不過是一點小病罷了。」清虛子淡淡地問道：「妳家姑娘生病前去過什麼地方？寺廟還是祠堂？」

「祠堂。」青桐畢恭畢敬地把茶端到他面前，忙道：「是我們顧家的祠堂。」

「老神仙，難道我家姑娘真的撞邪了？」綠蘿見他這樣問，大驚，忙道：「老神仙可有化解的法子？」

「取八十一顆糯米，八兩一錢的水，熬成粥，餵給妳們姑娘喝，我保證明天就沒事了。」清虛子喝了茶，起身道：「診金呢，妳們不用付，等妳們姑娘醒來，跟她說，她欠了我一個人情，等我需要的時候自會過來討。」說完，抬腿就走。

「老神仙留步！」綠蘿忙上前道：「若是我們姑娘明天還沒有醒來，奴婢去哪裡尋老神仙呢？」

清虛子乾笑一聲，揚長而去。

「青桐，我要不要把他抓回來？」阿桃眨眨眼睛問道。她不喜歡綠蘿，但對青桐還是有好感的，覺得青桐是個好姑娘。

「抓什麼抓，若是惹惱了老神仙就糟了，我先去熬粥，餵姑娘吃下再說。」青桐一把拽住阿桃，囑咐道：「妳跟綠蘿好生在這裡守著，我去去就來。」

阿桃用力地點點頭，她就知道青桐比綠蘿有主意。

「說了半天，老神仙也沒說是啥病啊！」綠蘿沮喪道：「什麼老神仙啊，分明是騙人的！連藥都不開，讓人喝點糯米粥就行了？」

她雖然這樣說，還是幫青桐把熬好的糯米粥給顧瑾瑜餵了下去。

「若是明天再不好，我再去找舅老爺。」綠蘿望著昏迷不醒的姑娘，心裡很難過。

「會好的。」阿桃篤定道。

「但願咱們姑娘早點好起來。」青桐拍拍阿桃的手。「借妳的吉言。」

綠蘿白了阿桃一眼，沒搭理她，她知道什麼呀！

第二天，天剛濛濛亮，顧瑾瑜便悠悠醒來，瞧著映入眼簾的淡粉色床帳和趴在床邊睡得正香的青桐，這才知道她不是在程家的秋皎院，而是又回到顧家的清風苑。原來她是作了一個夢，一個長長的、前世的夢。

夢裡的一幕幕不斷地浮現在眼前，在心頭久久盤旋不散。

看來，她的死不僅僅是慕容朔下了狠手，說不定還有程家的推波助瀾和默認。想到這裡，顧瑾瑜不禁打了個寒顫。

「姑娘，您醒了？」阿桃率先掀開簾子，胖胖的臉上擠出一絲笑容。「您要不要喝點水？」

「要。」顧瑾瑜點點頭，掙扎著坐起來，伸手搖了搖青桐。「青桐，妳去床上睡，小心著涼。」

阿桃歡天喜地地去倒茶。

「姑娘，您、您真的好了？」青桐揉揉眼睛，欣喜若狂道：「您知不知道，您昏睡了三天三夜，我們都嚇死了！」

「不愧是老神仙，姑娘這麼快就好了。」綠蘿匆匆披衣走進來，滿臉喜色道：「看來那碗糯米粥還真是管用！」

「什麼老神仙？」顧瑾瑜從阿桃手裡接過茶杯，不解地問道。

綠蘿便上前把怎麼遇到老神仙的緣由，原原本本地說了一遍。

顧瑾瑜暗暗驚訝，看來此人絕非等閒之輩，十有八九怕是已經知道了她病倒的真相；若他是個良善之人，倒還好說，若是個居心叵測的，免不了得費些心思跟他周旋。

「姑娘，奴婢覺得這老神仙奇怪得很，他不要金、不要銀，非說這份人情先欠著，等需要的時候就會過來討。」見顧瑾瑜不語，青桐擔憂道：「若是日後他獅子大開口地跟咱們要這、要那的，可怎麼辦？」

「若是要銀子，給他便是。」綠蘿起身給顧瑾瑜倒茶，不以為然道：「一百兩銀子頂天了。」據她所知，就是請宮裡的太醫出診，也不過是八十兩銀子的出診費。

「既然是他救了我，這個恩情我理應記下，只要我能做到的，自會答應他。」顧瑾瑜摩挲著茶杯，淡淡道：「只是此事務必要保密，不能讓別人知道，免得再惹上什麼不必要的麻煩，就說我吃了三叔父的藥，才慢慢好起來的。」

青桐和綠蘿紛紛點頭道是。

其實那晚在聽風軒發生的一切，顧家的人並不知情，就連綠蘿、青桐、阿桃她們被蔡氏下了軟香散，也只當夜裡睡得沈。不得不說，楚雲霆跟趙晉兩人雖然性格迴異，但行事的確穩妥，帶了這麼多人來，硬是沒有驚動莊子上任何一個人。

雖然她並不確定蔡氏的話他們兩人到底聽去多少，但憑直覺，兩個大男人不至於把程嘉寧並非程家千金的事情傳得滿城風雨。

只是，真正殺死裴勇的人依然沒有落網，讓她很是納悶，這個人到底會是誰呢？

想到這裡，顧瑾瑜便把蔡氏留給她的那對耳環取出來看，黃澄澄的金葫蘆映著微白的天光，散發幽幽的光芒，詭異而又冰涼。

青桐和綠蘿也湊過來看，異口同聲地問道：「姑娘，這耳環是哪裡來的？」

「這是蔡姊姊的耳環，那日救場，她便送我當作謝禮。」顧瑾瑜嘆道：「卻不想，短短幾日，我跟她已是陰陽兩隔。」

「她死了？」綠蘿大驚。「什麼時候的事啊？」奇怪，怎麼從來沒聽說過啊！

青桐也是一頭霧水。

「我在莊子上無意間聽說的。」顧瑾瑜淡淡道：「如今我再看這耳環，頗有些傷感罷了。」

「姑娘，人死不能復生，您不要傷心了。」青桐上前替她掖著被子，安慰道：「天色還早，奴婢再去熬點糯米粥，您再睡會兒吧！」

「我幫妳數糯米。」綠蘿也跟著退了下去。

顧瑾瑜繼續端詳這對耳環，耳環是中空的，晃了晃，其中一個裡面似乎有什麼東西在滾動，只是這金葫蘆耳環密合得天衣無縫，她頓覺無從下手。

「姑娘，您是要打開它嗎？」阿桃看在眼裡，粗聲粗氣地問道。

「對，阿桃妳過來試試，幫我打開它看看。」她家阿桃可是練家子呢！

阿桃大步走過去，拿起那只耳環輕輕一捏，耳環應聲碎成兩半，一小卷薄如蟬翼的紙團掉了出來。

顧瑾瑜哭笑不得，忙撿起那個紙團看。原本以為阿桃有法子打開這耳環呢，卻不想她打開的手段竟是如此地粗暴直接。

這紙雖然薄，但似乎是浸過油，異常堅韌，只是上面什麼都沒有，是空白的。

想了想，顧瑾瑜起身從她放在書架上的藥箱裡取出一點藥末，放在茶碗裡化開，把那紙團濕了濕，片刻又取出來放在手心裡看，果然，紙團上很快出現了印記。待看清那些印記，顧瑾瑜吃了一驚，這是一幅京城的地圖！只是上面標了些奇怪的文字，她看不懂。

見阿桃又伸手去掰另一只耳環，顧瑾瑜忙阻止道：「別掰了，那裡面啥都沒有。」

阿桃這才悻悻地放手。

眼下看來，這地圖肯定非同小可，要不然，蔡氏也不會如此謹慎地藏進耳環裡去，還在臨死前偷偷塞給她。蔡氏肯定是希望自己察覺到裡面的地圖，想暗示她什麼。

想來想去，顧瑾瑜還是決定找機會把這地圖交給楚雲霆或者是趙晉，除了這兩個人，別人她還真是信不過。

太夫人得知顧瑾瑜病癒的消息，很是欣慰，連誇顧廷南醫術有長進，囑咐眾人道：「池嬤嬤適才去清風苑看過了，說三丫頭臉色還是不太好看，這幾日我免了她請安，妳們也不要過去打擾她，讓她好好養養身子。」

「母親放心，我待會兒就送兩支人參過去，保證門都不進！」太夫人誇了自家男人，何氏與有榮焉，喜孜孜地說道：「我順便再問問清風苑缺什麼，好早點給她們補上。我這個當嬸娘的就是跑斷了腿，也不會讓三丫頭受委屈！」

太夫人聽何氏這樣說，滿意地點點頭。「好，那這事就交給妳了。」

何氏風風火火地走了。

「我聽說昨兒柏哥兒來信了，他什麼時候回來？」太夫人問沈氏。

「說是在路上了，三、五天就能趕回來！」提起兒子，沈氏侃侃而談。「以往在家裡的時候，從不說跟咱們親近的話，如今走了兩個多月，倒是說想太夫人想得緊，恨不得插翅飛回來呢！」

「他倒是嘴甜。」太夫人聽了這話，很是受用，展顏道：「這次回來，一定要幫他訂下門親事，他比大丫頭只小了兩個時辰，雖然沒做成哥哥，但也不能由著他胡鬧。剛剛孟家託了媒人過來，說孟家想在年前把大丫頭娶進門，還說下個月就過來送日子，大丫頭眼瞅著要出閣了，他卻八字還沒有一撇呢！」

「母親所言極是，兒媳也有此意呢！」沈氏淺淺一笑。「既然大丫頭是長姊，自然先顧大丫頭這頭，待跟孟家商定了日子再說吧！」

「大丫頭是嫁，柏哥兒是娶，各忙各的便是。」太夫人越說越高興。「府裡人多，橫豎不該妳一個人忙，讓妳兩個弟媳婦也幫幫妳，妳們安心忙大丫頭的事情，柏哥兒不是還有我和大郎他們嗎？」現在離過年滿打滿算還有三個月，若是柏哥兒的親事相看得順利，年底成親也不是不可能，這一嫁一娶的，府裡可就熱鬧了。

「母親說得是，大丫頭的喜事，我們當嬸娘的，自然也得幫大嫂學著打點，大嫂只要不嫌棄我們愚笨就好了。」喬氏不冷不熱地說道：「說起來，府裡就數我們二房姑娘多，到時候還得多多仰仗大嫂和母親呢！」

「對對對，妯娌之間就應該互相幫襯才是！」太夫人很滿意喬氏的態度。「咱們橫豎都是一條繩上的螞蚱，一榮俱榮，一損俱損，人多心齊，日子才能越過越好。」

沈氏和喬氏不約而同地點頭道是，一時間氣氛竟是異常和諧。

「等大丫頭訂下婚期，就該張羅著發喜帖了。咱們雖然在京城多年，真正相交甚好的卻沒幾家，既然是喜事，人少了顯得寒酸，所以銅州老家那邊的親戚，得多請些過來，準備宴請的人數名單，得提前做起來，以後慢慢增減，省得到時候出什麼紕漏。這名單遲早得擬，一勞永逸的事情，務必要做得周全些才是。」太夫人看了喬氏一眼，又道：「喬氏，這事就先交給妳辦，回頭我跟大郎再一一定奪；若說我的娘家人，就只有你們那一脈，也都給他們個話，讓他們來吧！」

「母親放心，我一定會盡力完成此事。」喬氏忙點頭。此事雖然瑣碎，她卻是很樂意管的，來的人越多，禮金就越多，到時候大房請多少人，他們二房就請多少人！

第二十四章 跟蹤

院子裡的劍蘭長得很茂盛，其中一枝竟然抽出花苞。

這讓綠蘿很驚喜，大呼小叫地挽著顧瑾瑜出來看。「姑娘，莫風真的很會養花，您快出來看看那兩盆劍蘭，都要開花了呢！」

「果然是個會養花的。」顧瑾瑜瞧著那兩盆嬌豔欲滴的劍蘭，若有所思道：「妳去把莫風叫過來，我問問他。」

「是！」綠蘿風一樣地跑了，片刻，便領著莫風進了院子。

「三姑娘安好。」莫風上前抱拳作揖。

「莫風，你既養花頗有心得，那你就應該知道，劍蘭分春蘭跟秋蘭兩個品種，你能讓我這盆春蘭在秋天開花，我還是頭一次見。」顧瑾瑜的目光在他臉上那道傷疤處看了看，不動聲色地問道：「說說看，你是怎麼做到的？」她的劍蘭哪裡是開花了？分明是被他換過了！

「嘿嘿，其實……其實這也不難。」莫風大驚，暗暗懊惱他竟然不知劍蘭還有這麼多品種，他哪裡知道三姑娘原本的劍蘭是在春天開花的！心頭碎碎唸了一番後，撓頭道：「是小人用了一種果子熏了一下而已。」

「什麼果子？」綠蘿好奇地問道。

莫風笑而不答。

「綠蘿，這是人家的看家本領，哪能輕易告訴妳？」顧瑾瑜指了指花架上放著的幾十盆花木，並不拆穿他。「那就再麻煩你幫我打理一下那些沒開花的，最好讓它們在下個月全都開了。」

「謹遵三姑娘吩咐。」莫風心裡暗暗叫苦，卻不得不痛快地答應下來，上前認真地察看那些沒開花的盆栽。天啊！若是讓這些花都開了，他豈不是得把清風苑院子裡的花統統給換一遍？唉，花匠真的好難做，還是做暗衛好啊！

「綠蘿，剛剛我讓妳找的手帕子，妳找到了嗎？」顧瑾瑜走了幾步，隨意地問道：「就是繡著荷花的那條。」

「沒找到啊！」綠蘿搖搖頭，努力回憶道：「說也奇怪，自從上次您從南香樓回來後，奴婢就沒見過您那條手帕子了，該不會是丟了吧？」

「我估計是在幫忙楚王世子查案的時候丟的。」顧瑾瑜瞥了一眼莫風，又道：「若是哪天碰到楚九，問問他便是，當時人多口雜的，說不定被誰撿去了。」

那天去南香樓，她中途就下了那一次車，手帕子應該就是在那裡丟的。

只是那手帕子只繡了一朵荷花，並沒有什麼特殊標記，她就沒有急著尋找，若是有人故意拿著手帕子刁難，她也是不怕的。

之所以當著莫風的面說這些，只是想試探一下莫風到底是不是楚雲霆的人？如果不是，那天蔡氏跑到顧家醫館跟她求救，楚雲霆是怎麼知道的？就算道聽塗說，消息也不可能傳得這麼快，分明是有人特意向他稟報過的，除了莫風，她想不到第二個人。

「姑娘，楚王府的人哪這麼容易碰到？」綠蘿不明就裡，嘆道：「都是奴婢們的疏忽，竟然沒察覺姑娘丟了手帕子，若是被別有用心的人撿去了，如何是好？」

「回頭我讓阿桃替我出去好好找找。」顧瑾瑜輕嘆一聲，盈盈進了屋。

主僕兩人聲音不大，卻清晰地落在莫風耳朵裡。他知道，那手帕子是被楚九撿去的！話說楚九臉皮真夠厚的，這麼多天了，也不知道還給人家。不行，這事他得出面幫三姑娘把手帕子討回來才是！

待莫風走後，顧瑾瑜便喚來阿桃，吩咐道：「阿桃，待會兒莫風出府後，妳悄悄跟在他後面，看他去哪裡了。」

「姑娘放心，奴婢定不會讓他發現的。」阿桃眨眨眼睛，又問道：「只是，奴婢什麼時候回來？」

「妳看他去了什麼地方，天黑之前回來便是。」顧瑾瑜道：「記住，千萬不要讓他發現妳。」

「是。」阿桃領命而去。

果然，不一會兒莫風便換好衣裳，從後門出府。

阿桃亦步亦趨地跟了上去。

東折西繞了一番，莫風先是進入茶館，喝了一杯茶，又進了一家包子鋪，要了一份包子，津津有味地吃起來。阿桃狠狠地嚥口水，她最喜歡吃包子了，尤其是這家包子鋪的包子！那個……要不要進去買一個呢？正糾結著，卻聽見莫風招呼道——

「這不是阿桃嗎?來，進來一起吃啊!」

「好!」阿桃愣了一下，繼而痛快地點點頭，大步地走進去。反正都被發現了，索性吃了包子再走吧!

莫風乘機起身，從後門出了包子鋪，一溜煙去了楚王府。

聽完莫風的稟報，楚雲霆頗感意外。「你確定深夜去給顧三姑娘看病的人，是清虛子?」

「確定，屬下早些年在南直隸的時候，曾經有幸見過清虛子一面，不會認錯人的。」莫風篤定道：「不過清虛子在顧三姑娘屋裡待的時間不長，不到一盞茶的工夫，隨後顧三姑娘的病就好了;還有，不知道是哪裡露出破綻，顧三姑娘今早派了她身邊的一個小丫鬟跟蹤屬下。」

「你說顧三姑娘派人跟蹤你?」楚九大驚，忍不住插話道：「那你怎麼還敢回府裡來?」他怎麼覺得莫風去顧家當了幾天花匠，都變傻了呢?堂堂楚王世子的暗衛竟被一個小丫鬟盯梢?

「我自然是把她甩掉了才來的。」莫風眉眼間頗為得意。「那丫鬟能吃，我給她買了一大盤包子，然後推說要去買花肥，就乘機溜出來了。」哼哼，想跟蹤他，門都沒有!那麼多包子，夠她吃一炷香的工夫了。

「莫風，從現在開始，南直隸那邊的事情由你全權負責，今晚你就動身吧!」楚雲霆臉色一沈，倏地起身快步走了出去。他就知道，這個顧三姑娘絕非等閒之輩，一場小小的風寒，竟然驚動了大名鼎鼎的清虛子！

「可是……可是我在顧家還有好多事情沒有做呢！」莫風愣了一下，小聲嘟囔道：「三姑娘還託我照顧她院子裡的花呢！」

「你放心去吧！三姑娘那邊，世子自會替你清理乾淨的。」楚九同情地拍拍莫風的肩膀，咧嘴笑道：「世子這麼做也是心疼你，你想啊，你把自個兒體己的銀子都給三姑娘買花，以後娶不上媳婦怎麼辦？」

「你不替我求情就罷了，還在這裡說風涼話，你還是不是我兄弟啊！」莫風伸手揍了他一拳，憤憤道：「你說，那天在官道上，是不是你撿了三姑娘的手帕子？我說你臉皮可真夠厚的，撿了人家姑娘的手帕子，到現在也不還給人家，三姑娘剛剛還找手帕子來著！」

「你到底是世子的人，還是三姑娘的人？一條手帕子也值得你顛顛地跑一趟？你放心，顧三姑娘的手帕子在世子那裡，你就不要操心了。」楚九白了他一眼。「最近世子忙著搜查殺害裴勇一案漏網的人，差點把京城翻了個底朝天，哪有心情理會這等小事？你安心走你的！」

莫風悻悻地回住處收拾包袱，連夜去了南直隸。

快天黑的時候，阿桃回府，把她跟蹤莫風的經過一五一十地告訴顧瑾瑜。

「奴婢跟隨莫風出門不久，他就發現了奴婢，還買包子讓奴婢吃，自己卻悄悄溜走了。

奴婢記得姑娘的囑託，把包子打包跟了上去，然後就看見他進了楚王府，大約過了三個多時辰，他手裡提著包袱，從後門出府，騎著馬走了，看樣子是出遠門去了。奴婢本來想追上他問問，要出門應該回來跟姑娘告假，但看天色晚了，就沒有問他。對了，路過咱們家醫館時，奴婢還看見楚王世子站在門口跟三老爺說話。姑娘，就這些了。」

顧瑾瑜點點頭，讚許道：「阿桃，妳做得很好，下去吃飯吧！」看樣子楚雲霆知道莫風已經暴露，便讓他撤了。憑直覺，楚雲霆肯定不會就此甘休，說不定還會有什麼後招。

青桐拿著帖子，掀簾走了進來。「姑娘，寧武侯夫人剛剛派人遞帖子，說約姑娘明日午時去南大街聚福園茶樓喝茶。」

「好，我去。」顧瑾瑜點頭應道。

夜裡。

顧瑾瑜取出那一小卷地圖，細細端詳一番，把那些不認識的文字認真描摹下來。她得想辦法弄明白這些字的意思才是，但連在一起讓人看目標太大，她索性把那行字的順序打亂，描在紙上。那字的筆劃太過複雜，短短十幾個字，她費了好大工夫才描下來。

窗外，一雙眼睛將這一切盡收眼底。

直到屋裡的燈滅了，樹上的黑影才迅速地躥上屋頂，揚長而去。

第二天一大早，綠蘿便大驚小怪地進屋。「姑娘，您看手帕子！您的手帕子找到了！」

「在哪裡找到的？」顧瑾瑜頗感驚訝。

「就在院子裡那棵梧桐樹上發現的。」綠蘿道：「還是阿桃爬上去取下來的呢！」

「這麼說，昨晚有人進了咱們院子？」青桐大驚。「姑娘，這可如何是好？連阿桃都沒有察覺到呢！」

「無妨，我知道是誰。」顧瑾瑜接過手帕，沈吟道：「放心，他不會對咱們怎麼樣的，說不定只是來送手帕子的。此事切不可張揚，若是讓府裡的人知道咱們院子裡進了人，又該不安寧了。」

吃了早飯，去慈寧堂跟太夫人告假，顧瑾瑜便帶著阿桃和綠蘿去聚福園茶樓。

「太夫人，您看三姑娘可不是大好了嘛！」池嬤嬤笑著說道：「到底是年輕，身子骨兒好，這麼快又能出門了呢！」

「是呢，我也沒想到她好得這麼快。」太夫人欣慰道：「看來老三這些年的確努力了，醫術見長呢！」

「誰說不是呢？這些都是託太夫人的福！」池嬤嬤春風滿面道：「眼下府裡的喜事是一樁連一樁，高興的事都在後頭呢！」

「妳呀，是越老越嘴甜！」太夫人嗔笑道：「前幾天咱們不是也接了帖子嗎？今天呀，咱們也出門。」

「哎呀呀，您看我這腦子，差點忘了今天太夫人要去蕭府喝茶呢！」池嬤嬤拍了拍腦袋，忙命桃紅去給太夫人取衣裳，準備馬車。

「妳哪裡是忘了，分明是誇我記性好罷了！」太夫人心情大好地起身走到梳妝檯前，任由池嬤嬤把她出門常戴的鎏金蝶翅步搖戴在頭上，對著銅鏡端詳了一番，又道：「之前蕭家老夫人田氏一直隨長子外放銅州，這次帶著孫女回來，十有八九是為了給孫女找婆家；如今她約我去喝茶，我也猜到了這些，若是她真的有意把孫女嫁過來，我就給柏哥兒訂下，蕭家教養出來的女兒，我信得過。」

「哎喲，原來太夫人不是去喝茶，是相看孫媳婦啊！」池嬤嬤打趣道：「那奴婢也得好好換件衣裳，省得讓親家老太太小看了奴婢！」

主僕倆說說笑笑地出了門。

聚福園茶樓。

「我家侯爺是個直脾氣，當晚便拖著青城去見二老爺和老夫人，他們母子倆死活不承認，硬說青城豬油蒙了心，還說這樣的奴才就該杖斃。侯爺二話不說，真的杖斃了青城，他們母子倆雖然沒說什麼，但心裡卻是怕了的。」楊氏拉著顧瑾瑜的手，心有餘悸道：「這不，侯爺乘機提出分家，他們也沒敢再說什麼。這些日子，我一直忙著這些雜七雜八的事情，沒顧上過來跟妳道謝，妳不會怪我吧？」

「我怎麼會怪夫人。」顧瑾瑜伸手替楊氏把了把脈，淺笑道：「只要侯爺那邊停了斷陽草，按我上次開的方子調養些日子，不出半年，夫人肯定會有喜訊。」

「若真能如願，日後我無論生男生女，這孩子都要認妳做乾娘。」楊氏大喜。「到時候，三姑娘可不能推辭啊！」

顧瑾瑜聞言，只得哭笑不得地應道：「好。」

綠蘿和阿桃捂嘴笑。

待出了茶樓，就見楚九迎上前來，抱拳道：「顧三姑娘，我家世子有請。」

不到晌午，顧家醫館就打烊。

正門大開，門口立著「清塵納新」的牌子。

見顧瑾瑜進來，顧廷南笑著招呼道：「三丫頭來了，快過來坐！楚王世子有些事情要找妳，我知道妳今天會出門，便讓楚王世子在這裡等妳。」

「三叔怎麼知道我今兒出來？」顧瑾瑜大大方方地走過去，衝楚雲霆微微一禮，坐在顧廷南身邊。

顧廷南親自替她斟茶，咧嘴笑道：「昨兒我回府的時候剛好遇見寧武侯府送信的小廝，這才知道的。」

「原來如此。」顧瑾瑜笑笑。

楚雲霆面無表情地喝著茶，見顧瑾瑜進來，微微點了一下頭，算是打招呼。

他穿著一件靛青色杭綢直裰，眉眼間不帶任何表情，渾身上下透露出一股生人勿近的氣勢。

「那，你們先聊，我去後院把世子要的膏藥準備一下。」顧廷南轉頭看了看楚雲霆，又看了看顧瑾瑜，知趣地起身走了出去。

他相信楚王世子並不是因為對自家姪女動了什麼心思，才找上門來的。他上次去宮裡送膏藥的時候，曾經聽宮女們議論，說皇上有意把四公主許配給楚王世子，只是礙於四公主尚未及笄，此事才沒有擺到明面上來罷了。

另外他還聽說，南宮大小姐也屬意楚王世子，三天兩頭往楚王府跑。哎呀呀，楚王世子如此搶手，是不可能對自家姪女有什麼心思的，要怪就怪自家門楣太低，配不上人家楚王世子嘛！

顧瑾瑜有些好氣又好笑，三叔就這樣把她跟楚雲霆扔在這裡，真的好嗎？

屋裡一陣沈默。

「顧三姑娘，殺害裴勇的真凶，我已經找到了。」楚雲霆抬起頭，目光在顧瑾瑜身上看了看，率先開口道：「是寧武侯府的寧二老爺，左撇子，比裴勇還高半個頭，這些都跟姑娘所說一般無二。」

「原來是寧二老爺。」顧瑾瑜頗感驚訝，她雖然沒有見過寧二老爺，但寧武侯被人下斷陽草一事，寧二老爺正是幕後主使，此事說不定也是慕容朔指使。既然他們傷了楚雲霆的人，想必楚雲霆自有辦法懲處他們，想到這裡，她心裡一陣輕鬆，問道：「世子找我，該不會只為說這些吧？」

「姑娘可知，前兩天替妳診病之人是誰？」楚雲霆問道。

「不知道。」顧瑾瑜搖搖頭，坦然道：「當時我昏迷著，只知道他是我的丫鬟綠蘿從街上找來的江湖遊醫，卻不想他竟然真的醫好了我的病，說起來，我還欠他一個人情呢！」

女子言辭懇切，神色從容，倒不像是在撒謊。

楚雲霆放下茶碗，起身走了幾步，最後在窗臺前站定。「他並非江湖遊醫，而是名震江湖的神醫清虛子。清虛子的大名，想必姑娘是知道的吧？」

「他是清虛子？」顧瑾瑜有些難以置信，清虛子是前朝無為神醫的大弟子，自從無為神醫隱世後，他漸漸聲名鵲起，只是他喜遊歷，加上性情乖張，行蹤不定，找他的人雖然不計其數，但真正見著本人的卻寥寥無幾。

「不錯，正是他。」楚雲霆點點頭，又道：「我跟姑娘雖然有過幾面之緣，卻深知姑娘天生聰慧，為人良善，所以才跟姑娘坦誠相待，希望姑娘也能如此。」

「既然是坦誠相待，世子為什麼要派暗衛到我府裡？」顧瑾瑜反問：「我顧家人微言輕，自問沒做過什麼虧心事，不知道哪裡讓世子忌憚？」

「因為妳。」楚雲霆慢慢踱到她面前，若有所思地看著她。

第二十五章 夜探香閨

「前朝宇文族的行醫手法、能彈一首跟程二小姐一般無二的《鳳求凰》、明明是養在深閨的女子，卻明裡、暗裡地參與寧武侯府的家鬥；還有那個梨園春蔡氏，妳只是無意救了她的場，卻讓她在臨死前把貼身之物贈與了妳。顧三姑娘，就憑這些，難道妳覺得我不應該懷疑妳嗎？」蔡氏的耳環太過扎眼，想讓人不注意都難，何況他親眼看見蔡氏倒地時已取下耳環，很明顯她是塞給了顧瑾瑜。

「我跟程二小姐相識相知一場，耳濡目染地受了她一些影響，看過她家裡的醫書，也聽過她彈的曲子，本來我們可以繼續相交下去，卻不想，天不假年，我跟她轉眼間陰陽兩隔。」顧瑾瑜見他是真的起了疑心，索性直言道：「我恨齊王慕容朔，我覺得程二小姐並非意外落水，而是有人蓄意謀害，所以我想查清程二小姐的死因，替她報仇雪恨，也不枉我們相交一場。只是我人微言輕，接觸不到慕容朔的那個圈子，因此才想藉由我的醫術，慢慢在京中立足揚名，為的就是能多有幾次外出的機會罷了。」

楚雲霆悶不吭聲地聽著，並未打斷她。

「蔡姊姊在關鍵時刻放了我，的的確確是因為我救過她的場而心存感激，她說她只想脫身。」顧瑾瑜見楚雲霆聽得認真，遂繼續說道：「她留給我的耳環其實暗藏玄機，我在裡面發現了一幅地圖。」

「地圖？什麼地圖？」楚雲霆神色微動。

「是京城的地圖。」顧瑾瑜毫不隱瞞地和盤托出。「上面還有些我看不懂的文字，我並不知道那地圖意味著什麼。」

楚雲霆探究地看著她。「那地圖現在何處？」

「在我家裡。」顧瑾瑜如實道。

楚雲霆剛要說什麼，卻聽見楚九的聲音不高不低地傳來——

「小人見過秦王爺！」

隨後，門外有人跳下馬的聲音。

秦王大步地走進來，笑道：「好你個元昭，讓我找得好苦，原來是在這裡躲清閒啊！」

顧瑾瑜盈盈上前見禮。「臣女見過秦王爺。」

「哈哈哈，原來你是在會佳人啊！」秦王握著馬鞭笑道：「免禮、免禮，楚王世子看上的人，本王可不敢拿大！」

顧瑾瑜聞言，倏地紅了臉。

秦王喜好男色，並未在意顧瑾瑜臉上的表情，反而大大方方地拍著楚雲霆的肩膀道：「走走走，賽馬去，就等你了！」

楚九跟在後面嘿嘿笑，他再怎麼有本事，也攔不住秦王啊！

「王爺先行一步，我隨後就來。」楚雲霆展顏道：「我是路過此處，順便給祖母捎些膏藥回去，哪有王爺說得這麼清閒。」

「這等小事，讓楚九送回去就是，何須你親自在這裡等著？」又一個身穿白色衣袍的男子在門口跳下馬背，笑盈盈地走了進來。

男子背著光，白袍上的金線映著門外透進來的橙色金陽，閃著斑斑點點的亮光，竟讓人有些不敢直視。

一股刺骨的寒意猛地湧上了顧瑾瑜的心頭，前世的畫面飛快地從眼前一一掠過，洶湧澎湃的恨意翻騰著呼嘯而來！須臾間，只聽見楚雲霆的聲音淡淡傳來——

「顧三姑娘，這是齊王。」

顧瑾瑜這才回過神來，屈膝行禮。「臣女見過齊王爺。」

女子弱柳扶風，聲如鶯語，慕容朔眼前一亮，忙虛扶了她一下，輕聲道：「姑娘快快請起，吾等今日冒昧而來，還望姑娘不要見怪。」

「兩位王爺駕臨，寒舍蓬蓽生輝，豈敢見怪。」顧瑾瑜穩住情緒，不卑不亢地答道。

若有若無的檀木香迎面隱隱飄來，依然是他常用的紫檀香，他看上去也是一如既往的溫文儒雅，彷彿他還是那個陪她一起長大的青梅竹馬，還是深情款款的那個人。前世她纏綿病榻，是這個人給了她希望，也是這個人親手把她推下護城河，一言不發地看著她溺水而亡……

「好了、好了，咱們不要耽誤時間了！走走走，賽馬去！」秦王大手一揮，率先走了出去，邊走邊道：「這次我肯定能贏元昭，讓你們見識見識什麼是真正的千里馬！」

「早就聽說二哥從南直隸那邊得了匹好馬，想不到今日就能一飽眼福。」慕容朔也跟著往外走，回頭看了看楚雲霆，見他似乎還沒有走的意思，便停了停腳步，低聲道：「元昭，寧二老爺的事情，其實是個誤會，咱們借一步說話。」

「王爺先走一步，我隨後就過去。」楚雲霆神色清冷地回道。他比誰都瞭解這幾位皇子，個個看上去光鮮無比，實際上明裡、暗裡做的齷齪事多了去，如今他倒要看看，慕容朔到底會用多大的代價來替寧二老爺解圍。

慕容朔笑笑，回頭打量了顧瑾瑜一眼，這才大步地出門，翻身上馬，揚長而去。不知怎麼回事，他明明是第一次見這女子，卻總覺得她有些眼熟，至於哪裡眼熟，他一時也說不上來。

「顧三姑娘，程二小姐的確是失足落水，並非齊王所為，這一點毋庸置疑。齊王不是妳能探究的，我勸姑娘不要引火上身。」楚雲霆這才踱到顧瑾瑜面前，低頭望著女子如水的眸子，提醒道：「還有，我今晚會讓楚九戌時中去府上取回地圖，妳放心，他不會驚動任何人，妳只要稍稍留意就行。」據他所知，她跟程二小姐之間的交情遠遠沒有她說得這麼好，不過是有過數面之緣罷了，若說是好到她想替程二小姐報仇，他是不信的。

顧瑾瑜點點頭，再沒吱聲。果然世人都以為程二小姐是意外落水，而非慕容朔所害，看來，一切只能靠她自己，別人竟都是不肯信的。

是夜。

吃完晚飯，顧瑾瑜便早早歇下，也沒讓綠蘿值夜。

綠蘿便搬了被褥去隔壁，跟青桐和阿桃歇在一處。綠蘿和青桐點了蠟燭，坐在臨窗大炕上繡花；阿桃則倚在炕對面的床上閉目養神，時不時地抬頭盯著裡屋看，只要姑娘沒睡，她便不會先睡覺。

過了戌時，不見楚九來，顧瑾瑜以為他有事牽絆不來了，便關上窗子，和衣躺在床上，躺著躺著，便沈沈睡去。

不知過了多久，有冷意隱隱襲來。

顧瑾瑜睜開眼睛，猛地發現有一道黑影站在床頭，便迅速起身把放在枕邊的安息粉捏在手裡，沈聲問：「誰？」

「是我。」黑影似乎看到了她的動作，忙側身一閃，噓聲道：「我是來取地圖的。」不是楚九的聲音。

借著窗外透進來的天光，顧瑾瑜才看清來人竟然是楚雲霆，忙下床穿鞋，低聲道：「怎麼會是你？」堂堂楚王世子夜闖她的閨閣，著實讓她驚訝，他明明說讓楚九來拿的。

「楚九聞不得妳這院子裡的花香。」楚雲霆淡淡道：「他剛剛來過，差點舊疾復發，只好又折回去。」

顧瑾瑜剛想說什麼，卻聽見阿桃掀簾走進來。

「姑娘，您怎麼了？」

楚雲霆的身影迅速一閃，消失在床帳後面。

「姑娘、姑娘，怎麼了這是？」青桐和綠蘿也披上衣裳，相繼衝了進來。

「沒事。」顧瑾瑜忙道：「剛剛我作夢了，妳們快去睡吧！」

「姑娘，我還是過來陪著您吧！」綠蘿轉身回隔壁取被褥。

「不用了，我這就睡了，妳們都出去。」顧瑾瑜索性放下床帳，脫鞋上床。若是她們過來，那楚雲霆便真是走不了了，總不能當著她們的面從窗子跳出去吧？

青桐上前替她把床帳重新整理了一遍，說道：「姑娘前些日子剛剛好，我們可不敢大意。」

感受著身邊陌生男人的氣息，顧瑾瑜尷尬道：「我說不用就不用，難道我的話妳們都不聽了嗎？」天啊！這個人還真是不講究，竟然躲在她的床上！若是被丫鬟們發現，那可真的說不清楚了。

楚雲霆也頓覺尷尬。朦朦朧朧的粉色床帳裡，少女清淺的氣息若有若無地將他層層疊疊包裹，身下柔軟的被褥觸手絲滑，他一動也不敢動，唯恐弄出聲響。奇怪，他明明是來取地圖的，怎麼會如此唐突地上了人家姑娘的床？

「那姑娘早點休息。」青桐和綠蘿只得退了下去。

顧瑾瑜這才鬆了口氣，忙從枕頭底下摸出一個檀香盒子遞給他，悄聲道：「地圖就在這裡面，你趕緊走吧！」

「冒犯了。」楚雲霆迅速地伸手接過盒子，邁開長腿就下床。

角落裡，阿桃的聲音冷不丁突兀地響起。「姑娘，您是要喝水嗎？」

顧瑾瑜嚇了一大跳。「阿桃，妳怎麼還在這裡？」

一時間，三人面面相覷。

「姑娘，他、他……」阿桃傻傻地看著兩人。她一定是看錯了，怎麼楚王世子會從自家姑娘床上下來呢？

楚雲霆臉一沈，迅速翻窗離去。

「阿桃，妳、妳就當什麼都沒看到吧！」顧瑾瑜欲哭無淚，此事三言兩語解釋不清楚，她也不想解釋。

好在阿桃不是個刨根問底的，應了一聲，就退了下去。

一連幾天，顧瑾瑜每每看見阿桃，都覺得尷尬，總有種做了虧心事被她撞見的感覺。

倒是阿桃，跟沒事人一樣，胖胖的臉上不帶一絲表情地回話。「姑娘，池嬤嬤剛剛過來傳話，說是世子回來了，太夫人讓姑娘們都去慈寧堂用晚膳。」

「姑娘，奴婢聽說世子這次還帶了一個叫麗娘的姑娘回來。」綠蘿掀簾走進來，壓低聲音道：「剛剛在大門口的時候，奴婢剛巧看見世子親自攙著一個年輕女子下馬車，兩人甚是親密，聽說大夫人很不高興，還訓斥世子沒有規矩呢！」

「妳怎麼啥都知道啊？」顧瑾瑜好氣又好笑。「不愧是薛大娘的女兒，妥妥一個包打聽！」

青桐捂嘴偷笑。

麗娘是個伶人，長得嫵媚可人，彈得一手好曲，嗓音柔若柳間鶯鸝般婉轉動聽，顧景柏對她一見傾心，不惜花重金替她贖身，千里迢迢地從南直隸帶回京城。

沈氏差點氣暈。

這些日子，她滿心希冀地盼著兒子回來，早點把他的親事相看起來，這次太夫人相看的蕭家，她跟顧廷東都很滿意。蕭家老爺這些年一直外放到銅州做知府，為人低調謙和、公正清廉，在京城享有蕭青天的清名；更重要的是，蕭老太太田氏年輕的時候曾經在宮裡做過女官，知書達禮，見識非凡，故而蕭家教養出來的女兒肯定是極好的。

沈氏急切地盼著這門親事能成，哪知，顧景柏竟然帶了個伶人回來，真是氣死她了！偏偏顧廷東不在家，她連個商量的人也沒有，當下便吩咐元嬤嬤把人轟出去。「我顧家是堂堂伯府，豈是什麼下三濫的人都能進的！」

麗娘不吭聲，只是眼淚不停地在眼眶裡打著轉。

顧景柏很是心疼，索性帶著麗娘去慈寧堂，言辭懇切地道：「祖母，麗娘原先也是官家女子，只因家道中落，才淪落到青樓唱曲為生，並非下賤之人。孫兒也是見她可憐，才把她帶回來的，還望祖母留她在府裡住些日子。」只要太夫人開口把人留下，別人是肯定攆不走，府裡到底是誰做主，顧景柏自然是最清楚的。

「小女不才，還望太夫人垂憐。」麗娘盈盈上前，腰板直直地跪在地上，她嗓音軟糯，聽起來頗有些嬌滴滴的味道。

一旁的顧廷西聞言，頓覺身子酥了大半。不得不承認，這小娘子的聲音還真是好聽，活這麼大，他還真沒聽過如此動人心魄的聲音呢！

顧廷南坐在最下首，悶不吭聲地喝茶。他對伶人、歌妓什麼的最是厭惡，總覺得她們舉止輕佻，不是什麼好玩意兒。他喜歡端莊敦厚、有些懵懂無知的女子，女子無才便是德嘛！

太夫人端坐在臨窗大炕上，慢騰騰地從池嬤嬤手裡接過豆花青釉茶碗，抿了一口茶，放下，掏出手帕拭了拭嘴角，沈默半晌才道：「妳既然是官家之後，想必原先的教養是有的，又是柏哥兒請回來的客人，府裡哪有不收留的道理？別說是個活生生的人了，就是流落在外的小貓、小狗來了，也得賞口飯吃不是？若是不嫌我這裡粗陋，就先在我這裡住下，幫池嬤嬤打個下手，也不算委屈妳吧？」眼下府裡正在跟蕭家議親，她斷斷不會讓這個伶人毀了她孫兒一輩子的大事。

顧景柏頓感失望，他原本想著一回來就把她收房，替她擋風遮雨，卻不想祖母竟是拿她當下人使喚。一抬頭看到太夫人的臉色，他又生生吞回了想說的話，畢恭畢敬道：「多謝祖母，麗娘能住在慈寧堂，跟祖母相伴，是她的造化。」罷了，祖母肯收留她，已是天大的面子了，收房的事情，還是以後再說吧！太夫人是個通透人，肯定是知道他的心思的。

「多謝太夫人。」麗娘臉上倒是沒有別的表情。

顧廷西又是身子一酥，口乾舌燥地端起茶碗，咕嚕、咕嚕地喝茶。

「好了，時辰不早了，吃飯去吧！」太夫人擺擺手。

池嬤嬤立刻上前扶起麗娘退了下去。

晚膳擺在花廳，分成男女兩桌。

因為麗娘的事情，沈氏臉色很不好看，喬氏和何氏雖然也猜到了幾分，但當著太夫人的面，不敢說什麼，顧景柏畢竟是府裡的世子，她們不會傻到觸這個霉頭。

姑娘們本來想看看那個麗娘到底是何等人物，竟然讓世子如此傾心，哪知一頓飯下來，硬是連那個麗娘的影子也沒見過。

夜裡，顧廷東回房後，沈氏忍不住埋怨道：「不是我當媳婦的挑刺兒，太夫人也真是糊塗，竟然把那個伶人留在了慈寧堂，這不是擺明了打我臉嗎！要我說，就該攆出去省事，沒得讓人笑話！」

「我看妳才是糊塗的那個！」顧廷東冷哼道：「妳以為攆出去就萬事大吉了嗎？若是那麗娘對外說什麼不中聽的話，豈不是連柏哥兒的名聲都要毀了？柏哥兒如今都大了，信不信妳前腳把麗娘攆出去，他後腳也跟著走了？難道妳看不出這只是太夫人的緩兵之計？要我說，妳要是能有太夫人一半的能耐，柏哥兒也不至於成這個樣子！」

「老爺這話是什麼意思？難道柏哥兒帶伶人回來，還是我的錯不成？」沈氏原本就生氣，如今又被顧廷東數落了一番，更加委屈，泣道：「既然太夫人把她留下來是緩兵之計，老爺總得想個長長遠遠的法子才是！若是此事被蕭家知道了，親事成不了，如何是好？」

「這事妳就不要操心了，只管安心幫大丫頭備嫁就行。」顧廷東不耐煩地道：「剛剛我去過慈寧堂，太夫人已經讓池嬤嬤認了那個麗娘當義女，說會盡快找個體面的管事、小廝配出去了事，只是此事切不可讓柏哥兒知道，若是他知道了，再起什麼波瀾，任是太夫人也沒轍。總不能為了一個伶人，把自家兒子也攆出去吧？」

「老爺放心，這事我怎麼會讓柏哥兒知道？我管她嫁給誰，只要她離得柏哥兒遠遠的，不再糾纏於他，我就阿彌陀佛了！」沈氏忙道：「但願他能早點收心，忘了這個麗娘，好好讀書才是正事！」

顧廷東點頭道是。

第二十六章　神醫駕到

月色如水。

鬱鬱蔥蔥的花木間都蒙上了一層淺淺的白。

麗娘身著一襲深藍色的粗布衣裙，坐在花間靜靜出神。她原本也是官家之後，不久前，卻因太子被刺一案受到牽連抄家，一夜之間，父兄皆被流放，而她淪為風塵女子，唯一的幼弟也不知去向。幸而上天垂憐，讓她遇到了顧景柏，她不敢奢望嫁他為妻，只希望能盡快安頓下來，慢慢打聽幼弟的下落，若不是牽掛著幼弟，她何苦要受這樣的折辱？

「麗娘、麗娘！」顧景柏爬在牆頭上小聲地喚她，少年聲音急切，滿是內疚。

「世子！」麗娘提著裙襬，快走幾步，仰臉看著他。「世子快回去吧！若是讓人看見，終究不妥。」

月色下，少女清麗柔美，聲音甜糯動聽，一時間他的心狂跳不止，信誓旦旦道：「妳放心，待過些日子，我就懇求祖母把妳許給我，我要跟妳長長久久地在一起！」

「我信世子。」麗娘心裡一陣感動，用力地點點頭。

池嬤嬤信步進了園子，用力地咳嗽一聲。

顧景柏嚇了一跳，忙縮了回去。

麗娘掩面而逃。

醉風樓。

趙晉正蹺著二郎腿，口沫橫飛道：「元昭，四公主跟三皇子燕王可是一母同胞，若是皇上有意把四公主許給你，豈不是等於給燕王添了一大助力？」

「你想多了。」楚雲霆淡淡道：「就算我娶了四公主，我們楚王府也絕對不可能參與他們的奪嫡之爭，我家家規上寫著呢！況且我祖父、祖母尚在，豈能由著他們擺弄？」

「怎麼？元昭要娶公主了？」沈元皓驚訝道。

「你想什麼呢？」楚雲霆失笑。「趙將軍的話你也信？他瞎說的！」剛剛進宮的時候，孝慶帝只不過當著他的面提了提四公主慕容婉，趙晉就大驚小怪地以為孝慶帝想把四公主下嫁給他，不是瞎說是什麼？

趙晉剛想說什麼，卻聽見樓下有人在高聲吟唱——

「都說神仙皆逍遙，我輩蓬萊無覓處，若問首烏何時歸，全憑東西南北風～～」

「何人在此喧鬧？還不快滾！」守在樓梯口的楚九訓斥道。

「嘿，小兔崽子，你也不問問爺爺我是誰？」那人不高興起來。「你爺爺我是楚王爺請來的神醫，你算什麼東西敢攔我的駕！」

楚雲霆聞言，放下茶杯，大步走了出去，見是個白髮蒼蒼的老漢，便問道：「來人可是清虛子神醫？」

「正是！」清虛子傲慢地看了他一眼，冷哼道：「總算出來個會說人話的！」

「放肆，這是我們楚王世子！」楚九厲聲喝道。

「年輕人，火氣這麼旺，當心舊疾復發啊！」清虛子輕輕拍了拍楚九的肩頭。

楚九頓時如遭雷擊般一動也不能動，驚恐道：「你、你對我做了什麼？」

「老朽只是讓你靜心而已。」清虛子雙手抱在胸前，眼珠轉了轉，咧嘴笑道：「楚王世子，這京城呢，我逛得差不多了，該玩的地方都玩過了，該知道的、不該知道的，也都知道了，該去你家歇歇腳，順便替你祖父瞧瞧病了。只不過，我有一個條件……」

「神醫但說無妨。」楚雲霆從善如流道。

「其實老朽的條件很簡單。」清虛子慢騰騰地走到楚雲霆面前，繞著他走了幾圈，一本正經道：「給我在大長公主府準備一處單獨的院子，撥兩個武功高強的侍衛供我調遣，除了早膳以外，午膳和晚膳都要準備九九八十一道菜；再就是無論我帶什麼人進別院，你們都不能干涉，否則，我立馬走人。」

「好，那就這麼定了。」楚雲霆想也不想地應道：「楚九，照神醫說的去做。」

楚九領命而去。

「哈哈，不愧是楚王世子，行事果然是個痛快的！」清虛子滿意地點點頭，摸著鬍鬚笑道：「那你們好好準備，我先去辦點私事，隨後就到。」

待清虛子走後，趙晉失笑道：「這清虛子當真有趣，連病人都沒有見，就獅子大開口地提條件，還大言不慚地說一個條件，分明是一連串的條件嘛！」清虛子的名聲他自然聽說過，但也聽說此人桀驁不馴，目中無人，甚是張狂。趙晉很看不慣這種人，他覺得大夫就是應該本本分分給人瞧病，動不動就鬧么蛾子算哪門子神醫？

「世間但凡有點本事的人，大都性情古怪，再說他的那點條件，其實原本就不算什麼。」楚雲霆無所謂地說道：「別說八十一道菜了，就是八百一十道菜也無妨。」

「這倒是。」趙晉點點頭，笑道：「我差點忘了，你家就是開酒樓的！」

三人閒聊了幾句，才各自下樓散去。

「霆表哥。」一出門，南宮素素便嫋嫋娉娉地迎上來，嬌聲道：「你幾天都不在家，姑母很是放心不下，特意讓我過來看看你。」

趙晉和沈元皓會意，擠眉弄眼地翻身上馬而去。

「妳有事嗎？」楚雲霆面無表情地問道。

「是姑母讓我來看你的。」感受到男人的氣息，南宮素素只覺心裡小鹿亂撞，兩手不停地絞著手帕子，嬌羞道：「她說讓你有空就回家去，說有要事找你商量。」

「知道了。」楚雲霆點點頭。「妳回去告訴我母妃，說我明、後天就回去。」

「好。」南宮素素乖巧地看了看他，鼓起勇氣問道：「霆表哥，你、你真的想娶四公主嗎？」

「我娶不娶四公主，就不勞妳操心了。」楚雲霆翻身上馬，揚長而去。

望著男人遠去的背影，南宮素素眼裡倏地有了淚。難道她在霆表哥心目中，真的一點分量也沒有嗎？當她聽說皇上有意把四公主許配給他的時候，她撞牆的心思都有了，可是南宮家再怎麼權勢滔天，也不敢跟皇上搶女婿，她爹只得連夜去楚王府跟南宮氏商量此事。

南宮氏雖然也是一萬個不願意，但無奈楚王世子的婚事卻不是由她一個人說了算的。

南宮素素按捺不住，這才厚著臉皮找到這裡來。

「小姐，世子已經走了。」身邊的丫鬟提醒道。

「巧杏，妳說霆表哥喜歡我嗎？」南宮素素喃喃問道。

「小姐跟楚王世子是姑表親，肯定是喜歡的呀！」巧杏眼珠子轉了轉，說道：「只是世子生性冷淡，喜怒不形於色，小姐應該是最瞭解世子的。」

「妳說得對，我的確不應該這麼問霆表哥。」南宮素素恍然大悟，懊惱道：「天威當頭，就是霆表哥不願意，也不好多說什麼的。」他肯定生氣她不體諒他的處境，也許，她應該幫他做點什麼才是。

「小姐，那咱們該怎麼辦？」巧杏嘆道：「楚王妃雖然是您的姑母，但楚王世子畢竟是大長公主的孫子，他的婚事楚王妃一個人說了也不算啊！」

「我知道該怎麼做了。」想了想，南宮素素嘴角揚起一絲笑意。「從明天開始，我多去大長公主府請安，我就不信，大長公主會不喜歡我；只要過了大長公主這一關，我就什麼也不怕了！」

「小姐果然聰慧！」巧杏拍手叫好。

當天晚上，清虛子便住進了大長公主府的別院。津津有味地吃完晚膳後，他剔著牙道：

「如今萬事俱備，只欠東風，煩請世子派人去一趟建平伯府，把他們家二房三姑娘請來，給我打個下手。」

「顧家三姑娘？」楚雲霆頗感驚訝。「神醫為什麼一定要她過來給您打下手？」

「我願意。」清虛子白了他一眼。

慈寧堂，暖閣。

太夫人拉著蕭家老夫人坐在炕上，說得正熱乎。「咱們婦道人家，按說不該打聽朝堂之事，就怕是人在家中坐，禍從天上來。如今三王奪嫡，京城裡也是人心惶惶，以我的淺薄之識，還是不要參與這等事情為好；真正能光宗耀祖的，得靠子孫十年寒窗考出來的才靠得住，故而我們家世子是一定要考取功名的。」

「不瞞妳說，這正是我最看中你們家的地方。」蕭老夫人見太夫人說了這番掏心的話，便也敞開心扉道：「怎麼說我也在宮裡熬了幾年，大起大落、大喜大悲之事著實見得多了，越是顯貴的人家，齷齪事越多，活得也格外累，這也是我不願意把孫女嫁入那些權貴之家的原因。想想人生在世，短短幾十載，何苦算計來、算計去？還不如尋個妥貼的人家，安安穩穩地過一生。只是，唉，兒子、媳婦卻不是這麼想的，若不是我和我家老爺子態度強硬，怕是沒有妳我今日說話的機會了。」

「怎麼？」太夫人疑惑道。

「事到如今，我也不瞞妳，我這孫女是嫡出不假，卻是元配所生，早些年媳婦撒手歸去，我兒又娶了繼室，我擔心這孩子受後娘的氣，便把她接到身邊親自撫養。」蕭老夫人嘆道：「只是讓我沒有想到的是，秦王在南直隸擴展勢力，燕王卻把手伸到了銅州，而我兒又恰恰是銅州知府，雖說他性子耿直，為官清廉，卻難免跟燕王有所往來，故而我那媳婦便動了把這孫女送給燕王的想法。我自是不願意的，索性便帶她來京城，給她尋個穩妥的人家。我的心思跟妳是一樣的，並不想著讓他們攀龍附鳳，可是人老了，有時候說話就不頂事了，只希望他們自求多福吧！」

太夫人點頭道是，真是家家都有本難唸的經啊！

正說著，池嬤嬤掀簾走進來，神色有些不自然道：「太夫人，大長公主府來人了，說是府裡請了清虛子神醫替老太爺治病，清虛子神醫指名要三姑娘過去，幫他打下手。」

太夫人嚇了一大跳。「京城太醫、名醫無數，怎麼獨獨讓三丫頭過去呢？」三丫頭懂些醫術不假，但並未到名揚京城的地步，大長公主府怎麼會知道此事呢？

蕭老夫人也頗感驚訝。清虛子可是大名鼎鼎的神醫，別說請他了，就是連見一面都難啊！可如今，清虛子竟然指名讓三姑娘過去幫忙，這……這真是讓人不可思議啊！

「快把人請進來！」太夫人忙吩咐道。

來人是大長公主府身邊的許嬤嬤，三言兩語說明來意。「清虛子神醫是楚王爺下帖子請來替老太爺治病的，進府之後，便要我們過來請三姑娘過去，還望太夫人給個面子，讓三姑娘收拾收拾，跟著奴婢去大長公主府走一趟。」

「原來如此。」太夫人恍然大悟，繼而擔憂道：「只是我家三姑娘懂些皮毛不假，卻並非神醫能活死人、醫白骨，治病救人是大事，我就擔心我家三姑娘不能擔此重任，誤了大事。」

「太夫人多慮了。」許嬤嬤笑道：「神醫說了，只是讓三姑娘去幫著打個下手而已，並非讓三姑娘去給老太爺治病，這一點，太夫人實在不必多心。還有，大長公主府裡人口簡單，太夫人無須擔心三姑娘聲譽，我們會盡快送三姑娘回來的，若是太夫人不放心，可以多派幾個人跟著一起去。」

「嬤嬤說笑了，大長公主身分高貴，德高望重，三丫頭能幫上忙是她的福氣。」太夫人見許嬤嬤這樣說，心裡隨之鬆了口氣。「我這就讓池嬤嬤去把三丫頭叫過來，讓她跟著嬤嬤去便是。」

顧瑾瑜聽說太夫人讓她去大長公主府給清虛子打下手幫忙老太爺看病，很是痛快地答應下來，當下吩咐綠蘿回屋取她的藥箱，跟著許嬤嬤去大長公主府。

不管怎麼說，上次是清虛子醫好了她的病，如今又是特地指名讓她去幫忙，這個人情，她得還。

不到半個時辰，馬車便在大長公主府門口停了下來。

「顧姑娘，奴婢先帶妳去見過大長公主，然後再去見清虛子神醫，神醫就住在府裡東面的那個別院裡。」下了車，許嬤嬤低聲囑咐道：「大長公主待人一向寬厚，姑娘不必拘謹，只須盡力而為便是。」

「多謝嬤嬤提點。」顧瑾瑜應道。

兩人繞過影壁，沿著筆直的青石板路，過了垂花門，沒走幾步，便進了正廳。

讓顧瑾瑜沒想到的是，等在正廳的並不是長公主，而是楚雲霆。

正廳不大，裝飾得很簡單。迎面正堂牆上懸掛著一幅栩栩如生的駿馬帛畫，畫下擺著一張偌大的檀木案几，案几兩旁擺放了兩把檀木椅，牆角擺了七、八棵鬱鬱蔥蔥的綠植，再無他物。

年輕的世子站在堂前，負手而立，微白的天光從糊著白綿繭紙的窗櫺透進來，影影綽綽地打在靛藍色直綴上，整個人像是浸潤在一團光暈裡般耀眼奪目。

聽到門口傳來的腳步聲，楚雲霆才緩緩轉身，目光在顧瑾瑜身上看了看，抬腿就往外走，面無表情道：「妳跟我來。」

「或許是大長公主有別的事情，請姑娘先隨世子去別院見神醫吧！」許嬤嬤微怔，忙輕聲道：「待我稟明大長公主，再幫姑娘引薦。」世子雖然生性冷淡，但待人卻甚是平和有禮，如今見了陌生姑娘，怕是沒有多少話可說。

顧瑾瑜早就習慣楚雲霆的冷淡，倒沒覺得有什麼不妥，亦步亦趨地跟著楚雲霆走了出去。

腳下彎彎曲曲的鵝卵石小徑一直延展到視線的盡頭，小徑旁邊栽種許多五顏六色的小花，芳香四溢。

走著走著，楚雲霆突然停下腳步，冷不丁地說道：「顧三姑娘，妳記住，耳環的事情，無論在什麼情況下，切不可再提。我命人仿製了一對跟蔡氏一模一樣的黃金葫蘆耳環，把那地圖照原樣鑲進耳環裡，一同放進蔡氏的墳墓裡，如今就等著守株待兔了。」

少女身上的幽香，肆無忌憚地將他層層包裹，他的心微不可察地猛跳了幾下，繼而心情複雜地打量了她一眼。女子穿著一身粉白的衣裙，鬢間只別著一支素淨的白玉髮簪，恬靜清麗，齊腰的長髮在陽光下閃著幽黑亮麗的光芒，一切的一切，竟像極了他記憶深處的那個她……

「世子的意思，是有人會去盜墓？」顧瑾瑜並未察覺到他的異樣，心裡也隨之一顫。仔細想想，那晚蔡氏原本是想要脅她藉以脫身的，卻不想在聽到那幾聲布穀鳥的叫聲後，才決絕自盡；也就是說，當時她的同夥發現了楚雲霆他們，擔心蔡氏被捕，洩漏更多的機密，才迫不及待地送暗號給她。他們肯定知道蔡氏耳環裡的秘密，所以定會冒風險拿到耳環的。

「不錯。」楚雲霆別開目光，聲音越加低沈，輕咳道：「所以齊王的事情，得徐徐圖之，切不可急進，否則，打草驚蛇，咱們只會陷入被動；待有了足夠的證據和把握，別說妳了，我也不會放過慕容朔的。」

他離她太近，她甚至可以清楚地聽到他有力的心跳，感受到他身上清淺的氣息。她不動聲色地後退一步，點頭應道：「世子放心，我知道該怎麼做了。」

雖然楚雲霆說得如此篤定，她卻不指望他能真的除去慕容朔。這輩子，她誰也不信，只信她自己，只不過，以後得儘量做得隱蔽些就是。

楚雲霆自然不知道她心中所想，微微頷首，帶著她大步進了別院。

第二十七章 師伯

不遠處，南宮素素將兩人站在樹下說話的一幕盡收眼底，她簡直不敢相信自己的眼睛，一向清冷高傲的霆表哥什麼時候跟一個年輕姑娘走得那麼近了？

雖然聽不到兩人說的話，但她能看出霆表哥看那姑娘的目光是極其專注認真的；而那姑娘搔首弄姿、欲擒故縱的樣子，擺明是在刻意勾引霆表哥，可是霆表哥不但不發火，反而跟她說了那麼久的話，最後還帶著她進了別院！

南宮素素越想越生氣，恨不得立刻就衝過去給那個不要臉的狐狸精兩巴掌，以洩心頭之恨；但想到她今日來是給大長公主請安的，不能失了禮儀，便忍著怒氣，咬牙吩咐巧杏。

「妳去查查那姑娘是誰，跟我霆表哥是什麼關係，來大長公主府做什麼的？」

「小姐，奴婢適才見到建平伯府的丫鬟綠蘿在茶廳那邊候著，便過去跟她閒聊了幾句，綠蘿說她是隨她家姑娘來府裡給老太爺瞧病的。」巧杏上前低聲道：「小姐您忘了，就是七夕那天故意跌倒在世子馬下的那個顧三姑娘，綠蘿還一個勁地誇她家姑娘醫術超群呢！」薛氏在京城小有名氣，綠蘿經常去柳家首飾鋪子找她娘，久而久之，巧杏對綠蘿並不陌生，知道她在建平伯府當差。

「原來是她！」南宮素素心裡一沈，憤憤道：「也不看看自己是什麼身分，竟然敢對霆表哥死纏爛打地不放，當真是不要臉！什麼醫術超群，分明是藉以勾引男人的媚術罷了！」

光是一個四公主就夠她心煩意亂的了，偏偏這個小賤人還不死心地糾纏霆表哥，真是氣死她了！若是不給她點顏色瞧瞧，她還不知道自己有幾斤幾兩！

想到這裡，南宮素素絞著手帕子起身道：「走，咱們去別院，我倒要瞧瞧，她到底有什麼本事，敢大言不慚地來給老太爺瞧病！」

清虛子泡了澡，穿著寬大的白色浴袍，披散著頭髮，赤腳站在書房的露臺上，饒有興趣地拿著小木棍逗鳥，一隻嘴角還泛黃的小麻雀在草編的鳥籠裡嘰嘰喳喳地叫個不停。聽到身後的腳步聲，他也不回頭，鏗鏘有力地問道：「瑜丫頭，妳知道老朽為什麼找妳來給我打下手嗎？」

他的口音很洪亮、很特別，讓人聽不出他到底是哪裡人。

「之前神醫救了我，小女一直心存感激。」顧瑾瑜微怔，繼而從善如流道：「如今神醫需要人打下手，小女自當在所不辭。」

怪不得都說清虛子性情古怪，行事乖張，今日一見，果然如此。

「非也。」清虛子把手裡的木棍扔了出去，拍了拍手，負手轉過身來，上上下下地打量她一番，咧嘴笑道：「妳以為我清虛子的人情，僅僅過來打幾天下手就能還了嗎？」

「還望神醫明示。」顧瑾瑜大大方方地看著他，清虛子看上去六十歲左右，鶴髮童顏，臉色紅潤，聲音擲地有聲，一看就是保養得當，駐顏有方。

他身形挺拔，容貌也不差，年輕的時候必是一表人才。

楚雲霆沒有跟著到露臺，而是站在書房門口，不動聲色地聽著兩人說話。

「因為妳跟我醫承同脈，論輩分妳還得喚我一聲師伯呢！」清虛子雙手抱胸，稍稍收起表情，正色道：「這些年，妳師父她還好吧？」

「我師父？」顧瑾瑜大驚，忙擺手道：「神醫誤會了，我、我並沒有師父，我的醫術只不過是看了幾本醫書學得罷了。」若說教過她醫術的師父，那就是住在程家的莫婆婆了，難道莫婆婆跟清虛子師出同門？

「哼，當今世上能讓傷疤在一夜之間痊癒的藥方，除了我們北清派的傳人，試問誰能做得到？」清虛子見顧瑾瑜的表情很不自然，聳聳肩，無所謂地說道：「妳不用為難，我不會追問妳師父的下落，若我想見她，有的是辦法。」

顧瑾瑜這才暗暗鬆了口氣，笑道：「不瞞神醫，我還真的不知道什麼北清派、南清派的，更沒有神醫所說的什麼師父，之前我額頭上的傷疤，不過是誤打誤撞醫好罷了。」

「哼，我就知道妳師父到死也改不了那個臭脾氣，她是恨不得把我北清派的醫術帶到墳墓裡去！」清虛子冷哼一聲，不以為然道：「妳承認也好、不承認也罷，反正妳既然學了北清派的醫術，就是我北清派的傳人。我師妹的徒弟，也是我的子姪輩，妳當師姪的，替師伯打下手，天經地義，妳說是不是？」

「師伯。」顧瑾瑜順從地上前屈膝行禮。

「好了，妳先去門口等著，待我換好衣裳，咱們就去給老太爺瞧病去！」清虛子眉頭一皺，有些不耐煩地朝她擺擺手。

顧瑾瑜好笑又好氣地退了出去，面對這個彷彿從天而降的師伯，她頓覺不可思議。

「我從來不知道，妳竟然是北清派的傳人。」楚雲霆倚在門口，揶揄道：「顧三姑娘，似乎我每次見到妳，妳都會有一個新身分，其實我很想知道，妳到底是誰？」

「世子說笑了，北清派傳人這一件事，我也是剛剛知道的。」顧瑾瑜坦然道：「世子之前派莫風去府裡監視我，怕是早就把我這些年的過往查得一清二楚，我到底有沒有師父、有沒有加入北清派，想必世子比誰都清楚。」

「的確。」楚雲霆點點頭，毫不掩飾道：「從妳的過往經歷來看，妳的確沒有機會成為北清派的人，可是唯一讓我可疑的，就是妳對程二小姐的態度。據我所知，妳跟她也許見過數面，但並不熟識，並沒有熟識到妳能夠不顧身家性命替她報仇這分上。顧三姑娘，這一點我沒有說錯吧？」

「難道對世子而言，交情的深淺只能用時間來衡量嗎？」顧瑾瑜反問道：「今日是世子在場，若是不在場的話，聽聞我冷不丁成了清虛子的師姪，成了北清派的傳人，豈不是要懷疑我跟神醫早就相識，或者我們來大長公主府是另有隱情？」

楚雲霆一時語塞。這番話雖然聽起來很不舒服，但她所說的確很有道理。別說他了，就是換了任何一個人，得知她是大名鼎鼎的神醫清虛子的師姪，怕是也會浮想聯翩吧？

南宮素素帶著巧杏剛走到別院門口，便被守著門口的侍衛攔下了。

「姑娘請留步，這裡是神醫住的地方，外人不得入內。」

「哼，這可是南宮大小姐，你算什麼東西，也敢攔我們小姐！」巧杏上前幾步，扠腰道：「識相的，趕緊讓開，否則，休怪我不客氣了！」

年輕的侍衛不卑不亢道：「沒有神醫的允許，別說妳們了，就是一條狗我也不會放進去的。」

「你、你竟然敢罵我們是狗！」南宮素素差點氣暈，跺腳道：「巧杏，給我教訓他！」

「是！」巧杏自幼跟在南宮素素身邊，囂張慣了，自然不怕一個小小的侍衛，她挽起袖子上前要打那侍衛的耳光，哪知剛抬手，便被那侍衛一把抓住手腕，不等巧杏反應過來，她已經被他扔到了數丈遠的花園裡。巧杏被摔得頭昏眼花，一動也不動地躺在那裡，半晌說不出話來。

南宮素素被嚇傻了，看到那侍衛冷冰冰的目光，她才猛然意識到這是在大長公主府，若是因此毀了名聲，終究不值得。想到這裡，她只好忍下這口惡氣，狼狽地帶著巧杏離開別院。哼，先讓那個顧瑾瑜得意著，總有一天，她定會連本帶利一起討回來！

不遠處的樹上，楚九見南宮素素吃了這個啞巴虧，差點笑出聲，心裡暗暗稱讚，不愧是他一手調教的侍衛，出手又狠又準，絲毫不留情面。

這時，楚雲霆領著清虛子和顧瑾瑜從書房裡走了出來，嚇得他忙縮回身子，隱進了樹枝裡。最讓楚九感到驚訝的，竟然是清虛子走在最前面，楚雲霆和顧瑾瑜落後幾步，並肩走在後面。

三人出了別院，不疾不徐地朝正院走去。

雖然楚雲霆和顧瑾瑜臉上都沒有任何表情，但楚九總覺得這兩個人怪怪的，像是鬧了彆扭一樣。想到這裡，他被這個想法嚇了一大跳，顧三姑娘跟世子鬧彆扭？不會吧？

大長公主正陪著楚老太爺坐在廊下悠閒地喝茶，廊下掛了好多形色各異的風鈴，風一吹，叮叮噹噹地響，很是悅耳。

陽光細細碎碎地灑在廊前，地上暈著一片淺淺的橙色。

彼此見禮後，清虛子摸著下巴道：「瑜丫頭，去，妳給老太爺瞧瞧。」

顧瑾瑜也不推辭，神色從容地上前給楚老太爺把脈。既然清虛子執意認為她是北清派的傳人，對她來說並無壞處，反而能比之前有更多的機會到各大府邸走動，何樂而不為？她有太多的事情要查；她的身世、慕容朔為什麼要害她，一切的一切，都像一張密不透風的網，將她層層包裹，每每想起這些，她都有一種窒息的感覺，她急切地想知道真相。

大長公主微不可察地皺了皺眉，這女子不是過來給神醫打下手的嗎？怎麼神醫還讓她把脈呢？但想到這神醫的性子，便沒吱聲。

女子恬靜清麗，神色安詳，把脈的手勢有板有眼，倒真像個行家。

「姑娘，妳是誰家的孩子？」楚老太爺安安靜靜地坐在籐椅上，笑咪咪地問道：「我之前怎麼從來沒見過妳呀？」

「回稟老太爺，小女是建平伯府二房長女，在家裡行三。」顧瑾瑜輕聲答道。

小姑娘的手纖細微涼，搭在他腕上，柔柔的、涼涼的，楚老太爺覺得異常舒爽，心裡很是高興，饒有興趣地看著她，問道：「姑娘，妳家裡給妳訂下親事了嗎？」

「沒有。」顧瑾瑜微微垂眸。

「哈哈，正好我有個孫子也還沒有訂親，妳乾脆就嫁給我孫子好了！」楚老太爺哈哈一笑，朝楚雲霆招招手，興奮道：「來來來，你過來，快說你願意娶她！」

楚雲霆皺皺眉，沒吱聲。他瞭解祖父，自然不會把這樣的話放在心上；只是不知怎地，心裡情不自禁地想起那晚他躲到她床上的那一幕，柔軟的被褥，床帳內淡淡的清香，想著想著，他的臉竟然微微熱了起來。

顧瑾瑜不置可否地笑笑。看來楚老太爺的病情時好時壞，並沒有想像中的那麼糟糕。

「把脈的時候要專心，就是天塌下來，也跟妳沒關係。」坐在一邊的清虛子看到顧瑾瑜臉上的表情，沈著臉道：「不過是老太爺隨口一說罷了，他們家又不會真的答應世子娶妳！」

顧瑾瑜聞言，欲哭無淚。她分明毫不在意好嗎？被他這麼一說，好像自己真的想嫁給楚雲霆一樣，這個師伯還真是唯恐天下不亂啊！

「我家老太爺一向是口無遮攔，還望神醫和顧三姑娘不要見怪。」大長公主起身走到楚老太爺身後，輕輕替他捏著肩頭，和顏悅色道：「按理說，像他這樣不知煩憂的性子倒也不錯，可是我總覺得他肯定是願意想起以前那些事情來的。」

「大長公主所言極是。」清虛子放下茶碗，抱拳道：「若老太爺一直混沌下去，當真是辜負了大長公主這些年的心思。大長公主放心，有我清虛子在，老太爺定會恢復如初，只是此症並非一朝一夕便能痊癒，還望大長公主切不可操之過急。」

「神醫放心，本宮這麼多年都過來了，就是耗費個三年五載，本宮也能等。」大長公主親手倒了杯茶，遞到老太爺手裡，含笑的臉上帶著幾分落寞，彷彿她不再是身分高貴的大長公主，而是一個期盼自家夫君能盡快恢復神智的尋常婦人。

「哈哈，大長公主放心，無須那麼久！要是治個病得花費三年五載，那我清虛子豈不是成了浪得虛名的江湖遊醫？」清虛子蹺著二郎腿，胸有成竹道：「最多半年，老朽保准讓老太爺的神智恢復如初。」

「若真如此，本宮定會以傾家之資重賞神醫！」大長公主大喜。

說話間，顧瑾瑜已經把完脈，起身退到清虛子身邊。

不等她開口，清虛子率先問道：「瑜丫頭，妳把老太爺的病情，詳細地說給大長公主聽聽。」

「難道師伯不親自給老太爺把脈？」顧瑾瑜很驚訝，她以為清虛子之所以讓她先把脈，是想讓她也瞭解一下老太爺的病情，才能更好地給他打下手呢！

「師伯相信妳。」清虛子握拳輕咳。這丫頭是不是傻？難道這樣出人頭地的機會不應該好好把握嗎？唉，還真是跟她那個一根筋師父滿像的！

顧瑾瑜無奈，只得清清嗓子道：「老太爺身上有多處經脈受損，頭部有瘀血未消，且體內尚有殘毒未除，故而楚老太爺清醒的時候看似精神，實際上很快就會疲憊不堪地睡去……」

話音剛落，楚老太爺頭一歪，已沈沈睡去。
立刻有兩個小廝上前，小心翼翼地把他扶回屋裡。
大長公主眼前一亮，這也太準了吧？
楚雲霆靜靜地看著她，一言不發地聽著。對她說的這些，他還是相信的，吳伯鶴早就說過，他的醫術不如顧三姑娘。
清虛子無視祖孫倆的表情，自顧自地摸著下巴，點點頭。「瑜丫頭，以妳之見，半年內該如何安排老太爺的醫治日程？」
「若是想在半年內痊癒，時間上倒充足。」顧瑾瑜沈吟道：「前兩個月活血化瘀，施針排毒，中間兩個月修復經脈，後兩個月再把體內的殘毒徹底排出即可。」
「好，本神醫覺得甚好！」清虛子連連點頭，很是滿意，咧嘴笑道：「不知道大長公主和世子覺得如何？」
「一切都聽神醫安排。」看到顧瑾瑜波瀾不驚的臉，大長公主頓覺心安，朝許嬤嬤招招手。
許嬤嬤會意，立刻把事先準備好的兩個鼓鼓的荷包端了上來。
「好說、好說！」清虛子大言不慚地率先拿了荷包，放在手裡掂了掂，笑咪咪地說道：「大長公主果然豪爽，那我們就恭敬不如從命了！」
「謝大長公主賞賜。」顧瑾瑜屈膝道謝，荷包沈甸甸的，很有分量。

待回到別院，清虛子又吩咐道：「每隔五天我會給楚老太爺施針排毒，到時候妳過來幫忙即可。」

「好。」顧瑾瑜施施應道，既能出門，又有銀子賺，她當然樂意。

「世子，以後接送瑜丫頭的事情就交給你了，若是她有半點閃失，我拿你是問。」清虛子看了看楚雲霆，大言不慚道：「我名氣太大，又住在大長公主府，時間久了，肯定會被世人知曉，若是被心懷叵測的人盯上，打上瑜丫頭的主意要脅我，也不是不可能的，故而你務必得派人好生護送她才是。」

「神醫放心，我定會好生接送顧姑娘。」楚雲霆微微頷首，當下吩咐楚九安排人手送顧瑾瑜回去。

「師伯，我身邊有丫鬟護衛著，就不勞世子了。」顧瑾瑜推辭道：「從大長公主府到我家，用不了半個時辰，又是青天白日，不會有事的。」她才不要楚王府的人勞師動眾地接送呢！凡事越簡單越好。

「不行，萬一妳有個三長兩短，妳那師父定饒不了我。」清虛子大手一揮，不耐煩道：「就這麼定了！五天後，我再讓他們去接妳過來。」好不容易找了個打下手的，還是自己的同門師姪，若是出點意外，那他以後在京城裡行醫，豈不是會很累？

第二十八章　大長公主的心思

「許嬤嬤，妳覺得這清虛子靠譜嗎？」待送走眾人，大長公主才在梳妝檯前坐下，對著銅鏡，一一卸下鬢間的珠翠。她早就聽說清虛子行事乖張，可是怎麼連看病也不按常理出牌呢？若是老太爺的病，顧三姑娘能醫好的話，他們家又何必費盡心思地找清虛子找了這麼多年？細想起來，她覺得有些滑稽。

「適才奴婢問過世子了，世子說，這顧家三姑娘跟清虛子師承一脈，論起來，清虛子還是三姑娘實打實的師伯，所以他才對顧三姑娘如此放心。」許嬤嬤拿著梳子，不緊不慢地替她梳著髮，感嘆道：「清虛子到底是神醫，他這麼做，想必有他的理由。俗話說，疑人不用，用人不疑，咱們只管等半年後，看看老太爺是不是真的恢復如初吧！」

「也只能這樣了。」大長公主點點頭，冷不丁問道：「妳覺得南宮家大小姐今日突然過來給我請安，到底是什麼意思？」

「南宮大小姐之前跟大長公主在楚王府見過幾次，依照晚輩之禮，才特意過來給大長公主請安吧！」許嬤嬤微怔，斟酌字句道：「南宮府向來是懂禮的人家，想必教養出來的姑娘也是極好的。」

「妳不用不好意思說實話，我自是知道她是為了昭哥兒來的。」大長公主冷笑道：「之前王爺跟我說，昭哥兒不喜歡南宮素素，所以王爺進宮探了探皇上的口風，才知道皇上早就有意把四公主許給昭哥兒，若不是太子被刺一事，怕是早就下旨賜婚了，哪裡有南宮家的事？可如今，這南宮大小姐竟然想劍走偏鋒，趁著旨意沒下，想讓我先點頭答應她嫁給昭哥兒，還真是費盡心思！」

「那大長公主的意思是？」許嬤嬤手裡的動作略一停頓，又道：「不管怎麼說，南宮大小姐總是王妃的親姪女，南宮家族也是聖寵日盛，若是皇上知曉了南宮家的心思，為了拉攏安撫朝臣，說不定會成全南宮大小姐的一片癡心……」

「哼，她們作夢！」大長公主恨恨道：「王爺折在那個女人手裡一輩子就算了，我絕對不允許南宮家的女人再進我楚家的門！要不是那個女人善妒，我楚家何苦只有昭哥兒這一根獨苗？這些年，每每想起這些，我就夜不能寐，一想到我那些沒來得及出生就夭折了的孫子、孫女，我就恨不得休了那個妒婦！」放眼京城，誰家不是兒孫滿堂、人口鼎盛？唯獨他們楚王府進進出出的就只有昭哥兒一人！

「大長公主息怒！」許嬤嬤忙勸道：「好在世子已經長大成人，到時候讓世子多納幾房侍妾，給咱們府裡多多開枝散葉便是。」

「話雖如此，可若是四公主真的嫁進來，昭哥兒的屋裡人也不能隨意填，否則皇上的臉面過不去。」大長公主揑揑眉頭，嘆道：「說起來，我是不太喜歡四公主那個歡脫驕縱的性子，可相比南宮家的大小姐，我還是願意讓四公主進門的，只是如此一來，就委屈了昭哥兒，我倒是有些為難了。」

「既然四公主和南宮大小姐都讓大長公主有所不滿，不如瞧瞧其他府邸的姑娘們？聽說戶部尚書和吏部尚書都有適齡的女兒待字閨中。」許嬤嬤打開嵌著紅寶石的古銅盒子，取出一些玫瑰露，均勻地抹在梳子上，繼續替長公主梳著頭髮。「奴婢倒是覺得，只要世子喜歡，也未嘗不可。」

大長公主聞言，臉上頓時有了笑意，眉眼彎彎道：「妳這麼一說，還真的提醒了我，我們楚王府原本就門第高貴，根本不需要再添個強勢的親家相互依靠，若是真的有看中的姑娘，我就先給昭哥兒訂下來再說！對了，明兒不是登高節嗎？咱們也去湊個熱鬧，順便去看看有沒有跟昭哥兒相配的姑娘。」

「別人登高是遊玩，大長公主卻是去相看孫媳婦。」許嬤嬤笑道：「若是被京城裡的姑娘們知道了，怕是連山也不願意爬了，不知道怎麼費盡心思地往長公主身邊湊呢！」

「那也得看她們有沒有那個本事了。」大長公主望著鏡中的自己，彎唇道：「只要是為了昭哥兒好，讓我做什麼我都願意。」

顧瑾瑜一回府便去慈寧堂，把給楚老太爺看病的經過原原本本地告訴太夫人，包括清虛子認她是北清派傳人的事情也詳細地說了一遍。「神醫說，五天後再讓人過來接我去大長公主府，還望祖母准許。」

沈氏也在，見顧瑾瑜這麼說，皺皺眉，再沒吱聲。如今三姑娘攀上高枝，跟以前不一樣了呢！

「此事怎麼說也是大長公主開的口，這個面子咱們不能不給。」太夫人點頭道：「只是妳在大長公主府行事務必要謹慎，免得再惹人非議。」

顧瑾瑜點頭道是。

「明兒登高節，咱們都出去走走。」太夫人又道：「過了九月初九，這一年當中，就再也沒有出門的節日了，我聽說妳大哥哥還命人做了帳篷，要去山頂看星星呢！」

「大哥哥可真是好興致。」顧瑾瑜笑笑。「佛陀山的山頂那麼高，也就大哥哥能爬上去。」

「都快要成親的人了，還這麼調皮。」太夫人心情不錯，眉眼彎彎道：「明天蕭家小姐也會去佛陀山，到時候妳幫祖母好好相看相看。」

「好。」顧瑾瑜點頭道是。

九月初九，登高節。

秋高氣爽，雲淡風輕，是出門的好日子。

一大早，太夫人便帶著府裡眾人興高采烈地到了佛陀山的山腳下。

佛陀山在前朝的時候便以山峰眾多且陡立險峭而名揚四海，改朝換代後，先帝不僅把位於主峰上的佛陀寺重新修繕一番，更在其他山峰上也修建了一些大大小小的廟宇，供世人朝拜。

當朝太后更是禮佛之人，每隔兩、三個月必去佛陀寺燒香祈福，為此，工部尚書便主動號召世家貴族們籌募善款，在佛陀山的每座山峰上修建臺階，方便太后上山禮佛。

眾人不願落後，紛紛出資響應。數百級大理石臺階從山腳下順山勢蜿蜒而上，直到山頂，著實給眾人省了不少腳力。

山風習習，些許落葉飄下枝頭，在厚重平實的臺階上肆意翻滾。

時辰還早，上山的人不多。

臺階上稀稀疏疏地走著幾個挑腳伕，他們挑著成筐的香燭和檀香從身邊匆匆而過，每逢節日，這些禮佛之物最是好賣。

沈氏和喬氏走在太夫人兩側，小心翼翼地攙著她，全然一副孝順兒媳的姿態，姑娘們則規規矩矩地戴著帷帽跟在她們身後，竭力讓自己走路的姿態看起來婀娜多姿。

身後遠遠跟上來幾個少年郎，各自搖著摺扇，邊走邊吟詩作對，不時發出陣陣笑聲。

顧瑾萱悄悄停下腳步，偷偷掀開帷帽往後看，走在最前面的那個公子約莫二十歲左右的年紀，丰神俊美，氣宇軒昂，端的是風流倜儻，一襲明晃晃的藺綢長袍，在眾人的簇擁下，頗有些鶴立雞群之感，便悄聲問道：「紫檀，我瞧著前面那白衣公子有些面熟，妳可知道他是哪個府的？」

「姑娘從未見過那公子，怎會覺得面熟？」紫檀打趣道：「難不成前世見過？」

「哎呀，妳就知道打趣我！」顧瑾萱倏地紅了臉，嬌嗔道：「回頭我告訴母親，看她怎麼罰妳！」

「好了，奴婢知錯了。」紫檀福福身，捂嘴笑道：「若說別人，奴婢是不認識的，只是這白衣公子嘛，可巧不巧的，奴婢還真的在咱們府裡見過一面。奴婢若是告訴姑娘，姑娘可有獎賞？」

「在咱們府裡？」顧瑾萱一頭霧水，見紫檀似笑非笑地看著她，就是不答話，索性一跺腳，提起裙襬就往前走，佯怒道：「哼，妳不說算了，我自己去查，我還不信，查不出他的底細！」

「好了，我的大小姐，奴婢說還不行嗎？」紫檀笑嘻嘻地追上自家主子，悄聲道：「那公子叫時忠，跟咱們家世子是同窗至友，聽說他是程院使家的表公子，五年前入京，一直客居在程家，還是國子監蘇崇蘇大人的得意門生呢！」

「時忠。」顧瑾萱默唸了一聲這個名字，不禁心裡小鹿亂撞。她父親雖然只是個吏部主事，但好歹是個京官，時忠再怎麼文采斐然，門第清貴，終究是外鄉人，她跟他，應該算是般配吧？

「姑娘若是心儀他，就去求夫人，夫人會有辦法的。」紫檀悄悄望了望不遠處那個清風明月般的年輕男子，興致盎然道：「時公子一表人才，風度翩翩，姑娘真是好眼力！」

顧瑾玥走著走著，一回頭見顧瑾萱主僕邊走邊竊竊私語，絲毫不顧及這是在外面，心裡很是不屑，冷聲道：「四妹妹，有什麼話去寺裡再說就是，光天化日之下，交頭接耳的，成什麼體統！」

「來了！」顧瑾萱臉一紅，提著裙襬，盈盈上前。

一行人雖然走得極慢，但太夫人到底上了年紀，額頭很快出了一層汗。

走在旁邊的顧瑾瑜看在眼裡，忙掀開帷帽，掏出手帕替她擦了擦汗，體貼道：「祖母，您還是先在這裡等等，我讓阿桃先行一步，去寺裡給您雇頂軟轎過來，讓他們抬您上去吧？」

阿桃聞言，不等太夫人答應，兩三下躥得沒影了。

「如此也好，我這把老骨頭，實在是爬不動了。」太夫人扶著腰，喘了幾口粗氣，望著剩下的百十來個臺階，對沈氏道：「妳先帶著姑娘去寺裡找茶室安頓，我跟三丫頭在這裡歇歇腳，回頭就去找妳們。」

「如此也好。」沈氏點點頭，勉強擠出一絲笑容，對顧瑾瑜道：「三丫頭，妳跟池嬤嬤留在這裡好生照顧太夫人。」

顧瑾瑜應下，扶著太夫人退到一邊，倚著欄杆站著，耐心地等著阿桃回來。

沈氏則領著眾人嫋嫋娉娉地繼續向前走，留下一路脂粉香氣。

「太夫人之前上佛陀山，都是坐馬車，從後山直接到寺門口，從未像今天這樣真正地走臺階呢！」池嬤嬤從包袱裡取出斗篷，細心地給太夫人披上，笑道：「如今一口氣走了這麼多臺階，太夫人的身子是越發硬朗了！」

「要不是瑜丫頭，我還能多走一些臺階呢！」太夫人佯怒道：「三丫頭原本就不該開這個口。」

顧瑾瑜笑笑，剛想說什麼，卻突然聽到身後砰的一聲，像是有重物落地的聲音，接著便聽見有人大聲喊道——

「快，快去請大夫！時公子暈倒了！」

「時公子，你快醒醒啊！」

「時忠，你不要嚇我們！」

眾公子們顯然被嚇壞了，紛紛上前晃著暈倒在地的年輕男子。

男子雙目緊閉，臉色蒼白，無論眾人怎麼呼喊，都無絲毫反應。

兩個青衣小廝則一路狂奔著往山下去找大夫。

顧瑾瑜聽到「時忠」這個名字的時候，心裡一顫，忙摘下帷帽遞給池嬤嬤，想也不想地提著裙襬走了過去，推開眾人，朗聲道：「你們都讓開，讓我看看！」

時忠是祖母裴氏表姪女的兒子，五年前入京，客居在程家。

程庭待他很是不錯，特意收拾了一個獨立的別院給他住，恐他吃不慣京城這邊的飯菜，還給他設了小廚房，找了個西北廚子給他做飯。

時忠剛住進程家的頭三年，跟程嘉寧相處得頗為融洽，每當小廚房燉了西北大骨頭，他總會喊她過去一起吃，她雖怕油膩，但很喜歡那個味道，每次竟然也能陪著他吃大半碗；而他都會親自煮一些荷葉茶給她喝，甚至還隱晦地提醒過她，慕容朔畢竟是皇子，遠遠沒有看上去那麼與世無爭，還說他們並非佳偶。

現在想來，當時時忠應該是看出了什麼端倪，才婉言相告的，只是那時她跟慕容朔正是你儂我儂之際，自然聽不進去他的勸告。為此，兩人漸漸疏遠，他再煮了大骨頭，她卻是再也不肯去了，一是兩人年紀漸長，多少得避嫌，二是她不想聽他詆毀慕容朔。

如今冷不丁在這裡見到故人，顧瑾瑜自然不能袖手旁觀。

把脈後，她從荷包裡取出一顆藥丸，塞到他嘴裡。前世她跟時忠朝夕相處幾年，知道時忠有失糖症，如今見他冷汗淋淋，臉色蒼白，便知道他是犯了舊疾。

巧的是，顧瑾瑜也有失糖症，為此，她特意秘製了幾顆大補的藥丸帶在身上，以防萬一。此症說大不大，說小也不小，她是大夫，自然比一般人要未雨綢繆。

眾公子見冷不丁衝過來一個小姑娘，全都愣住了。話說她到底是從哪裡冒出來的？待反應過來的時候，時忠已經悠悠醒來。

時忠睜開眼睛，見到映入眼簾的陌生姑娘，問道：「妳是誰？」

「時忠，你可算醒了，剛才你嚇死我們了！」

「你感覺怎麼樣？」

眾公子大喜，看顧瑾瑜的目光滿是敬佩，這姑娘還真是有兩下子啊！

「時公子並無大礙，你們不必擔心。」顧瑾瑜無視眾人的目光，從容道：「時公子應是昨晚未用晚膳，早膳吃得也不多，且爬山之前還用了茶水，茶水又是消食之物，導致公子腹中虧空，才引發了舊疾而已。」

「多謝姑娘出手相救，在下不勝感激。」藥丸入口即化，還帶著一絲甘甜，時忠立刻覺得神清氣爽，渾身有了力氣，忙起身作揖道：「姑娘真是神醫，在下已無大礙，敢問姑娘姓名，改日定當登門重謝！」

「不必了，不過是舉手之勞，公子不必掛懷。」顧瑾瑜淡淡一笑，轉身就走。

「嘖嘖，這女子當真奇怪，竟然不圖酬勞！」

「就是！看她打扮，定是大戶人家的千金小姐！」

「時公子，你確定不去打聽這姑娘？」

公子們紛紛竊竊私語。

「不用了。」時忠望著等在前面的太夫人和池嬤嬤，意味深長道：「我知道她是誰了。」

「她是誰啊？」眾人問道。

「哈哈，不告訴你們！」時忠神采奕奕地笑道：「她是我的救命恩人，又不是你們的，你們打聽得這麼詳細幹麼？就算是要上門提親，也輪不到你們啊！走了、走了，顧世子想必早就在山頂等急了，咱們快走吧！」

眾人撇了撇嘴，哼，敢情剛才他們白擔心了一場啊！

第二十九章　故人

路上，太夫人隔著轎簾問道：「三丫頭，那公子是怎麼了？」

剛才隔得有些遠，她沒認出時忠。

「回稟祖母，那公子是大哥哥的同窗，患有失糖症，一時昏厥，現在已經無礙了。」顧瑾瑜如實道。

太夫人恍然大悟，她知道三丫頭是個穩重的，不會惹出什麼閒話，再說，救人一命勝造七級浮屠，遇到這樣的事情，自然得出手相助。

到了山頂茶室，太夫人便說有些困乏，吩咐沈氏和顧瑾瑜留下幫她抄幾頁佛經，讓喬氏帶著姑娘們去外面走走，再三囑咐不要去後山。

後山多半是公子們騎馬遊玩的所在，懂禮的姑娘是不會去後山的。

沈氏知道蕭家老夫人今日會帶著蕭大小姐來，便想留下瞧瞧未來兒媳婦的樣貌，欣然答應，還吩咐元嬤嬤去寺門口迎接祖孫倆。

元嬤嬤神采飛揚地退了出去。

一出門，顧瑾萱便立刻上前親熱地挽著喬氏的手，嬌滴滴地說道：「母親，聽說大哥哥在虎嘯亭那邊搭了個帳篷，咱們過去看看吧？」

「妳一個姑娘家，跟著妳大哥哥瘋跑什麼，也不怕別人笑話？」喬氏望著女兒精緻如畫的眉眼，心裡頗為得意，嘴上卻笑罵道：「去年妳一來就嚷嚷著要回去，怎麼今年倒是心野了？好，咱們就去虎嘯亭。」

二姑娘容貌雖說也算端莊秀麗，可是眉眼間卻無女子的半點柔情；五姑娘是個木訥的，見人連話也說不出；六姑娘倒是機靈些，只是渾身上下都透露出一股小家子氣；唯獨她的四姑娘，無論容貌、氣質，才是大家千金應有的風範。喬氏見虎嘯亭那邊人影攢動，有意去顯擺一下她如花似玉的女兒，便一口答應下來，領著姑娘們走了過去。

虎嘯亭坐落在半山腰，呈半圓形環住路口。

亭子裡放了許多石桌、石凳，上面鋪了素色暗紋錦緞，裝飾得很雅致，更難得的是，離亭子兩、三丈遠的空地上還蓋了間開水房，每逢盛大節日便有小沙彌在那裡燒水，給上山遊玩的貴人們提供茶水，不時有小丫鬟進進出出地去開水房給自家主子端茶倒水。

寧玉皎也在，正跟沈亦晴坐在一起喝茶。

見顧家姑娘們進了亭子，沈亦晴盈盈起身拉著顧瑾珝一起坐，絲毫沒有搭理喬氏母女，笑容滿面地說道：「我剛剛還跟寧妹妹商量詩畫社來著，到時候妳可一定要參加啊！」

「詩畫社？」顧瑾珝眼睛一亮，笑道：「畫畫我還行，若是吟詩我就自愧弗如了。」

「所以才叫詩畫社啊！」寧玉皎端起茶杯，抿了一口茶，鄭重道：「咱們每個月聚一次，與會者輪流作東。」

「好主意！」沈亦晴拍手叫好，興奮道：「到時候咱們多拉些人入會，也好熱鬧、熱鬧！」

喬氏見三人聊得熱絡，便知趣地帶著顧瑾萱姊妹坐到了另外一張桌子。蘇嬤嬤和紫檀立刻去開水房端茶水。

和著風聲，不遠處有水流的聲音夾雜著男子們的說話聲隱約傳來，紫檀笑道：「夫人，世子正跟諸位公子在前面瀑布下支了鍋灶燒水品茗呢！」

「世子果然是好興致。」喬氏無所謂地笑笑。「咱們就在這虎嘯亭附近走走即可，切不可去別處。」

「母親，我跟五姊姊去亭子那邊走走，很快就回來了。」顧瑾雪滿臉堆笑道：「聽說這虎嘯亭一共是九十九步呢！」

喬氏不耐煩地揮揮手，讓蘇嬤嬤陪她們去。

「紫檀，妳陪我去亭子附近走走吧！」顧瑾萱放下茶碗，輕咳道：「好不容易來了，我定要聽聽虎嘯聲到底是什麼聲音。」

「姑娘，咱們去那邊，就能看到世子他們！」紫檀悄聲道。

顧瑾萱聞言，心花怒放。

蕭盈盈約莫十六、七歲，個子高䠷，容貌端莊，見人就笑，沒有京城女子的矜持和忸怩，反而帶著西北女子特有的豪爽。她穿著一襲大紅色娟紗銀絲繡花長裙，顯得越加婉約嫻淑，楚楚動人。

太夫人和沈氏是越看越滿意。

但終究是面對未來的婆家人，再開朗的女孩子也難免拘束，太夫人便招呼顧瑾瑜陪著蕭盈盈去裡屋說話。

阿桃奉上茶後，毫無聲息地退了出去。

「早就聽說妹妹的大名，今日一見，可謂榮幸之至！」蕭盈盈眉眼彎彎地看著顧瑾瑜，眸底閃著異樣的光彩，熱情道：「京城裡早就傳開了，說妹妹不但是神醫清虛子的師姪，還是北清派的傳人，能醫白骨、活死人呢！」

這些日子，她也悄悄打聽過顧家，不過，最多的還是聽到關於這位顧三小姐的傳言。有的說她愛慕楚王世子，曾跌倒在他的馬下；有的說她會醫術，能讓傷疤在一夜之間痊癒等等；當然，更讓蕭盈盈吃驚的，是清虛子竟然認顧瑾瑜做他的師姪，如此一來，顧瑾瑜的師父豈不就是清虛子的師妹或者師弟？

「蕭姊姊謬讚了。」顧瑾瑜失笑道：「不過是坊間傳言罷了，信不得，我師伯都做不到醫白骨、活死人，何況是我？」

「就算是有些言過其實，但妹妹既然能入清虛子的眼，還是有過人之處的。」蕭盈盈用茶蓋拂了拂茶碗裡起起伏伏的茶葉，淺笑道：「不瞞妹妹，清虛子神醫曾經在銅州住過兩年，跟祖父相談甚歡，常常去找祖父喝茶，世人都說他性情怪異，行事乖張，可是我卻覺得神醫其實是性情中人。聽說這麼多年來，他之所以雲遊四方，行蹤不定，其實是在尋找他的師妹，也是他的心上人。」

「妳說師伯的心上人就是他的小師妹？」顧瑾瑜心頭猛地跳了跳。

「這正是我想問妹妹的。」蕭盈盈放下茶杯，正色道：「敢問妹妹的師父現在在何處？」

「我師父行蹤不定，我也不知道她現在在哪裡。」

事到如今，再說自己沒有師父反倒不妥，顧瑾瑜索性承認此事，反問道：「蕭姊姊為什麼如此關心此事？」奇怪，她一句都沒有提到顧景柏，反而一門心思在清虛子身上，難不成她的終身大事不重要嗎？

「之前神醫救過我一命，我無以為報。」蕭盈盈坦然道：「若是能幫神醫達成夙願，也算是還了他的恩情，所以我才如此急切地想幫神醫找到他的小師妹。而我初來京城，除了妹妹，再無人可說此事，希望妹妹不要怪我行事魯莽。」

「蕭姊姊也是一片好心，我怎麼會怪罪妳？」顧瑾瑜恍然大悟。「我如今喚神醫一聲師伯，也曾受過他的恩惠，這件事情我絕對不會袖手旁觀。從今天起，我自會留意我師父的下落，早日替師伯了卻這個夙願。」

「那我就放心了。」蕭盈盈笑笑，起身告辭。

不多時，沈氏領著一個面生的小尼姑走過來，小尼姑見了顧瑾瑜，上前雙手合十道：「女施主，大長公主上山以後，總覺得耳朵有嗡嗚聲，請女施主前去觀音寺看看。」

「山高風大，耳邊有嗡嗚聲實屬正常，無須醫治。」顧瑾瑜有些奇怪，若是大長公主有恙，也該是許嬤嬤親自前來請她，怎麼是一個素未謀面的小尼姑？

「女施主，貧尼只是負責傳話，還望女施主不要推辭。」小尼姑面無表情道。

「三丫頭，觀音寺離這裡就一盞茶的工夫，既然是大長公主相邀，妳豈能推辭？」沈氏不冷不熱道：「現在太夫人正在屋裡打盹，待她醒來，我知會她一聲便是。」

顧瑾瑜心裡雖然有疑，但想到大長公主年事已高，說不定嗡嗚聲嚴重了些，便吩咐阿桃提著藥箱，跟著小尼姑出門。

觀音寺跟佛陀寺只隔著一道山谷，看上去的確不遠。

外面陽光正好，山間、樹叢到處都是人影。

到了觀音寺，小尼姑領著兩人穿過前殿，進了後院。後院是兩進的院子，垂花門旁栽著兩棵百年銀杏樹，綠葉蒼蒼，風一吹，沙沙地響，給人的感覺很是滄桑淒涼。

「兩位女施主請了，大長公主就在內院。」走到二門處，小尼姑停下腳步，雙手合十道：「貧尼還有事，就送施主到這裡了。」

主僕倆剛走進去，那小尼姑已經毫無聲息地關上院門。

顧瑾瑜暗叫不好，忙拽住阿桃，低聲道：「阿桃，咱們上當了！」

「姑娘，那咱們怎麼辦？」阿桃忙轉身推門，卻怎麼也推不動。

「哎喲，這是哪裡來的小娘子？可是來找本王的？」

身後，突然傳來一陣腳步聲，一個錦衣男子閃身到了顧瑾瑜面前。

男子上下打量了她一眼，垂涎道：「既然來了，就進屋陪本王高興高興，本王定不會虧待妳的！」

顧瑾瑜不禁倒吸了一口涼氣，想不到她竟然在這裡碰到燕王慕容啟！前世她跟慕容啟雖然沒見過幾次面，卻也知道此人極其好色，不但喜歡二八少女，還對已為人妻的美色婦人尤為癡迷。聽說不少大臣為了討好燕王，甚至還把自己的美妾送進了燕王府，慕容啟來者不拒，統統笑納，簡直比禽獸還要禽獸！

阿桃一個箭步擋在顧瑾瑜面前。

慕容啟冷不丁對上這麼一張胖臉，頓感無趣。

身後兩個侍衛立刻衝上前，氣勢洶洶地推開阿桃。

卻不想阿桃也不是個弱的，揮拳迎戰，雙方很快就交手起來。

「小娘子，他們打他們的，咱們玩咱們的！」慕容啟一個餓狼捕食撲了過去。

顧瑾瑜忙後退一步，迅速把袖子裡的安息粉朝他揚了過去。

慕容啟的身子晃了晃，撲通一聲，倒在了地上。

「王爺！」兩個手下嚇傻了，顧不得跟阿桃糾纏，趕緊收手去看慕容啟。

「阿桃，咱們走！」顧瑾瑜忙大聲喊。安息粉不會要人性命，只會讓人昏迷一盞茶的工夫。

阿桃二話不說，索性把顧瑾瑜扛起，跳上牆頭，翻出內院。

「傷了我們王爺還想跑？門都沒有！」其中一個侍衛立刻追了上去。

顧瑾瑜眼疾手快地朝他扔了一把安息粉，那侍衛悶哼一聲，應聲掉下牆頭。

主僕兩人狼狽地往外跑。

剛跑出觀音寺，顧瑾瑜便一頭撞進了一個人的懷裡，抬頭一看，來人竟然是楚雲霆！

他低頭望著懷裡受了驚嚇的女子，沈聲問道：「出了什麼事？」

「世子，適才有個小尼姑騙我到此見燕王！」顧瑾瑜忙拽住他的衣角。「燕王想對我圖謀不軌，被我揚了安息粉昏了過去，一盞茶的工夫就會醒來。」

話音剛落，楚九已經帶著兩個侍衛衝了進去。

「妳跟我來。」

楚雲霆臉一沈，拽著顧瑾瑜進了一旁的竹林，兩人沿著林中彎彎曲曲的小路，七拐八拐地走了一陣子，而後進了一座涼亭。

阿桃遠遠地跟在兩人身後。

「到底怎麼回事？」楚雲霆從未見到顧瑾瑜如此狼狽，忍俊不禁地問道：「難道妳不知道觀音寺一直是燕王府供奉香火的嗎？」

顧瑾瑜搖搖頭，垂眸道：「那個小尼姑說，大長公主上山以後，耳朵一直有嗡鳴聲，我見她說的症狀不像有假，才跟著她來觀音寺，然後就碰到了燕王……」

「既然有人打著祖母的名義行事，我自然不能坐視不管，妳放心，此事我自會查清楚。」

楚雲霆的目光在她身上看了看，低聲道：「燕王那邊我也會替妳周全過去，以後記住，若真的是我楚王府有請，肯定不會由他人出面相邀的。」

「如此，就多謝世子了。」顧瑾瑜上前幾步，微微福身。「時辰不早，我該回去了，告辭。」

楚雲霆微微頷首，望著她纖細婀娜的身影漸漸消失在竹林中，才招手喚出一名暗衛，吩咐道：「從今以後，你暗中保護顧姑娘，記住，切不可有半點閃失。」

「是！」那暗衛閃身退下。

第三十章　警告

楚雲霆這才緩緩走出涼亭，穿過竹林，大步地朝自家供奉的菩提寺走去。

見南宮素素正陪著他母親悠閒地散步，他想也不想地走過去，攔在兩人面前，冷冷問道：「南宮素素，妳到底想幹什麼？」祖母上山以後，的確說過耳朵有嗡鳴聲，但很快就無礙了，並未到需要求醫問藥的地步，知道此事的都是自家人，除了南宮素素，他想不到第二個人。

「霆表哥，你幹麼對我這麼凶？」南宮素素心裡一顫，可憐兮兮地問道：「我一來就陪著姑母登山散心，不知道霆表哥為何有此一問？」她不過是想藉機教訓一下那個顧瑾瑜，才略施了點小伎倆把她引到觀音寺罷了，有什麼大不了的啊！

「就是啊，素素哪裡得罪你了？」楚王妃並不知內情，嗔怪地看著兒子。「她哪裡也沒去，一直陪著我，什麼想幹什麼？」

「妳自己做的事情自己知道。」楚雲霆冷諷道：「事到如今，我也跟妳說個清楚，妳我之間絕無任何可能，妳趁早死了這條心！」

「霆表哥，你……你好狠的心！」南宮素素一跺腳，哭著跑走了。

「你呀、你呀！」楚王妃氣得直掉眼淚。「你橫豎不在我身邊長大，心裡也沒有我這個母妃，凡是我給你挑的，你統統不喜歡，你只聽你祖母的！」

楚雲霆心裡一陣煩亂，大步地退了出來，策馬去了觀音寺。

慕容啟早已經醒來，剛泡了花瓣澡，換好衣裳，看見楚雲霆，不冷不熱道：「不知世子大駕光臨，有何貴幹？」

「適才祖母抱恙，我讓人請了醫女前去診病，哪知帶路的人迷失方向，誤入王爺的觀音寺。」楚雲霆坐在籐椅上，劍眉微蹙。「卻不想竟然差點被王爺輕薄，幸好那醫女無礙，若真的有什麼，豈不是置我祖母於不義之地？」

「原來是個醫女，怪不得能讓本王瞬間昏迷！」慕容啟皮笑肉不笑地冷哼一聲，憤憤道：「如此也好，待本王討來為妃，倒是省了求醫問藥的銀子了！」女人嘛，自然是越多越好，更何況是個懂醫的女子。一想到那女子恬靜清麗的臉和婀娜的身形，他心裡又是一陣神魂蕩漾。

「王爺有所不知，她雖然是建平伯府的姑娘，卻也是神醫清虛子的師姪。」楚雲霆似乎早就知道他會這麼說，索性直言道：「神醫待她情同父女，孰輕孰重，王爺自己掂量。」

「原來她是清虛子的師姪！」慕容啟恍然大悟。「早就聽聞清虛子已進京城，本王正派人四處查找他的下落，卻不想他竟然早就住進了大長公主府，你們動作可真夠快的！」如此說來，這女子他是當真動不得了，誰讓他有求於清虛子呢！

楚雲霆淡淡道：「王爺說笑了，清虛子神醫本來就是我父親請進京城替祖父瞧病的，自然應該住在大長公主府，難道王爺還要去大長公主府搶人不成？」

「元昭，你就別取笑本王了，你就是再給本王一百個膽子，本王也不敢去大長公主府搶人的。」慕容啟的語氣也軟了下來，乘機把籐椅往楚雲霆身邊移了移，輕咳道：「適才怠慢了醫女，是本王的不是，還請世子從中周全，切不可讓神醫知道此事。不知道楚老太爺的病什麼時候能看完？你看，本王是不是應該先去跟神醫打個招呼，請神醫幫忙看看本王兩個犬子的病情……」說也奇怪，慕容啟的女兒個個伶牙俐齒、能言善辯，唯獨兩個兒子竟然都患有口吃之症。若在平常之家，倒也沒什麼，偏偏慕容啟是個有野心的，想搏一搏那個位置，可是兒子們個個口吃，讓他很是擔憂，畢竟將來誰也不想擁立一個連話也說不索利的人當皇上吧？

「顧三姑娘那邊我自會幫王爺周全一二，你們兩兩相抵，此事也就過去了。」楚雲霆蹺著二郎腿，不疾不徐道：「只是神醫行事向來乖張，不按常理，就是我見了，也得禮讓三分，至於他能不能答應去王爺府裡，就看王爺機緣了。」

「那是、那是！」慕容啟連連點頭道：「等本王回去準備一下，改日登門拜訪神醫便是！」

用過齋飯，姑娘們三三兩兩地又去了虎嘯亭散步。

經歷了觀音寺那一遭，顧瑾瑜早就沒有遊玩的興趣，只是此事有些尷尬，她便沒跟太夫人細說，只說並未見到長公主，中途遇見世子，得知長公主已經無礙，才折了回來。太夫人信以為真，便沒再追問。

待眾人走後，祖孫倆待在榻上喝茶聊天。

「瑜丫頭，妳跟蕭家小姐到底說了些什麼，怎麼說那麼久？」太夫人手裡來回撥弄著一串佛珠，好奇道：「不知道的，還以為妳們早就認識呢！」

「說起來也巧。」顧瑾瑜如實道：「蕭家祖父跟清虛子神醫是舊相識，蕭姊姊得知我是神醫的師姪，打心眼裡跟我親近，故而多聊了幾句罷了。」

「之前我聽說清虛子認妳為師姪，還有北清派什麼的，只當是他給妳按個名聲罷了。」太夫人沈吟道：「現在祖母想聽妳說句實話，妳真的有師父教過妳，妳那師父也真的跟清虛子是同門？」起初她聽顧瑾瑜說這些時，並未太過在意，但這幾天她越想越覺得此事蹊蹺。清虛子怎麼說也是大名鼎鼎的神醫，斷斷不會隨便認子姪的，除非三丫頭真的跟他師承一脈。

「不瞞祖母，我的確是有師父的。」顧瑾瑜索性點頭承認，儘量說得聽起來無懈可擊。「只是我從來沒有喚過她一聲師父，也從來不知道她是清虛子的師妹、北清派的傳人，我也是見到清虛子神醫後，才知道這些，並非有意隱瞞。」莫婆婆從未對她提起過往，甚至顧瑾瑜至今都不知道婆婆的名字，只知道她姓莫。

「原來如此。」太夫人見她言辭懇切，不像說謊，又問道：「那她是怎麼找到妳的？現在又在哪裡？」

「之前我在柳家的時候，常常到莊子上玩耍，或許是見我愛看書，莊子上一個老婦人便指點了我幾次，還送了我好多書，後來我搬回來，就再也沒有見到她了。」想到莫婆婆，顧瑾瑜心裡一陣黯淡，垂眸道：「我只知道她離開莊子，卻不知道她去了哪裡。」

太夫人信以為真，這才言歸正傳。「那妳覺得蕭家小姐怎樣？」

顧瑾瑜對蕭盈盈印象極佳，由衷讚道：「蕭姊姊性情爽朗，舉止得體，是個不錯的姑娘，我倒是迫切地希望她能早點嫁進咱們家呢！」

「我正有此意！」太夫人心情大好。「前天孟家來信，說今天會請高僧訂下求娶的日子，我想妳大姊姊下個月就嫁了，等妳大姊姊一嫁，就立刻準備妳大哥哥的親事，這一嫁一娶的，府裡下半年有得熱鬧了！」

「等明年祖母抱了重孫，就不理我們這些孫女了！」顧瑾瑜嗔怪道：「如此一來，我倒是不盼著大哥哥成親了！」

「妳個伶牙俐齒的，跟未出生的孩子吃醋！」太夫人嘴上笑罵著，心裡卻是異常舒爽，抬手點著她的額頭，打趣道：「等明年就輪到給妳跟妳二姊姊相看人家了，看妳還敢這麼說。」

「祖母！」顧瑾瑜索性伏在太夫人的膝頭，嬌嗔道：「我都說了不想嫁人，您就不要拿我取笑了！」

「傻孩子，女孩子哪有不嫁人的？」太夫人只當她隨口一說，眼含笑意地撫摸著她如墨的長髮。曾幾何時，她也這樣年輕過、嬌嫩過，只是歲月不饒人啊！

突然，門外響起一陣雜遝的腳步聲，喬氏的聲音隱約傳來——

「妳們是怎麼照顧姑娘的，怎麼能讓她濕了鞋子？」

「快扶四姑娘進屋換鞋襪！」元嬤嬤急切道：「山上風寒，小心姑娘著涼……」

太夫人和顧瑾瑜不禁面面相覷。

「太夫人，二夫人讓奴婢過來告訴您一聲，四姑娘沒什麼大礙，讓您放心。」池嬤嬤掀簾走進來，表情不自然地道：「說四姑娘去河邊洗手，把手帕子掉到了水裡，四姑娘去撿手帕子時不小心掉落河裡，幸好河水不深，四姑娘只是濕了鞋襪，並無大礙。」

太夫人這才放心。

顧瑾瑜也沒有在意。

站在一邊的阿桃嘴角動了動，想說什麼，最終卻什麼也沒說。她其實還看見是那個叫時忠的年輕公子把四姑娘扶上岸，四姑娘當時嚇得臉色蒼白，緊緊抓住那公子的衣角不放來著……

片刻後，沈氏和顧瑾珝母女倆走了進來。

顧瑾珝手裡還抱著一大捧五顏六色的野花，討好般找了瓶子插進去，屋裡頓時有了些許淡淡的花香，喜得太夫人連誇顧瑾珝是個細心的好孩子。

沈氏卻笑道：「母親別誇她，她這是有求母親呢！」

「我說娘啊，哪有您這樣埋汰女兒的！」顧瑾珝嬌嗔地看了沈氏一眼，繼而輕輕晃著太夫人的胳膊，笑道：「祖母，剛剛晴表姊找我商議，說她打算組個詩畫社，只是得輪流作東，日後少不得要到咱們府裡來聚會，孫女厚著臉皮先斬後奏地答應了，特來向祖母請罪！」

麗娘低垂著眉眼，上前奉茶。

沈氏嫌棄的目光在她身上看了看，接茶的時候手一抖，滾燙的茶水頓時灑在麗娘白皙嬌嫩的手背上。

麗娘咬牙忍著痛，不聲不響地收拾地上的殘茶，毫無聲息地退了出去。

「既然妳答應了，祖母也就准了！」太夫人眉眼彎彎地撥弄著那些嬌豔欲滴的野花，倒是沒注意到沈氏那邊，開心道：「等輪到咱們家的時候，祖母撥二十兩體己的銀子給妳，保准給妳們辦得體體面面的！」

「多謝祖母！」顧瑾珝心花怒放，繼而難得地跟顧瑾瑜笑笑。「對了三妹妹，寧家小姐讓我給妳捎個話，說她在虎嘯亭等妳，妳趕緊去吧！別讓她久等了。」不用猜，她就知道寧玉皎是為了詩畫社的事情找顧瑾瑜，剛剛還說務必讓顧瑾瑜入社呢！沈亦晴雖然不怎麼同意，但礙於寧玉皎的面子，也不好說什麼，只得點頭答應。

待顧瑾瑜走後，沈氏這才倚著炕邊坐下來，鄭重道：「母親，兒媳覺得蕭家老太太是個通情達理的，蕭家小姐性子也好，兒媳很是滿意，您看咱們是不是先去蕭家下聘，早點把親事訂下來？」每每看到那個楚楚可憐的麗娘，她心裡就堵得慌，恨不得早點把那蕭家小姐娶進來，跟她一起對付那個狐媚子！

「妳急什麼？飯得一口一口地吃，事情得一件一件地來。」太夫人心裡也很滿意蕭盈盈，和顏悅色道：「妳今天也看見了，蕭老夫人雖然中意咱們家，卻也知道大丫頭在備嫁，所以不打算今年把孫女嫁過來，再急也得等大丫頭嫁了再說。」

沈氏心裡一陣沮喪。「母親所言極是，倒是我心急了。」

後晌，山間起了風。

亭內風聲蕭蕭，果然有幾分虎嘯的氣勢。

「咱們這個詩畫社每逢月半聚一次，與會者輪流作東，算下來，每人頂多一年輪一次。」寧玉皎極力向顧瑾瑜引薦道：「我知道妳喜靜，不喜歡太鬧，但這個詩畫社妳一定得參加，人多才熱鬧啊！」

「好，那就算我一份。」顧瑾瑜欣然應道：「我詩畫雖然一般，但能有機會跟京城裡的小姐們切磋一番，心裡還是很高興的。」詩畫社聚集京城各大府邸的千金小姐，人多嘴雜，消息肯定靈通，更重要的是，從此她也多了個出門的機會。

「那就好！我還以為妳會不答應，這不，特意留下來說服妳呢！」寧玉皎這才鬆了口氣，雙手托腮道：「對了，我聽說你們家正在跟蕭家議親，真的假的啊？」

「自然是真的。」顧瑾瑜見她對此事很關心，抿了口茶，問道：「怎麼，妳認識蕭姊姊？」

「雖然不認識，但聽說沾了點親。」寧玉皎懶洋洋道：「聽說是我母親那邊算起來的遠親，論輩分我還得喊她一聲表姊呢！若是蕭姊姊願意，就算她一個吧！詩畫社的第一場被沈大小姐搶去，再往後，就抽籤決定了。」

「好，那就這麼說定了，回頭我告訴蕭姊姊便是。」顧瑾瑜對這個詩畫社很是期待，想到楊氏，又問道：「妳家夫人最近怎麼樣了？」

「還好，一直依照妳的方子吃著藥。」寧玉皎說著，又嘆道：「就是我二叔被判了斬監候，我祖母天天在家裡發瘋，哭著、喊著要我父親出面去跟楚王世子求情，想要保我二叔出來，我父親自然不肯，祖母便天天鬧騰，動不動就去府裡鬧上一場，最近家裡也是雞犬不寧得讓人頭疼。」

「那妳跟沈世子的事情怎麼說？」顧瑾瑜知道忠義侯府許老夫人有意跟寧武侯府結親，雖然沒有正式託官媒上門，但她依稀聽大伯娘沈氏和太夫人說過此事。

「還能怎麼說？自從我二叔出了這事後，就再也沒有人提起了。」寧玉皎無所謂地聳聳肩。「反正我不怎麼喜歡沈世子，沈世子對我也沒有另眼看待，橫豎我們兩家的窗戶紙沒有捅破，索性就當什麼事也沒有發生過唄！這家不成，還有下家，橫豎能嫁出去，若是有幸能碰到個心儀的，就更好了。」少女托腮望著遠處蒼翠的山峰，眸底滿是迷茫，不知道她的歸宿在哪裡。

「對，就應該這樣想。」顧瑾瑜越發喜歡寧玉皎的性子，感嘆道：「俗話說，有緣千里來相會，是妳的，終究是妳的，不是妳的也強求不來。」

前世若是慕容朔心再軟些，沒有把她推進護城河，想必他也不會娶她的，只是她那時候看不穿，以為他是傾心相待。

兩人各懷心思，一時無話，稍坐了坐，便各自散去。

——未完，待續，請看文創風671《淑女不好逑》2

不離不棄 相伴一生／果九

2018年3月出版

將軍別鬧

不過是答應和他一起「過日子」，
她說的願意不是那個願意好吧！
難道男人都是用下半身思考的生物嗎？

文創風 619 **1**

才剛穿越來，麥穗就發現自己被「賣」了！
這賊頭賊腦的大伯，竟要她嫁給那惡名昭彰的土匪蕭景田，
我嘞個乖乖，要是她不嫁，那土匪該不會提刀來逼吧？
為了活下去，她認慫，管他當過土匪還是強盜，嫁、都嫁！
後來才發現，原來他也是被親娘給算計了，壓根兒不想娶她，
既然這樁婚事你不情、我不願的，她至少不用擔心自身清白了。
但她似乎高估了他的定力，居然一個翻身就把她壓在身下……
嚶嚶嚶，古代的男人太兇狠，她好想回現代去啊！

文創風 620 **2**

那個當初對她高冷高出一片天的蕭景田，
如今一朝情動，還真是熱情到讓麥穗有些招架不住。
她對他也確實有那麼一丁點兒好感，但更多的卻是好奇，
他的過去就像個謎，顯然的，他並不打算告訴她謎底。
就在她好不容易一層一層扒開了他的偽裝、卸下他的心防，
才發現他過去居然是個護國大將軍，還有過不少紅顏知己……
前有個等了他十年的表姊，現在又來個千里追愛的郡主，
他要不要這麼受歡迎啊，古代是沒好男人了嗎？

文創風 621 **3**

不管過去的蕭景田，在戰場上是如何叱吒風雲，
他們現在就是一對平凡的小夫妻，每天踏踏實實過日子。
為了分擔家計，她便開始做起了獨門的魚罐頭生意。
偏偏有人眼紅她賺得多，硬要說她身後有金主當靠山，
婆婆更是腦洞大開，懷疑她紅杏出牆，險些沒拉她去浸豬籠。
而他嘴裡說著相信她，一邊又急攘攘的要跟她「生孩子」，
從這反應看起來，分明就是吃醋了，還打算乘機揩油！
冤枉啊大人，那是原主的老相好，不是她的啊……

文創風 622 **4** 完

為了護她周全，蕭景田在一場海亂之後失蹤了，
等到他再次歸來，看似完好如初，卻唯獨忘了麥穗是誰……
就算如此，她也堅決要守在他身邊，以免他的追求者乘虛而入。
瞧著他熟悉又結實的身影，她突然好想念他溫暖的懷抱，
要是現在撲上去親他一下，他會不會把她一腳踹下炕去？
想起蕭大叔的身手，她身子一抖，瞬間打消了這個念頭，
若是被他給踢成重傷，那她不就等於是「未戰先降」了嗎？
不行，她得擬定一個完美的作戰計畫，才能再次攻佔他的心！

為流浪貓狗加油 和貓寶貝 狗寶貝

廝守終生(一定要終生喔！)的幸福機會

對人來說，貓寶貝狗寶貝只是生活的一部分，但妳（你）對牠們來說，卻是生活的全部，領養前請一定要考慮清楚——

▲ 古錐又愛乾淨的乖寶寶　元旦

性　　別：男生
品　　種：米克斯
年　　紀：約3～4歲（預估2015年生）
個　　性：乖巧穩重、生活習慣良好
健康狀況：已結紮，愛滋陽性，有定期施打預防針
目前住所：新北市蘆洲區

『元旦』的故事：

中途是在今年一月一日的大半夜，在住家附近發現元旦的，那時的牠正因為肚子餓，在路邊輕聲地喵喵叫著。中途以往沒有見過元旦，是張新面孔，她擔心元旦是走失，或是被人遺棄的貓咪，就將牠帶去動物醫院做檢查，這才知道元旦有愛滋。但是由於元旦很親人，所以中途沒有原放，而是希望可以為牠尋找新的避風港；也因是一月一日撿到，中途便將牠命名為「元旦」。

中途表示，元旦健康狀況良好，個性相當穩重、乖巧，不會調皮搗蛋，也不挑食；而且生活習慣良好，很愛乾淨，上完廁所都會記得要把貓砂撥一撥。另外，不論是洗澡、刷牙、剪指甲等，元旦也都會好好配合，沒有問題，適合新手、單貓家庭，或是家中已有愛滋貓的認養人。想為家中添一個乖寶寶同伴嗎？請趕快來信找元旦吧！dogpig1010@hotmail.com（林小姐）。

認養資格：

1. 認養者須年滿23歲，有獨立經濟能力。
2. 須同意簽認養寵物切結書，
   並能讓中途瞭解元旦以後的生活環境。
3. 同意送養人日後之追蹤探訪，對待元旦不離不棄。
4. 同意做門窗防護措施，以防元旦跑掉、走失。
5. 以雙北地區優先認養，第一次看貓不須攜帶外出籠，
   確認領養會親自送達。

來信請說明：

a. 個人基本資料：姓名、性別、年齡、居住地、
   同住者、職業與經濟來源等。
b. 預定如何照顧元旦，以及所能提供之環境和承諾
   （如：食物、飼養方式）。
c. 請簡述過去養貓的經驗、所知的養貓知識，
   及簡介一下您的飼養環境。
d. 若未來有結婚、懷孕、出國或搬家等計劃，
   將如何安置元旦？
e. 是否同意中途作日後追蹤（家訪、以臉書提供照片）？

文創風 670

淑女不好逑 1

國家圖書館出版品預行編目資料

淑女不好逑 / 果九著. --
初版. -- 臺北市 : 狗屋, 2018.09
冊 ; 公分. --（文創風）
ISBN 978-986-328-907-4（第1冊：平裝）. --

857.7　　107011709

著作者　果九
編輯　黃淑珍
校對　沈毓萍　周貝桂
發行所　狗屋出版社有限公司
地址　台北市104中山區龍江路71巷15號1樓
電話　02-2776-5889～0
發行字號　局版台業字845號
法律顧問　蕭雄淋律師
總經銷　知遠文化事業有限公司
電話　02-2664-8800
初版　2018年9月
國際書碼　ISBN-13　978-986-328-907-4

本著作物由廣州阿里巴巴文學信息技術有限公司授權出版

定價250元
狗屋劃撥帳號：19001626
網址：love.doghouse.com.tw　E-mail：love@doghouse.com.tw